高职高专规划教材

汽车电工电子技术

主　编　倪　勇

副主编　黄永青　夏敏磊

　　　　赵佑初　王　芳

浙江大學出版社

内容提要

本书是高职高专汽车相关专业规划教材之一,主要介绍了电工电子电路的基本概念和基本定理、常用仪器仪表的使用、数字电路基础等常规知识,对电器元件外特性和主要参数、电器元件的应用、实用电路的分析方法也作了介绍,同时突出汽车专业特色,介绍了汽车专用示波器、汽车电路中的典型发电机和电动机的结构、原理、特点。

本书可作为高等职业技术学校汽车专业以及类似专业的专业基础课教材,也可供汽车维修人员参考。

图书在版编目(CIP)数据

汽车电工电子技术/倪勇主编. —杭州:浙江大学出版社,2007.1
高职高专规划教材
ISBN 978-7-308-05018-0

Ⅰ.汽… Ⅱ.倪… Ⅲ.①汽车–电工–高等学校:技术学校–教材②汽车–电子技术–高等学校:技术学校–教材 Ⅳ.U463.6

中国版本图书馆 CIP 数据核字(2006)第 134169 号

汽车电工电子技术

主 编 倪 勇

丛书策划 樊晓燕 王 波
封面设计 刘依群
责任编辑 王 波
出版发行 浙江大学出版社
(杭州天目山路 148 号 邮政编码 310028)
(网址:http://www.zjupress.com)
排 版 杭州中大图文设计有限公司
印 刷 临安市曙光印务有限公司
开 本 787mm×960mm 1/16
印 张 17.25
字 数 347 千
版 印 次 2007 年 1 月第 1 版 2009 年 6 月第 3 次印刷
印 数 5001–7000
书 号 ISBN 978-7-308-05018-0
定 价 28.00 元

高职高专汽车类专业规划教材

编委会名单

主　任　陈丽能

副主任　陈文华　胡如夫

成　员（以姓氏笔画为序）

石锦芸　孙培峰　李增芳　李泉胜　朱仁学

刘冶陶　邵立东　陈开考　陆叶强　范小青

郭伟刚　姜吾梅　谈黎虹　倪　勇　焦新龙

熊永森

总　序

　　汽车行业的国家"十一五"规划的重点之一是解决发展的规模和速度问题。关于"十一五"汽车发展愿景,比较权威的信息是:1000万辆左右的年产量,10%左右的增长速度;5500万辆左右的汽车保有量,40辆/千人左右的汽车化水平;工业增加值占GDP的比重提高到2.5%。而面对当前国内汽车行业的现状,我们可以看出,汽车工业要在"十一五"期间的短短5年里实现如此巨大的增幅、如此强劲的增速,对汽车人才的需求十分迫切。据中国汽车人才研究会2006年预测,未来5年,根据汽车发展的水平和需要,汽车后服务技能型人才供求矛盾不是渐增,而是激增,这意味着人才供求的结构性矛盾非常突出,不是哪类人才比较重要,而是各类人才都很重要;不是哪类人才紧缺,而是全面紧缺。理性地看,汽车研发人才重要、汽车制造业人才重要、汽车维修业人才重要,而汽车营销和服务技能型人才等同样重要。

　　2005年国家教育部在高等职业技术学院设置指导意见中专门设立了汽车类专业,把汽车检测与维修技术、汽车电子技术、汽车技术服务与营销等专业划归其中,这为加强我国汽车后服务产业技能型人才的培养提供了一个很好的专业平台。

　　汽车后服务技能型人才培养的数量重要,质量更重要。所以,在大力发展汽车后服务技能型人才培养的过程中,广泛开展教学改革,认真搞好教材建设,是非常重要的。

　　为了适应当前汽车后服务技能型人才培养的需要,充分体现高等职业教育特点,有利于培养出当前以及今后我国汽车行业急需的人才,浙江大学出版社依托浙江省高教研究会及高职高专汽车类专业协作组,在对多年相关专业课程与教材建设及教学经验的认真研讨和总结的基础上,组织编写了这套"高职高专汽车类专业规划教材"。

　　本系列教材以国家教育部颁发的"高等职业教育汽车专业领域技能型

紧缺人才培养指导方案"为依据,具有以下特点:

1. 以就业为导向,以培养汽车后服务技能型人才为目标,以技术应用能力为主线,注重理论联系实际,注重实用,突出反映新知识、新技术、新设备和新方法的应用。同时,加强实验、实训的内容和要求,加强对学生实际操作能力的培养。

2. 针对当前我国汽车行业各类人才都紧缺的现状,本系列教材的教学对象涉及汽车类专业的各个方向,包括汽车检测与维修技术、汽车电子技术、汽车技术服务与营销等。编写的教材中既有《汽车检测与诊断技术》、《汽车底盘构造与检修》、《汽车发动机构造与检修》、《汽车自动变速箱原理与检修》等技术类的,也有《汽车营销实务》、《汽车信贷、保险与理赔》、《汽车文化》等涉及市场营销及服务类的,符合当前汽车人才培养的新的课程体系。

3. 针对高职高专学生的学习特点,注意"因材施教",教材内容力求通俗易懂,深入浅出,易教易学,有利于改进教学效果,体现人才培养的实用性。

本系列教材的开发与出版将有利于促进高职高专汽车后服务类专业的教学改革、师资建设和专业发展,为我国汽车后服务产业高技能人才的培养做出贡献。

丛书编委会主任
陈丽能
2006 年 9 月

前　言

随着汽车制造业的发展,电工电子技术的应用越来越广泛。本书在力求保证打好基础、掌握基本概念的基础上,注重联系汽车电子技术的发展实际,提高学生的学习兴趣,加强学生的专业意识。为此,我们在编写时做了如下安排:

(1) 汽车电工电子技术是一门专业基础性质的课程,内容的安排遵循循序渐进的原则,由基本概念、基本定理,到基本器件分析,最后结合汽车技术的应用实际,讨论应用电路、发电机、数字电路等内容。

(2) 在"常用仪器仪表"一章的分析中,除常用仪表外,还介绍了汽车专用示波器的基本使用方法。对电器元件除着重介绍其特性和主要参数外,还把重点放在电器元件的应用上。在"基本应用电路"一章中,通过一些实用电路的分析,力求让学生理解电路的特点和应用方法。"发电机和电动机"一章则重点介绍了汽车电路中的典型发电机和电动机的结构、原理、特点,突出了汽车专业特色。"数字电路基础"一章则以够用为原则,突出功能特点和基本应用。

(3) 各章均附有习题,辅助学生掌握基本概念、电路分析和设计等内容。

(4) 为配合基础理论学习,各章还配套编写了适当的实验项目,使学生能够把所学的理论知识和实际应用有机地联系起来。

本教材教学参考学时为 80～96 学时,有关章节内容可根据各校专业教学计划和学时情况酌情调整。本套教材适用范围为普通高职、普通高校大专班、职工大学汽车、汽车电子类专业的电工电子技术基础课程。还可供中等专业学校或普通高校本科相关专业或从事汽车电子技术的工程人员参考。

本书由倪勇担任主编,夏敏磊、赵佑初、黄永青、王芳担任副主编,韩爱娟、陈红春参加了编写。具体执笔分工如下:倪勇编写第 7 章,黄永青编写第

1,9 章,夏敏磊编写第 2 章,赵佑初编写第 3,4,5 章,韩爱娟编写第 6 章,陈红春编写第 8 章。王芳完成了实验和习题的统稿工作,倪勇和夏敏磊共同完成了全书的统稿工作。

　　本书由温州大学姚喜贵教授担任主审。姚教授对本教材书稿进行了认真、负责、仔细的审阅,提出了许多宝贵的意见和修改建议,在此表示衷心的感谢。由于编者水平有限,书中不妥之处在所难免,在取材新颖性方面定有诸多不足,敬请广大读者给以批评和指正。

编者

2006 年 9 月

目　　录

第 1 章

电路的基本概念及基本定律

【本章要点】

1. 电路的基本概念、基本组成及功能,电路的三种工作状态;
2. 电路的基本物理量,包括电流、电压、电动势等;
3. 电路的基本定律,包括电路欧姆定律和基尔霍夫定律;
4. 电磁感应现象、楞次定律和法拉第电磁感应定律;
5. 磁路的基本定律,电磁铁和继电器。

1.1 电路的基本概念

1.1.1 电路的组成和功能

电流所经过的路径称为电路。电路是根据实际需要把一些电气设备或元器件按其所要完成的功能用一定方式连接起来的组合。

1. 电路的组成

电路由电源、负载和中间环节三部分组成,如图 1-1 所示。

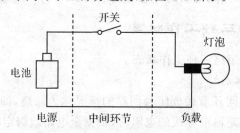

图 1-1 手电筒电路

电源是向电路提供电能的设备,如发电机、干电池及蓄电池等,它们可将机械能、化学能等转换为电能;负载即为各类用电器,如电灯、电动机及电炉等,它们吸收电能并将电能转换成光能、机械能和热能等;中间环节包括导线、开关及一些控制、保护设施等。

2.电路的功能

电路的功能可概括为两大类:电力系统中电路的功能是实现电能的传输、分配和转换,如手电筒电路;电子技术中电路的功能是实现电信号的传递、存储和处理,如电视机电路。

1.1.2　电路模型和电路图

实际电路都是由多种电路元器件所组成的,如最常见的日光灯电路、电视机电路等。为了便于对这些实际元器件所表征的复杂电磁现象和能量转换特征进行分析和数学描述,电学中往往采用"模型化"方法处理:用理想电路元件及其组合来近似替代实体电路元器件所组成的实际电路。这种由理想电路元件组成的、与实际电路相对应,并用统一规定的符号表示的电路称为电路模型。而所谓理想电路元件(简称电路元件),是指具有单一电特性的线性电阻元件 R、线性电感元件 L 及线性电容元件 C 等。

图 1-1 所示是手电筒电路,图 1-2 所示是手电筒的电路模型。

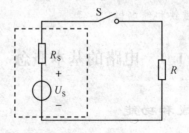

图 1-2　电路模型

图 1-2 中 U_S 和 R_S 表示实际电源的特性;U_S 反映了电源产生电能的本领,R_S 表征了电源做功时伴随的内部能量消耗;小灯泡则用耗能元件电阻 R 来表征;连接导线的电阻值一般可忽略不计,用无电阻的理想导线来表示;S 为一般电路开关的模型。

1.1.3　电路的三种工作状态

电路有通路、断路、短路三种工作状态。

1.通路(负载工作状态)

电源与负载通过中间环节接成闭合回路的情况称为通路,即图 1-3(a)中所示的开关 S 闭合时的情况。忽略输电导线的电阻时,根据全电路欧姆定律,有

$$I = \frac{E}{R_L + R_0}$$

(1-1)

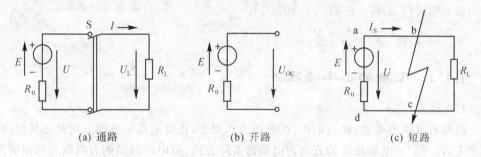

(a) 通路　　　　　　　　(b) 开路　　　　　　　　(c) 短路

图 1-3　电路的工作状态

可见,当电源的电动势 E 和内阻 R_0 一定时,若负载电阻 R_L 越小,则电路中的电流(即负载)就越大。由式(1-1)得

$$U_L = IR_L = E - IR_0$$

即

$$U = U_L = E - IR_0 \tag{1-2}$$

当电源的电动势 E 和内阻 R_0 一定时,电源端电压 U 随着负载的增大(R_L 减小),即随着电流的增大而减小。

2. 断路(电源开路状态)

电源与负载不接成闭合回路的情况称为断路,又称开路,如图 1-3(b)所示。电源处于开路状态时,电路中的电流为零,相当于负载电阻 R_L 等于无穷大的情况,电源不能输出电能。此时,电源的端电压 U 称为电源开路电压,用符号 U_{OC} 表示。电源开路电压 U_{OC} 等于电源电动势 E,即

$$U_{OC} = E \tag{1-3}$$

3. 短路

由于某种原因,使电源的输出电流不流过负载的情况称为短路,如图 1-3(c)所示。由于短路点 b,c 间的电阻几乎为零,因此电流不流过负载电阻 R_L。此时电源输出的电流称为短路电流,用符号 I_S 表示,有

$$I_S = \frac{E}{R_0} \tag{1-4}$$

因为电源内阻 R_0 通常很小,所以短路电流 I_S 通常很大。很大的短路电流流过电气设备时,将使电气设备因温度过高或电磁力过大而迅速损坏。

电源短路是一种严重事故,应该防止其发生。产生短路的原因通常是电气设备的绝缘损坏、接线错误等,为了避免或减小电源短路带来的损失,通常在电路中接入熔断器或自动断路器,一旦短路故障发生可以迅速切断电路的电源。

例 1-1　实验中测出某电源的开路电压 $U_{OC} = 10V$,短路电流 $I_S = 100A$,求该电源的电动势和内阻。

解 据式(1-3)得 $E=U_{oc}=10(V)$

据式(1-4)得 $R_0=\dfrac{E}{I_s}=\dfrac{10}{100}=0.1(\Omega)$

1.1.4 电路的基本物理量

1.电流

电荷有规律的运动,称为电流。在电场力作用下,正负电荷的移动方向是相反的。在历史上,已规定正电荷移动的方向为电流的实际方向,负电荷移动的方向则为电流的反方向。

电流的强弱通常用电流强度来表示,规定为单位时间内流过导体截面积的电荷量。在电工技术中常把电流强度简称为电流,用 i 表示。根据定义,电流强度的大小就是通过导体横截面的电量 q 对时间 t 的变化率,设在 dt 时间内通过导体某一横截面的电量为 dq,则通过该截面的电流强度为

$$i=\frac{dq}{dt} \tag{1-5}$$

当 $dq/dt=$ 常数时,称这种电流为恒定电流,简称直流电流,用大写字母 I 表示,其大小和方向都不随时间变化,如图1-4(a)所示;大小和方向同时随时间作周期性变化的电流,称为交流电流,如图1-4(b)所示;仅大小随时间变化的电流称为脉动电流,如图1-4(c)所示。通常用小写字母 $i(t)$ 表示大小随时间变化的电流。

电量的单位是库仑(C),时间的单位是秒(s),则电流强度的单位是安培(A),较大的电流强度用千安(kA)和兆安(MA)表示,较小的电流强度用毫安(mA)、微安(μA)、纳安(nA)等表示。换算关系为

$$1MA=10^3kA=10^6A, \quad 1A=10^6\mu A=10^{12}nA$$

在国际单位制(SI)中,当1s内通过导体横截面的电荷量为1C时,其电流为1A。

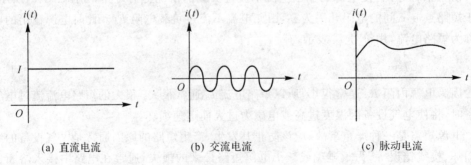

(a) 直流电流   (b) 交流电流   (c) 脉动电流

图1-4 各种形式的电流

综上所述,"电流"一词具有双重含义,它既表示电荷定向运动的物理现象,同时又表示"电流强度"这样一个物理量。

例 1-2　1.5C 的电荷在导线中由 a 向 b 移动,时间为 0.5min,求电流强度的大小和方向。

解　$I = \dfrac{q}{t} = \dfrac{1.5}{0.5 \times 60} = 0.05(\text{C/s}) = 0.05(\text{A})$

如果移动的是正电荷,电流的方向是由 a 到 b;如果移动的是负电荷,则电流的方向相反,由 b 到 a,因为电流的方向是正电荷移动的方向。

2. 电压

设电场力把一定数量的电荷 q 从 a 点移到 b 点所做的功为 W_{ab},则电场中 a 点到 b 点的电压为

$$U_{ab} = \frac{W_{ab}}{q} \tag{1-6}$$

电压又称为电位差。实际上,为了便于分析和比较电场中不同点的能量特性,总是在电场中指定某一点为参考点(如 0 点),令其电位为零,即 $U_0 = 0$,则电路中某点(如 A 点)至参考点的电压称为这一点的电位(相对于参考点),用符号 V_A 表示。即 $V_A = V_{A0}$。

如果 A,B 两点的电位分别为 V_A, V_B,则

$$U_{AB} = V_A - V_B$$

因此,两点间的电压就是该两点的电位之差。引入电位的概念后,我们可以说,电压的实际方向是由高电位点指向低电位点,可用 +,- 号表示,也可以用字母的双下标表示,有时也用箭头表示,如图 1-5 所示。

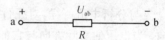

图 1-5　元件两端电压
的极性与方向

电压的单位用伏特(V)表示,当计量较大的电压时用千伏(kV),当计量较小的电压时用毫伏(mV)。其换算关系为

$$1\text{kV} = 10^3\text{V} = 10^6\text{mV}$$

3. 电动势

非电场力即局外力把单位正电荷在电源内部由低电位端移到高电位端所做的功,称为电动势,用字母 $\mathscr{E}$ 表示,即

$$\mathscr{E} = \frac{\text{d}W}{\text{d}q} \tag{1-7}$$

电动势的实际方向在电源内部从低电位指向高电位,与电压的实际方向相反,如图 1-6 所示,电动势的单位与电压相同,用伏特(V)表示。

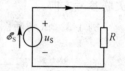

4. 电功率

电场力在单位时间内所做的功称为电功率,简称功率,用 P 表示,即

图 1-6　电路中电压
与电动势的方向

$$P = \frac{dW}{dt} \qquad\qquad (1\text{-}8)$$

在国际单位制(SI)中,功率的单位是瓦特(W)。

5. 参考方向及选择原则

为了定量计算的需要,常常要在电路中标明电流的实际流向。但是,比较复杂一些的电路往往很难事先判断电流的实际流向,加之有些电路中的电流本身是不断变化的。因此,在电路分析中,需要引入"参考方向"的概念。参考方向是指事先任意选定的方向。我们规定:若电流的实际方向与任意选定的参考方向一致,则电流值为正值,即 $i>0$;若电流的实际方向与任意选定的电流参考方向相反,则电流值为负值,即 $i<0$,如图1-7所示,实际方向用虚线表示,参考方向用实线表示。

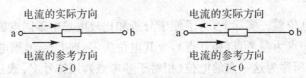

图 1-7　电流参考方向

与分析电流一样,对元件或电路中两点间可以任意选定一个方向为电压的参考方向。当电压的实际方向与它的参考方向一致时,电压值为正,即 $u>0$;反之,当电压的实际方向与参考方向相反时,电压值为负,即 $u<0$,如图 1-8 所示。图中还示出了本书常用的电压参考方向的两种标记方法:箭头法和+,-号法。

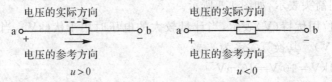

图 1-8　电压参考方向

一般情况下,电流和电压的参考方向是可以事先任意设定的。但为了方便,常常把同一个元件上的电流参考方向和电压的参考方向取成一致。也就是选定的电流参考方向从标以电压"+"极性的一端流入,从标以电压"-"极性的另一端流出。这一原则称为关联参考方向。

例 1-3　试判断图 1-9(a),(b)所示的元件是输出功率还是吸收功率。

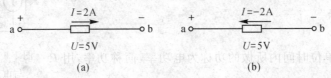

图 1-9

分析 如果元件的电压和电流为关联参考方向,根据电压及电流的定义式,可推出功率与电流、电压之间的关系为

$$P = UI$$

如果元件的电压和电流为非关联参考方向,则

$$P = -UI$$

根据以上两式可知,当 $P > 0$ 时,表示元件吸收功率;当 $P < 0$ 时,表示元件输出功率。

解 如图 1-9(a)所示,电流 I 与电压 U 是关联参考方向,有

$$P = UI = 5 \times (-2) = -10(W) < 0$$

所以元件输出 10W 的功率。

如图 1-9(b)所示,电流 I 与电压 U 是非关联参考方向,有

$$P = -UI = -5 \times (-2) = 10(W) > 0$$

所以元件吸收 10W 的功率。

1.1.5 理想电压源和理想电流源

1.理想电压源及其电路符号

把输出电压总保持为某一定值或某一给定时间函数的电源称为理想电压源。这是实际电源的理想化。如当干电池的内阻为零时,无论外接负载如何变化,干电池两端电压总保持为某一常数,因此,内阻可忽略的干电池可视为理想电压源。

图 1-10(a)和(b)所示均为理想电压源的符号,本书采用(b)图所示描述方式。在直流电路中,理想电压源的端电压总能保持某一恒定值,而与通过它的电流无关(简称恒压源),其伏安特性曲线如图 1-10(c)所示,电压源端电压为 U_S。

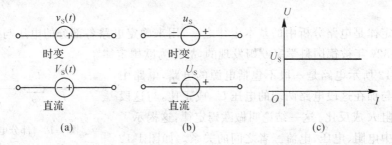

图 1-10 理想电压源及其伏安特性

2.理想电压源的两个特性

(1)理想电压源的端电压 u_S 为某一常数或某给定的时间函数,与流过它的电流无关。

(2)流过理想电压源的电流由其端电压 u_S 和负载共同决定。

当理想电压源 U_s 接于负载 R 两端时,电阻中的电流为 $I=U/R=U_s/R$,则在 U_s 为某一常数时 I 随 R 而变化。

3. 理想电流源及其电路符号

把输出电流总保持为某一定值或某一给定时间函数的电源称为理想电流源。如光电池输出的电流只与照度有关,与它的两端电压无关,当照度一定,电流基本为常数,可以把它看作理想电流源。

图 1-11(a)和(b)所示均为理想电流源的符号,本书采用(b)图所示方式。理想直流电流源的伏安特性曲线如图 1-11(c)所示,电流 I 为常数 I_s,称为恒流源。

4. 理想电流源的两个特性

(1)理想电流源向外电路输出的电流为某一常数或给定时间的函数,与它两端的电压无关。

(2)理想电流源两端电压是由其电流及负载共同决定的。

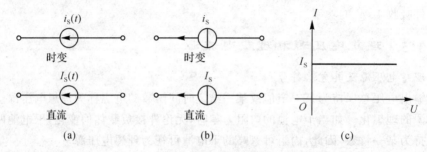

图 1-11   理想电流源及其伏安特性

1.2   欧姆定律

欧姆定律是电路分析中的基本定律之一,用来确定电路各部分的电压与电流的关系,它是 1827 年被德国科学家欧姆发现的,故称为欧姆定律。

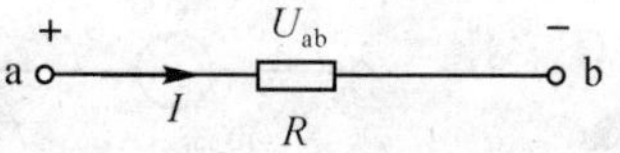

图 1-12 所示电路是一段不包括电源的电路,电路中的电流 I 与加在这段电路两端的电压 U_{ab} 成正比,与这段电路的电阻 R 成反比。这一结论叫做欧姆定律,这揭示了一段电路中电阻、电压、电流三者之间的关系。如图 1-12 所示,当 U 和 I 取关联参考方向时,则

图 1-12   部分电路

$$I=\frac{U}{R} \tag{1-9}$$

式中:U 的单位是伏特(V);I 的单位是安培(A);R 是线性电阻的电阻值,其单位是欧姆(Ω)。从线性电阻元件的伏安特性可知,能利用 $R=U/I$ 求得电阻值,但 R 是一个常

数,与通过它的电流和两端电压的大小无关。

若 U 和 I 取的是非关联参考方向,则欧姆定律的表达式为

$$I = -\frac{U}{R}$$

计量高电阻时,常用千欧(kΩ)或兆欧(MΩ)作单位。

$$1MΩ = 10^3 kΩ = 10^6 Ω$$

电阻元件也可用另一个参数——电导来表示,符号为 G。电导定义为

$$G = \frac{1}{R} \tag{1-10}$$

电导的单位是西门子(S)。若用电导表征电阻元件时,欧姆定律为

$$I = GU \quad 或 \quad U = \frac{I}{G} \tag{1-11}$$

1.3　电磁感应定律

自从 1820 年丹麦物理学家奥斯特发现电流周围存在着磁场之后,很多科学家都在研究:既然电流能产生磁场,那么磁场能否产生电流呢?英国物理学家法拉第坚持不懈,在经历了无数次挫折和失败后,终于在 1831 年发现变化的磁场能在导体回路中产生电流,这种现象叫做电磁感应现象,所产生的电流叫做感应电流。有电流就说明回路中有电动势存在,这种电动势叫做感应电动势。

1.3.1　电磁感应现象

产生感应电动势的方法很多,主要可分为两类:一类是导体相对磁场做切割磁力线运动,则导体上会产生感应电动势;另一类是闭合回路中的磁场发生变化,也会在回路中产生感应电动势。

直导体在磁场中的运动如图 1-13 所示。当导体 AB 按运动方向①运动,即向左或向右运动时,检流计指针就发生偏转;若导体 AB 不动,而让马蹄形磁铁向左或向右运

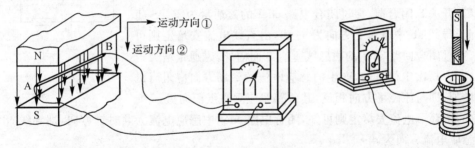

图 1-13　电磁感应实验　　　　　图 1-14　电磁感应现象

动,检流计指针也发生偏转,并且导体与磁场相对运动方向不同时,指针偏转方向也不同。实验现象说明这时电路中有电流,且电流方向和导体与磁场相对运动方向有关。若导体 AB 不动,或按运动方向②运动,即沿磁场方向向上或向下运动,则检流计指针不动,这说明此时电路中没有电流产生。上述实验证明:闭合电路中部分导体与磁场发生相对运动而切割磁感应线时,电路中就有电流产生。

当把磁铁插入或拔出螺线管时(如图 1-14 所示),穿过螺线管的磁通量将发生变化,检流计指针左、右摆动,说明螺线管中有电流产生,且电流方向与磁铁的插入、拔出有关,电流的大小与磁铁相对螺线管的运动速度有关,速度越大,回路中的电流强度也越大。上述实验证明:穿过闭合回路的磁通量发生变化时,闭合回路中就有感应电流产生。

1.3.2 楞次定律

闭合电路中有电流,该电路中必有电动势。因此在电磁感应中,如果闭合回路中有感应电流产生,那么该回路中也必定有感应电动势存在。回路中感应电动势的方向的确定原则由俄国科学家楞次于 1833 年提出,其内容是:闭合回路中感应电动势的方向,总是使它产生的磁场阻碍(或反对)原来磁场的变化。这就叫做楞次定律。

应用楞次定律确定回路或线圈中感应电动势或感应电流的方向时,要遵照以下步骤:

(1)明确原磁场的方向,确定穿过闭合回路的磁通量是增加还是减少。

(2)根据楞次定律,确定感应电流的磁场的方向,它总是"阻碍"原磁场的"变化"的,若穿过闭合电路的磁通量增加,则感应电流的磁场方向与原磁场方向相反;若穿过闭合电路的磁通量减少,则感应电流的磁场方向与原磁场方向相同。

(3)用右手螺旋定则确定感应电流或感应电动势的方向。

例 1-4 如图 1-15 所示,在闭合或断开开关 S 的瞬间,导线 cd 中都有感应电流产生。试用楞次定律分别确定这两种情况下导线 cd 中感应电流的方向。

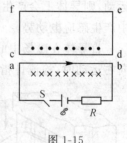

图 1-15

解 开关 S 闭合瞬间:

(1)开关 S 闭合前,穿过闭合电路 cdef 的磁通量为零。S 闭合瞬间,导线 ab 中电流 I 方向为 a→b,由直线电流安培定则可判定,穿过闭合回路 cdef 的磁感线垂直纸面向外,磁通量增大。

(2)由楞次定律可知,产生的感应电流的磁场方向应阻碍磁通量增加,即与原磁场方向相反,其磁感线应垂直纸面向里。

(3)由环形电流安培定则可知,闭合电路 cdef 中感应电流为顺时针方向,即导线 cd 中的感应电流方向为 d→c。

开关 S 打开时的情况,请同学们自行分析确定。

1.3.3　法拉第电磁感应定律

切割磁感线的那部分导体,磁通量发生变化的那个线圈相当于电源。无论电路是否闭合,只要穿过电路的磁通量发生变化就有感应电动势产生。若电路闭合,就有感应电流产生。

在研究电磁感应的实验中发现:导线切割磁感线的速度越快,产生的感应电流越大;磁铁插入或拔出闭合的螺线管的速度越快,产生的感应电流越大。这究竟是什么原因呢?

法拉第用大量的实验证明:不论任何原因,当穿过闭合回路所包围面积的磁通量 Φ 发生变化时,在回路中都会出现感应电动势,而且感应电动势的大小总是与磁通量对时间 t 的变化率 $\mathrm{d}\Phi/\mathrm{d}t$ 成正比,这就是法拉第电磁感应定律。它适用于所有的电磁感应现象,是确定感应电动势大小的最普遍的规律。用数学公式可表示为

$$\mathscr{E}=-K\frac{\mathrm{d}\Phi}{\mathrm{d}t} \tag{1-12}$$

上式中 K 是比例系数,在国际单位制中,$\mathscr{E}$ 的单位是伏特(V),Φ 的单位是韦伯(Wb),t 的单位是秒(s),则有 $K=1$,负号表示感应电动势的方向总是阻碍磁通量的变化。

式(1-12)是针对单匝线圈而言的,如果线圈有 N 匝,则可看作由 N 个单匝线圈串联而成,且每匝线圈内磁通量变化情况相同,故得 N 匝线圈的感应电动势为

$$\mathscr{E}=-N\frac{\mathrm{d}\Phi}{\mathrm{d}t} \tag{1-13}$$

由法拉第电磁感应定律可以推导出直导线垂直切割磁感线运动时感应电动势的大小,如图 1-16 所示,矩形线框 abcd 放在磁通密度为 B 的匀强磁场中,线框平面与磁感线垂直。导线 ab 长为 l,在与磁感线垂直方向上以速度 v 向右做切割磁感线运动,假设 b 点与 c 点的距离为 x,则有 $v=\mathrm{d}x/\mathrm{d}t$,则感应电动势大小为

$$\mathscr{E}=N\frac{\mathrm{d}\Phi}{\mathrm{d}t}=\frac{\mathrm{d}}{\mathrm{d}t}Blx=Blv \tag{1-14}$$

根据楞次定律,$\mathscr{E}$ 的方向由 b 指向 a,即 a 点的电位高于 b 点的电位。

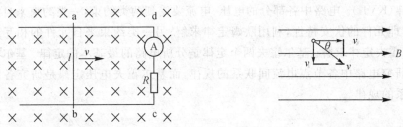

图 1-16　导线切割磁感线　　　　　　　　图 1-17　速度分解示意图

注意:使用式(1-14)是有条件的,B,v 及导线放置方向三者必须相互垂直。若 B 与 v 不垂直,而是成一定的角度,如图 1-17 所示,则可将速度 v 分解为垂直于磁感线的分速度 $v_\perp = v\sin\theta$ 和平行于磁感线的分速度 $v_\parallel = v\cos\theta$,由于平行于磁感线的分速度 $v_\parallel$ 不切割磁感线,故导线切割磁感线所产生的感应电动势的一般公式为

$$\mathscr{E} = Blv\sin\theta \tag{1-15}$$

分析表明,即使在图 1-16 中没有金属线框,导体 ab 在磁场中做切割磁感线的运动时也会产生感应电动势,其方向同样是由 b 指向 a。

例 1-5 在图 1-16 中,$l = 0.2$m,$B = 0.4$T。求:(1)当 ab 以 $v = 5.0$ m/s 的速度向右匀速运动时,求 ab 上感应电动势 $\mathscr{E}$ 的大小;(2)设回路中的电阻保持为 $R = 0.2\Omega$,求使 ab 保持上述匀速运动必须施加的力 F(忽略摩擦力);(3)求力 F 作用后机械功率 P_F 和回路中的电功率 P。

解 (1)$\mathscr{E} = Blv = 0.4 \times 0.2 \times 5.0 = 0.4$(V)

(2)回路中的感应电流为

$$I = \frac{\mathscr{E}}{R} = \frac{0.4}{0.2} = 2.0 \text{(A)}$$

电流的方向为顺时针方向,此时,ab 受到的安培力为

$$F_A = BIl = 0.4 \times 2.0 \times 0.2 = 0.16 \text{(N)}$$

其方向由安培定则判定为向左,要保持 ab 匀速运动,则施加的力 F 的方向向右,大小为 $F = F_A = 0.16$N。

(3)做的功和功率分别为

$$P_F = Fv = 0.16 \times 5.0 = 0.80 \text{(W)}$$
$$P = I^2R = 2.0^2 \times 0.2 = 0.80 \text{(W)}$$

1.4 基尔霍夫定律

电路的基本定律除了欧姆定律以外,主要还有基尔霍夫电流定律(KCL)和基尔霍夫电压定律(KVL)。电路中各部分的电压、电流要受到两类约束,一类约束来自元件的本身性质,即元件的伏安特性,利用欧姆定律求解;另一类约束来自元件的相互连接方式,用基尔霍夫定律求解。基尔霍夫两个定律是分析电路的最基本的定律。基尔霍夫电流定律是研究电路中各节点电流间联系的规律,而基尔霍夫电压定律是研究各回路电压之间联系的规律。

1.4.1　相关名词

支路　通常情况下,通以相同的电流无分支的一段
电路称为支路,如图 1-18 所示有三条支路:acb,ab,
adb。其中两条含电源的支路称为有源支路,一条不含
电源的支路称为无源支路。

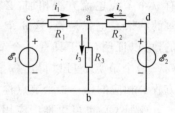

图 1-18　电路示例

节点　电路中三条或三条以上的支路的连接点称
为节点,如图 1-18 所示有两个节点 a,b。

回路　电路中任一闭合路径称为回路,如图 1-18
所示的 acba,abda,acbda 都是回路,这个电路共有三个回路。

网孔　在回路内部不含有任何支路的回路叫作网孔。如图 1-18 所示回路 acba,
abda 均为网孔,而回路 acbda 则不是网孔,因为内部有支路 ab。

1.4.2　基尔霍夫电流定律

在电路中,任何时刻,对任一节点所有支路电流的代数和恒等于零,这就是基尔霍
夫电流定律。此处,电流的"代数和"是根据电流是流出节点还是流入节点判断的。写成
公式为

$$\sum I = 0 \tag{1-16}$$

例如,对于某电路中的一个节点 a,如图 1-19 所示,假定
流入节点的电流为正,流出节点的电流为负,则有

$$-I_1 + I_2 - I_3 + I_4 - I_5 = 0$$

上式还可以写成

$$I_1 + I_3 + I_5 = I_2 + I_4$$

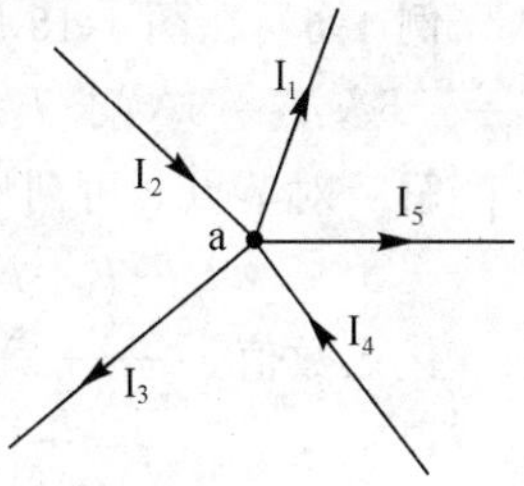

由此可见,基尔霍夫电流定律的另一种说法:在电路中对任
一节点,在任一时刻流入该节点的电流之和等于流出该节点
的电流之和,这叫电流的连续性。其数学表达式为

$$\sum I_入 = \sum I_出 \tag{1-17}$$

图 1-19　基尔霍夫
电流定律示例

在应用 KCL 时,请注意:

(1)首先应假定各支路电流的参考方向。

(2)根据计算结果,有些支路的电流可能是负值,这是由于所选定的电流的参考方
向与实际方向相反所致。由此可看出,运用 KCL 时要涉及两套符号,一套是 KCL 方程
中各项电流的正负号,另一套是各支路电流本身的正负号。

(3)在对电路中的所有节点列写 KCL 方程时,由于每一支路无一例外地与两个节
点相连,且每个支路电流必然从其中一个节点流入,从另一节点流出。所以,在所有

KCL 方程中,每个支路电流必然出现两次,一次为正,一次为负(指每项前面的"+"或"−")。若把所有 n 个节点电流方程相加,必然得出等号两边为零的结果。也就是说,这 n 个方程不是相互独立的,可以证明,对于具有 n 个节点的电路,在任意 $(n-1)$ 个节点上可以得出 $(n-1)$ 个独立的 KCL 方程。相应的 $(n-1)$ 个节点称为独立节点。

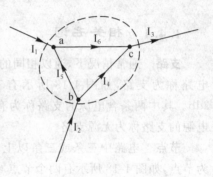

图 1-20 广义结点示意图

(4)KCL 也可以推广应用于包围部分电路的任一假想的闭合面。如图 1-20 所示的电路,它包含 3 个节点。

利用 KCL 可列出:

对节点 a $I_1 + I_5 - I_6 = 0$

对节点 b $I_2 - I_4 - I_5 = 0$

对节点 c $-I_3 + I_4 + I_6 = 0$

把上面 3 个方程式相加,得

$$I_1 + I_2 - I_3 = 0$$

即对闭合面有 $\sum I = 0$

可见,在任一瞬间,通过任一闭合面的电流的代数和也恒等于零。

例 1-6   在图 1-19 所示电路中,电流的参考方向如图所示,已知 $I_1 = 2\text{A}$,$I_2 = 3\text{A}$,$I_4 = -5\text{A}$,$I_5 = 6\text{A}$,求 I_3。

解   对节点 a 可列出 KCL 方程

$$-I_1 + I_2 - I_3 + I_4 - I_5 = 0$$

代入数值 $-2 + 3 - I_3 + (-5) - 6 = 0$

得 $I_3 = -10(\text{A})$

电流 I_3 为负值,说明 I_3 的实际方向与参考方向相反,故电流 I_3 的大小为 10A,方向应是流入 a 点。

1.4.3   基尔霍夫电压定律

基尔霍夫电压定律也称为回路电压平衡方程,简称 KVL。

基尔霍夫电压定律   在任何时刻,沿任一闭合回路绕行一周,所有支路电压的代数和恒等于零。写成公式即

$$\sum U = 0 \tag{1-18}$$

KVL 规定了电路中任一回路内电压服从的约束关系,至于回路内是些什么元件与定律无关。因此,无论是线性电路还是非线性电路,无论是直流电路还是交流电路,此定

律都适用。在应用 KVL 列写电压方程时,首先需要指定一个回路绕行方向。凡是元件上的电压参考方向与回路绕行一致时,在式中该电压前面取正号;而电压参考方向与回路绕行方向相反时,则电压前面取负号。

以图 1-18 所示电路的一个回路为例,重画如图 1-21 所示,图中电源电动势、电流和电压的参考方向均已标出。按实线绕行方向,列出 KVL 电压方程为

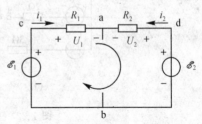

$$U_1 - U_2 + \mathscr{E}_2 - \mathscr{E}_1 = 0$$

根据欧姆定律可写出

$$i_1 R_1 - i_2 R_2 + \mathscr{E}_2 - \mathscr{E}_1 = 0$$

$$i_1 R_1 - i_2 R_2 = \mathscr{E}_1 - \mathscr{E}_2$$

图 1-21　基尔霍夫电压定律

$$\sum iR = \sum \mathscr{E} \qquad\qquad (1\text{-}19)$$

这是基尔霍夫电压定律的另一种表达形式,即在任一回路中,电动势的代数和恒等于各电阻上电压降的代数和。

在应用 KVL 时,也需要注意以下几点:

(1)首先应假定回路绕行方向。

(2)根据计算结果,有些支路的电压可能是负值,这是由于所选定的电压的参考方向与实际方向相反所致。由此可看出,运用 KVL 时要涉及两套符号,一套是由各部分电压相对绕行方向确定的;一套是由参考方向对实际方向确定的。当起点电位高于终点电位时,所取电压为正值,反之,电压为负。

(3)经过证明,网孔一般是独立回路,在列写 KVL 方程时,一般是对独立回路列写电压方程。而 KVL 独立方程数等于它的独立回路数。在电路中,设有 b 条支路,n 个节点,则独立回路数为 $b-(n-1)$,而网孔数正好是 $b-(n-1)$ 个。

(4)KVL 还可以推广应用于假想回路,即不闭合的电路,如图 1-22(a)所示的电路,其中 a、b 两点没有闭合,此时不妨把原电路看作一闭合回路,假设其间有一个电压 U_{ab},此电压与该回路的其他电压仍满足 KVL。

先把(a)图改画成(b)图的形式,再求电流 I。

在回路 1 中,有　　　$6I = 12 - 6$

得　　　　　　　　　$I = 1(A)$

对回路 2,利用 KVL 可得

$$U_{ac} + U_{cb} - U_{ab} = 0$$

$$U_{ab} = -2 + 12 - 3 \times 1 = 7(V)$$

可见,对于假想回路,KVL 同样适用,但在列电压方程时,要注意开口处的电压方向。

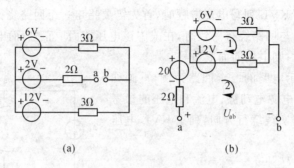

(a)   (b)

图 1-22 基尔霍夫电压定律推广应用

1.5 磁路欧姆定律

1.5.1 磁场与磁路

根据电磁场理论,磁场是由电流产生的,它与电流在空间的分布和周围空间磁介质的性质密切相关。在工程中,常把载流导体制成的线圈绕在由磁性材料制成的闭合铁芯上。由于磁性材料的磁导率比周围空气的磁导率大得多,因此,铁芯中的磁场比周围空气中的磁场强得多,磁场的磁力线大部分汇聚于铁芯中,这种由磁性材料组成的、能使磁力线集中通过的整体,称为磁路,它是一个闭合的通路。凡需要强磁场的场合,都广泛采用磁路实现,如在各种型号的电机、变压器、继电器、电磁铁和电磁仪表等电气设备中,都是由磁性材料制成磁路的。图 1-23 所示是一种变压器的示意图。

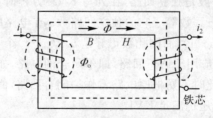

图 1-23 变压器的磁路

磁路在载流线圈的作用下(如图 1-23 中的电流 i_1 和 i_2),在其内外分布着电磁场,因此,磁路的分析计算实际上是电磁场的求解问题。描述磁场的两个基本物理量——磁感应强度 B(向量)和磁场强度 H(向量)是分析计算磁路的基础。

磁感应强度 用向量 B 表示,它是根据洛仑兹力定义的,它表示空间某点磁场强弱和方向的物理量,其方向与产生该磁场的电流(称励磁电流)方向之间符合右手螺旋定则,其大小可表示为

$$B=\frac{F}{Il} \tag{1-20}$$

即磁场中某点的磁感应强度 B 的大小,在数值上等于该点磁场作用于长为 1m、通有 1A 电流并垂直于磁场方向的导体上的力。

在国际单位制(SI)中,磁感应强度的单位是特斯拉(T),也就是韦[伯]每平方米 (Wb/m²)。

磁通　在均匀磁场中,磁感应强度 B 与垂直于磁场方向的面积 S 的乘积,称为通过该面积的磁通 Φ,即 $\Phi=B\cdot S$。

由此可见,磁感应强度 B 在数值上等于与磁场方向垂直的单位面积上通过的磁通 Φ,故 B 又称为磁通密度。

在国际单位制(SI)中,磁通的单位是韦伯(Wb)。

磁场强度　用向量 H 表示,它是计及磁介质的作用后描述磁场的另一个物理量,它与磁感应强度 B、磁介质的磁导率 μ 之间有如下关系

$$H=\frac{B}{\mu} \tag{1-21}$$

在国际单位制(SI)中,磁场强度的单位为安每米(A/m)。

磁导率　用来衡量物质导磁能力大小的物理量,又称为导磁系数。在国际单位制(SI)中,磁导率的单位为亨每米(H/m)。真空中磁导率 μ_0 为一常数,即

$$\mu_0=4\pi\times10^{-7}(\text{H/m})$$

各种非磁性材料(包括空气)的磁导率都接近于 μ_0。为了便于比较各种物质的导磁能力,通常把任意一种物质的磁导率 μ 与真空磁导率 μ_0 的比值,称为该物质的相对磁导率 μ_r,即 $\mu_r=\mu/\mu_0$。

凡是 $\mu_r\approx1$ 的物质均称为非磁性材料,$\mu_r\gg1$ 的物质称为磁性材料。

铁磁物质的相对磁导率见表 1-1。

表 1-1　铁磁物质的相对磁导率

铁磁物质	μ_r	铁磁物质	μ_r
铝硅铁粉芯	2.5~7	软铁	2180
镍锌铁氧体	10~1000	已退火的铁	7000
锰锌铁氧体	300~5000	变压器硅钢片	7500
钴	174	在真空中熔化的电解铁	12950
未经退火的铸铁	240	镍铁合金	60000
已经退火的铸铁	620	C 型玻莫合金	115000
镍	1120		

如图 1-24 所示的线圈通电后，在其周围产生磁场。磁场强弱与通过线圈的电流 I 和线圈的匝数 N 的乘积成正比。线圈内部 x 点处的磁感应强度的大小可表示为

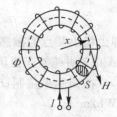

$$B_x = \mu_r \mu_0 \frac{NI}{l_x} = \mu_r \mu_0 \frac{NI}{2\pi x}$$

式中：l_x 表示 x 点处的磁力线的长度。

可见，某点磁感应强度 $\boldsymbol{B}$ 的大小与磁介质、流过电流大小、线圈的匝数及该点的位置有关。

图 1-24　环形线圈

1.5.2　磁路欧姆定律

磁路的欧姆定律是对磁路进行分析与计算的最基本定律。

以图 1-24 所示的环形线圈为例，其铁心由某种铁磁性材料构成。根据安培环路定律有

$$\oint H \mathrm{d}l = \sum I \tag{1-22}$$

电流的代数和等于电流 I 与线圈匝数 N 的乘积，即

$$\sum I = NI$$

则可得

$$NI = Hl = \frac{B}{\mu}l = \frac{\Phi}{\mu S}l \tag{1-23}$$

或

$$\Phi = \frac{NI}{\dfrac{l}{\mu S}} = \frac{F}{R_m} \tag{1-24}$$

式中：$F = NI$ 为磁通势，是产生磁通的根源，单位为 A；$R_m = l/\mu S$ 称为磁阻，是表示磁路对磁通具有阻碍作用的物理量；l 是磁路的平均长度（环形的线圈的中心线长度）；N 是线圈的匝数；I 是励磁电流；S 是磁路的截面积。

式(1-24)在形式上与电路的欧姆定律相似，故也称为磁路的欧姆定律，同电路欧姆定律一样，磁路的欧姆定律是磁路分析与计算的基础。

表 1-2 将简单的直流电路和磁路进行了比较，可以看出，磁路与电路有很多相似之处，但磁路的分析与计算要比电路难得多。

关于磁路的计算简单介绍如下。

在计算电机、电器等的磁路时，往往预先给定铁芯中的磁通（或磁感应强度），而后按所给的磁通及磁路各段的尺寸和材料求产生预定磁通所需的磁通势 $F = NI$。

如果磁路是均匀磁路，则可用式(1-23)计算求得。

表 1-2　磁路和电路的比较

磁　路	电　路
磁通势：F 磁通：Φ 磁感应强度：B 磁阻：$R_\mathrm{m}=\dfrac{1}{\mu S}$	电动势：E 电流：I 电流密度：J 电阻：$R=\rho\dfrac{l}{S}$
$\Phi=\dfrac{NI}{\dfrac{l}{\mu S}}=\dfrac{F}{R_\mathrm{m}}$	$I=\dfrac{U_\mathrm{s}}{R}=\dfrac{U_\mathrm{s}}{\rho\dfrac{l}{S}}$

如果磁路是由不同的材料或不同长度和截面积的几段组成的,即磁路由磁阻不同的几段串联而成,则

$$NI=H_1l_1+H_2l_2+\cdots+H_nl_n=\sum(Hl) \tag{1-25}$$

这是计算磁路的基本公式,式中 $H_1l_1,H_2l_2,\cdots,H_nl_n$ 也称为磁路各段的磁压降。

例 1-7　一个具有闭合的均匀铁芯的线圈,如图 1-24 所示,其匝数为 400 匝,铁芯中的磁感应强度为 0.9T,磁路的平均长度为 40cm,试求:(1)铁芯材料为铸铁时线圈中的电流;(2)铁芯材料为硅钢片时线圈中的电流。

解　从磁化曲线(B-H 曲线)中查出磁场强度 H,然后根据式(1-23)算出电流。

(1)铁芯材料的磁场强度

$$H_1=9000(\mathrm{A/m})$$

$$NI_1=H_1l=9000\times0.4=3600(\mathrm{A})$$

则线圈中的电流 $I_1=9(\mathrm{A})$。

(2)硅钢片材料的磁场强度

$$H_2=260(\mathrm{A/m})$$

$$NI_2=H_2l=260\times0.4=104(\mathrm{A})$$

则线圈中的电流 $I_2=0.26(\mathrm{A})$。

可见,由于所用铁芯材料的不同,要得到同样的磁感应强度,所需要的磁通势或励磁电流的大小相差就很悬殊。因此,采用磁导率高的铁芯材料可使线圈的用铜量大为降低。

1.5.3　电磁铁

电磁铁是利用通电的铁芯线圈吸引衔铁或保持某种机械零件于固定位置的一种电器。常用来操纵、牵引机械装置以完成预期的动作,或用于钢铁零件保持固定和铁磁物件的起重搬运等。此外,电磁铁又是构成各种电磁型开关、电磁阀门和继电器的基本部件。

电磁铁的结构形式多种多样,但它们的基本结构都是由三部分组成:励磁绕组(吸引线圈)、铁芯(静铁芯)和衔铁(动铁芯),如图 1-25 所示。绕组通电后,衔铁即被铁芯吸引,实现某一机械动作。

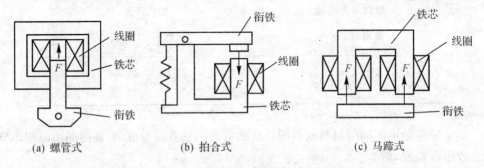

(a) 螺管式　　　　　　(b) 拍合式　　　　　　(c) 马蹄式

图 1-25　电磁铁的几种形式

电磁铁按励磁电流种类不同,可分为直流电磁铁和交流电磁铁两种。它们有各自的特点,使用时应特别注意。

1. 直流电磁铁

直流电磁铁用直流电励磁,励磁电流仅与电压和线圈电阻有关,而与气隙大小无关,当电压一定时电流也为定值。但电磁吸力与气隙有关,随着气隙的减小,磁路磁阻减小而磁感应强度 B 增大,故电磁力随之平稳,工作可靠,适用于频繁动作的机械,但其行程不宜太大。

电磁铁的励磁绕组通电后,衔铁受电磁吸力的作用而移动和做功,所以电磁吸力是电磁铁的主要参数之一。衔铁受电磁吸力作用移动做机械功,气隙中的磁场能量也随之发生变化。电磁吸力的计算公式可通过两者平衡关系推导出,其公式为

$$F = \frac{B_0^2}{2\mu_0} S_0 = \frac{10^7}{8\pi} B_0^2 S_0 \tag{1-26}$$

式中:B_0 为空气隙中的磁感应强度,单位为 T;S_0 为空气隙作用的截面积,单位为 m^2;F 为电磁吸力,单位为 N。

2. 交流电磁铁

交流电磁铁和直流电磁铁在原理上无区别,只是用交流电励磁,故其供电电源极为

方便,在生产中应用很广。磁感应强度 B 也为时变函数。气隙增大时磁阻变大,线圈感抗减小,故励磁电流增大。而衔铁吸合后气隙缩小,磁阻减小,线圈感抗增大,故励磁电流相应减小。所以交流电磁铁的励磁电阻随衔铁的行程而变化。衔铁被卡住不能吸合时,线圈中就有较大的电流通过,使线圈严重发热,甚至烧毁线圈。故交流电磁铁适用于动作时间短、行程大、操作不频繁的执行机构。设空气隙的磁感应强度为

$$B_0 = B_m \sin\omega t$$

则由式(1-26)可知,电磁吸力的瞬时值为

$$f = \frac{10^7}{8\pi} B_0^2 S_0 = \frac{10^7}{8\pi} B_m^2 S_0 \sin^2\omega t$$

$$= F_m \frac{1-\cos 2\omega t}{2} = \frac{1}{2} F_m - \frac{1}{2} F_m \cos 2\omega t \tag{1-27}$$

式中: $F_m = \dfrac{10^7}{8\pi} B_m^2 S_0$ 是电磁吸力的最大值。

由式(1-27)可知,电磁吸力的瞬时值是由两部分组成的:一部分为恒定值,另一部分为交变分量,它以两倍交流电的频率脉动,其波形如图 1-26 所示。电磁吸力在一个周期内的平均值为

$$F = \frac{1}{T} \int_0^T F_m \frac{1-\cos 2\omega t}{2} \mathrm{d}t = \frac{1}{2} F_m = \frac{10^7}{16\pi} B_m^2 S_0$$

由图 1-26 可见,交流电磁铁的吸力的方向不变,但它的大小是变动的。这种脉动的吸力作用在衔铁上,使衔铁产生机械振动,并发出噪声,造成工作环境极不安宁。若是电磁继电器和接触器,铁芯振动还将导致继电器触头和接触器触头不牢固,触头间产生火花,将触头烧毁。为了消除这种现象,可在磁极的部分端面上嵌装一个铜制的短路环,如图 1-27 所示。

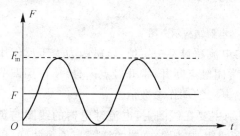

图 1-26　交流电磁铁的吸力

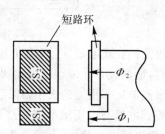

图 1-27　短路环

当交变磁通穿过短路环所包围的截面 S_2 时,在环中产生感应电流。根据电磁感应定律,感应电流产生的磁通在相位上落后于截面 S_1 中的磁通 Φ_1,由此分别产生吸力 F_1 和 F_2。任一瞬时作用在衔铁上的力为 F_1 和 F_2 之和,只要此合力始终大于其反力矩,衔铁的振动和噪声也将相应减弱或被消除。在交流电磁铁中,为了减小铁损,它的铁芯由硅钢片叠成。

1.5.4 继电器

继电器是一种自动电器,在控制系统中用来控制其他电器动作,或在主电路中保护其他电器工作。它根据输入量变化而产生动作。由于继电器的触点是用于控制电路的,且控制电路一般功率不大,所以对继电器触点的额定电流和转换能力的要求不高,因此,继电器一般不采用灭弧装置,触头结构也较简单。

按输入信号不同,继电器可分为电压继电器、电流继电器、中间继电器、时间继电器、热继电器、速度继电器等。

1. 电磁式电流继电器和电压继电器

控制继电器大部分为电磁式结构,即用电磁铁系统来感受输入量的变化,而通过触头系统输出控制信号。如图 1-28 所示为电磁式电流继电器结构示意图。

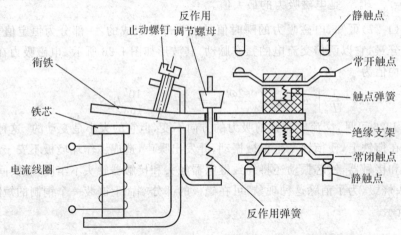

图 1-28　电磁式电流继电器结构示意图

图中为拍合式电磁铁,当通过电流线圈的电流超过某一定值,电磁吸力大于反作用弹簧力时,衔铁吸合并带动绝缘支架动作,使常闭触点断开,常开触点闭合。反作用调节螺母用来调节反作用力的大小,即用以调节继电器的动作参数值。

电流继电器与电压继电器在结构上的区别主要在线圈上,电流继电器的线圈与负载串联,用以反映负载电流,故线圈匝数少,导线粗;电压继电器的线圈与负载并联,以反映电压变化,其线圈匝数多,导线细。

2. 中间继电器

中间继电器的触点数量较多,用它作中间控制环节,起增加触点数量和中间放大作用,用以信号传递与转换或同时控制多个电路,也可直接用它来控制小容量电动机或其他电气执行元件。

中间继电器的结构和动作原理与电流继电器相似,也是由电磁系统和触点系统组成,只是电磁系统较小、触点对数较多。选用中间继电器主要依据控制电路的电压等级,同时还要考虑触点的数量、种类及容量,以满足控制线路的要求。

3. 热继电器

热继电器是实现过载保护的一种自动电器,它能在电动机过载时自动切断电源,使电动机停车。

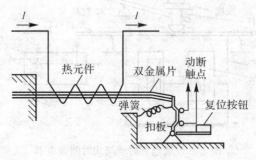

图 1-29　热继电器原理图

热继电器的原理图如图 1-29 所示,其主要由热元件、双金属片和触头三部分构成。热元件是一段电阻不大的电阻丝,接在电动机的主电路中。双金属片是热继电器的感温元件,它由两种具有不同线膨胀系数的金属碾压而成。图 1-29 中,下层金属的膨胀系数大,上层的小。当电动机在额定负载下运行时,双金属片不会变形。一旦电动机过载,通过热元件的电流超过它的容许值而使双金属片受热时,双金属片便向上弯曲,因而脱扣,扣板在弹簧的拉力下将动断触点断开。动断触点接在电动机的控制电路中,控制电路断开使接触器的线圈断电,从而断开电动机的主电路。

如果要热继电器复位,按下复位按钮即可。

4. 时间继电器

时间继电器种类很多,有空气式、电磁式及电子式等。最常用的是空气阻尼式时间继电器。

如图 1-30 所示,时间继电器主要由电磁系统、触点、空气室和传动机构组成。当吸引线圈通电后将动铁芯吸下,使动铁芯与活塞杆之间有一段距离。在释放弹簧的作用下,活塞杆随同撞块一起下降。由于这时空气室中形成负压,产生空气阻尼作用而使撞块不能迅速下降,待进入空气室内的空气逐渐增加,过了一段时间,撞块才能触及杠杆使延时触点动作。从线圈通电到延时触点动作的这段时间就是时间继电器的延时时间。它可通过调节螺钉改变进气孔的大小,从而调节延时时间,延时范围为 0.4~60s 和 0.4~180s 两种。

当线圈断电后,在复位弹簧作用下衔铁立即复位。此继电器有两个延时触点:一个是断开的动断触点,一个是闭合的动合触点。另外还有两个瞬时触点。上述为通电延时

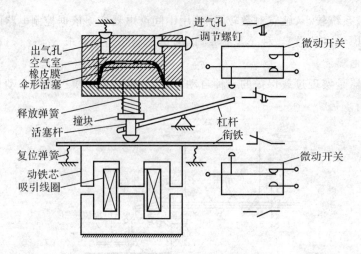

图 1-30　通电延时空气式时间继电器

的时间继电器,也可做成断电延时的时间继电器,它也有两个延时触点:一个是延时闭合的动断触点,一个是延时断开的动合触点。

本章小结

1.电路的工作状态有三种,即有载工作状态、开路工作状态与短路状态。

2.电路的基本物理量

(1)电流:电荷有规律的运动称为电流。电流的强弱通常用电流强度来表示,电流的实际方向为正电荷的运动方向。

(2)电压:电场力对单位正电荷所做的功称为电压,它也等于两点之间的电位差。规定电位降低的方向为电压的实际方向。

(3)电动势:非电场力即局外力把单位正电荷在电源内部由低电位端移到高电位端所做的功,称为电动势。

(4)电功率:电场力在单位时间内所做的功称为电功率,简称功率,用 P 表示。如果元件的电压和电流为关联参考方向,有 $P=ui$;如果元件的电压和电流为非关联参考方向,则有 $P=-ui$。当 $P>0$ 时,表示元件吸收功率;当 $P<0$ 时,表示元件放出功率。

3.电路的基本定律

(1)欧姆定律:电压与电流为关联参考方向时,有 $U=IR$,当电压与电流取非关联参考方向时,有 $U=-IR$。

(2)基尔霍夫定律:基尔霍夫定律包括 KCL 和 KVL。

基尔霍夫电流定律(KCL):在电路中,任何时刻,对任一节点所有支路电流的代数和恒等于零。

基尔霍夫电压定律(KVL)：在任何时刻,沿任一闭合回路绕行一周,所有支路电压的代数和恒等于零。

4. 电磁感应定律

(1)电磁感应现象：导体相对磁场作切割磁力线运动或闭合回路中的磁场发生变化,都会在回路中产生感应电动势。

(2)楞次定律：闭合回路中感应电动势的方向,总是使它产生的磁场阻碍(或反对)原来磁场的变化。

(3)法拉第电磁感应定律：不论任何原因,当穿过闭合回路所包围面积的磁通量 Φ 发生变化时,在回路中都会出现感应电动势 $\mathscr{E}$,而且感应电动势的大小总是与磁通量对时间 t 的变化率 $\mathrm{d}\Phi/\mathrm{d}t$ 成正比。

5. 磁路欧姆定律

在电工设备中,为了得到较强的磁场,用铁磁材料制成各种形状的铁芯,构成所需的磁路。磁路中的磁通 Φ、磁通势 F 和磁阻 R_m 之间的关系由磁路欧姆定律确定,即

$$\Phi = \frac{NI}{\dfrac{l}{\mu S}} = \frac{F}{R_\mathrm{m}}$$

直流电磁铁的铁芯由整块软铁制成,电磁吸力为

$$F = \frac{10^7}{8\pi} B_0^2 S_0$$

吸合过程中电流不变,磁通增大,吸力也增大。

交流电磁铁的铁芯由硅钢片叠成,并装有短路环以减弱振动。电磁吸力的平均值为

$$F = \frac{10^7}{16\pi} B_\mathrm{m}^2 S_0$$

继电器是根据某一输入量来换接执行机构的电器,它起传递信号的作用。常用的继电器有电压继电器、电流继电器、中间继电器、时间继电器、热继电器、速度继电器。

习题 1

1-1　某电源,经测量其开路电压 $U_\mathrm{OC}=5\mathrm{V}$、短路电流 $I_\mathrm{S}=20\mathrm{A}$,求该电源的电动势 E 和内阻 R_0。

1-2　图 1-31 所示是从某一电路中取出的一条支路 AB。试问：电流的实际方向如何？

1-3　图 1-32 所示是电路中的一个元件,试问：元件两端电压的实际方向如何？

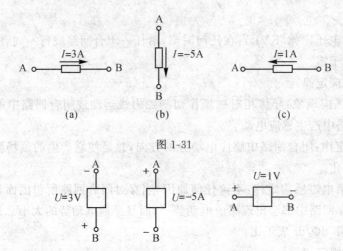

图 1-31

图 1-32

1-4　图 1-33 所示电路中,各元件电压、电流的参考
方向如图所示。已知 $I_1 = -4A$, $I_2 = 4A$, $I_3 = 4A$, $U_1 =$
140V, $U_2 = -90V$, $U_3 = 50V$。

(1)确定各电流、电压的实际方向;

(2)计算各元件的功率,并判断元件的性质(负载或电
源)。

1-5　判断在下列三种情况下,闭合线圈有无感应电
流产生:

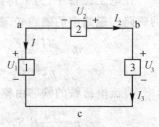

图 1-33

(1)图 1-34(a)中,导线框的平面垂直于匀强磁场的磁感线,让线框上下或左右移
动时;

(2)如图 1-34(b)所示,先把置于磁场中的弹簧线圈撑大,再放手使线圈缩小时;

(3)如图 1-34(c)所示,在合上开关 K 的情况下,变阻器的触头左右移动时。

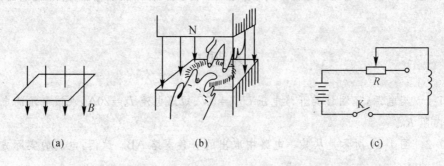

图 1-34

1-6　试分别求图 1-35 电路中的恒压源和恒流源所发出的功率,并判别它们是电源还是负载?

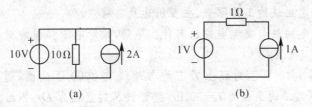

图 1-35

1-7　在图 1-36 所示的电路中,分别求出当 a 点与 b 点相连和 b 点与 c 点相连两种情况下,a,b,c 三点的电位。

图 1-36　　　　　　　　　　　　　　图 1-37

1-8　在图 1-37 所示的电路中,四个方框分别代表电源或负载,电流及电压的正方向图中已标出,已知 $I=-2A,U_1=3V,U_2=8V,U_3=-2V,U_4=7V$。

(1)用虚线箭头标出各电压、电流的实际方向。

(2)哪些方框是电源? 哪些方框是负载?

(3)各负载消耗功率是多少? 试验证电源发出的功率和负载消耗的功率是否平衡。

1-9　电路如图 1-38 所示,已知:$I_1=2A,I_3=-3A,I_6=10A$,用基尔霍夫电流定律(KCL)求 I_2,I_4,I_5。

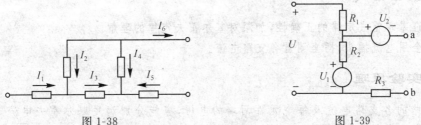

图 1-38　　　　　　　　　　　　　　图 1-39

1-10　电路如图 1-39 所示,已知:$U=20V,U_1=10V,U_2=8V,R_1=2\Omega,R_2=3\Omega,R_3=3\Omega$,用 KVL 求开路电压 U_{ab}。

1-11　有一线圈,匝数为 $N=1000$,绕在由铸钢制成的闭合铁芯上,铁芯的截面积

$S=20\text{cm}^2$，铁芯的平均长度为 $l=50\text{cm}$，如要在铁芯中产生磁通 $\Phi=0.002\text{Wb}$，试问线圈中应通入多大直流电流？

1-12 简述电磁铁的工作原理、主要用途及其特点。

1-13 直流电磁铁与交流电磁铁有什么不同，额定电压相同的交、直流电磁铁能否互相代替使用？

1-14 在图 1-40 所示的环上紧密均匀地绕有 2000 匝线圈，通往线圈的电流为 5A。设环平均长度 l 的半径为 $r=50\text{cm}$，截面积 S 的直径为 $D=2\text{cm}$。试求：

(1)当环用铁($\mu_r=500$)或用铜($\mu_r=1$)制成时，环内磁通分别为多少？

(2)假如需使铜制环与铁制环磁通相同，此时铜环中电流为铁环的多少倍？

1-15 一交流电磁铁如图 1-41 所示，励磁线圈的匝数 $N=6000$，铁芯截面积 $S=2\text{cm}^2$，励磁线圈的额定电压 $U=200\text{V}$，频率 $f=50\text{Hz}$，漏磁通可忽略不计。试求电磁铁的电磁吸力的最大值和平均值。

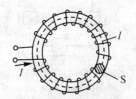

图 1-40

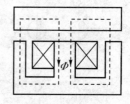

图 1-41

1-16 简述热继电器的主要结构和动作原理。

1-17 简述空气式时间继电器的延时动作原理。

实验 1 基尔霍夫定律的验证

一、实验目的

1. 验证基尔霍夫定律的正确性，加深对基尔霍夫定律的理解。
2. 学会用电流插头、插座测量各支路电流。

二、实验原理

某电路的各支路电流及每个元件两端的电压，应能分别满足基尔霍夫电流定律(KCL)和电压定律(KVL)。即对电路中的任一个节点而言，应有 $\sum I=0$；对任何一个闭合回路而言，应有 $\sum U=0$。

运用上述定律时必须注意各支路或闭合回路中电流的正方向，此方向可预先任意设定。

三、实验设备

序号	名称	型号与规格	数量	备注
1	直流可调稳压电源	0～30V	2 路	
2	直流数字毫安表	0～200A	1	
3	直流数字电压表	0～200V	1	
4	基尔霍夫定律实验电路板		1	
5	可变电阻器		3	
6	万用表		1	可选

四、实验内容

实验线路按图 1-42 接线。

1. 实验前先任意设定三条支路和三个闭合回路的电流正方向。如图 1-42 所示，I_1，I_2，I_3 的方向已设定。三个闭合回路的电路正方向可设为 ADEFA，BADCB 和 FBCEF。

2. 分别将两路直流稳压源接入电路，令 $U_1=12$V，$U_2=6$V。

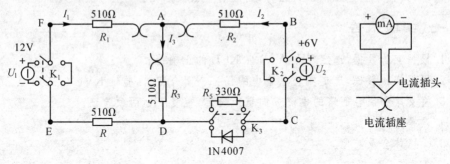

图 1-42

3. 熟悉电流插头的结构，将电流插头的两端接至数字毫安表的"＋"、"－"两端。

4. 将电流插头分别插入三条支路的三个电流插座中，读出并将电流值填入下表。

5. 用直流数字电压表分别测量两路电源及电阻元件上的电压值，填入下表。

被测量	I_1 (mA)	I_2 (mA)	I_3 (mA)	U_1 (V)	U_2 (V)	U_{FA} (V)	U_{AB} (V)	U_{AD} (V)	U_{CD} (V)	U_{DE} (V)
计算值										
测量值										
相对误差										

五、实验注意事项

1. 本次实验中要使用到电流插头,开关 K_3 应拨向 330Ω 侧。

2. 所有需要测量的电压值,均以电压表测量的读数为准。U_1,U_2 也需测量,不应取电源本身的显示值。

3. 防止稳压电源两个输出端碰线短路。

4. 用指针式电压表或电流表测量电压或电流时,如果仪表指针反偏,则必须调换仪表极性,重新测量。此时指针正偏,可读得电压或电流值。若用数显电压表或电流表测量,则可直接读出电压或电流值。但应注意:所读得的电压或电流值的正、负号应根据设定的电流参考方向来判断。

六、预习思考题

1. 根据图 1-42 的电路参数,计算待测的电流 I_1,I_2,I_3 和各电阻上的电压值,记入表中,以便实验测量时,可正确地选定毫安表和电压表的量程。

2. 实验中,若用指针式万用表直流毫安挡测各支路电流,在什么情况下可能出现指针反偏,应如何处理?在记录数据时,则会有什么显示呢?

七、实验报告

1. 根据实验数据,选定节点 A,验证 KCL 的正确性。

2. 根据实验数据,选定实验电路中的任一个闭合回路,验证 KVL 的正确性。

3. 将支路和闭合回路的电流方向重新设定,重复 1,2 两项验证。

4. 误差原因分析。

5. 心得体会及其他。

第 2 章

常用仪器仪表

【本章要点】

1. 电工仪表的分类和准确度；
2. 常见电工仪表的结构形式及常用电量的测量方法；
3. 万用表的分类、结构特点和使用方法；
4. 汽车专用示波器的结构、分类、工作原理和使用方法；
5. 基本的安全用电常识。

在汽车生产、检测、运行等诸多环节中，我们都需要了解各种物理量（如电压、电流、功率）及各种电路参数（如电阻、电感、电容）的量值，除了用分析计算的方法获得量值外，还可用实验的方法，即用电工仪表去检测。本章将介绍几种常用仪器仪表的工作原理及常用电量的测量方法。

2.1 电工仪表的分类与准确度

2.1.1 电工仪表的分类

电工测量的主要对象为电流、电压、电功率、电能、相位、频率、功率因数、电阻、电容等电工量。用来测量各种电量或磁量的仪器仪表统称为电工仪表。

电工仪表可以分为两大类：一类是直读式仪表，它具有将被测量转换为仪表可动部分的机械偏转角的特点，并能通过指示器直接读出被测量值；另一类是比较式仪表，主要用于比较法测量中。属于直流比较仪表的有直流电桥、电位差计等，属于交流比较仪表的有交流电桥等。这里着重介绍应用比较广泛的直读式仪表。

直读式仪表规格品种繁多，可按以下几个方面进行分类：

(1)按工作原理分类,有磁电系仪表、电磁系仪表、电动系仪表、铁磁电动系仪表、感应系仪表、静电系仪表等类型。

(2)按被测电工量分类,有电流表、电压表、功率表、电度表、功率因数表、频率表、兆欧表等类型。

(3)按使用方法分类,有安装式和便携式仪表。安装式仪表是固定安装在开关板或电气设备的面板上的仪表,又可称为面板式仪表,它广泛用于工业控制系统的运行监视和测量中。便携式仪表是可以携带和移动的仪表,其精度较高,广泛用于电气试验、精密测量及仪表检定等场合。

(4)按准确度等级分类,有 0.1,0.2,0.5,1.0,1.5,2.5,5.0 等七个准确度等级类型的仪表。

(5)按使用条件分类,有 A,B,C 三组类型的仪表。A 组仪表适应于环境温度为 0～40℃、湿度为 85% 条件范围使用;在同样湿度条件下,B 组环境温度为 -20～50℃;C 组环境温度则为 -40～60℃。

在仪表的刻度盘或面板上,通常用各种不同的符号来标注仪表的各类技术特性,这类反应仪表技术特性的符号称为仪表的标志。要做到正确地选用电工仪表,首先要了解仪表标志所代表的意义。表 2-1 列出了一些常见的仪表符号。

表 2-1 常见电工仪表符号

1.测量单位的符号

名称	符号	名称	符号	名称	符号
千安	kA	瓦特	W	毫欧	mΩ
安培	A	兆乏	Mvar	微欧	μΩ
毫安	mA	千乏	kvar	相位角	φ
微安	μA	乏尔	var	功率因数	cosφ
千伏	kV	兆赫	MHz	无功功率因数	sinφ
伏特	V	千赫	kHz	微法	μF
毫伏	mV	赫兹	Hz	皮法	pF
微伏	μV	兆欧	MΩ	亨	H
兆瓦	MW	千欧	kΩ	毫亨	mH
千瓦	kW	欧姆	Ω	微亨	μH

2.仪表工作原理的图形符号

名称	符号	名称	符号	名称	符号
磁电系仪表		电磁系仪表		电动系仪表	
铁磁电动系仪表		感应系仪表		静电系仪表	

续表

整流系仪表（带半导体整流器和磁电系测量机构）		热电系仪表（带接触式热变换器和磁电系测量机构）	

3.电流种类的符号

名称	符号	名称	符号	名称	符号	名称	符号
直流	——	交流（单相）	∿	直流和交流	≂	具有单元件的三相平衡负载交流	≋

4.准确度等级符号

名称	符号	名称	符号	名称	符号
以标度尺量限百分数表示的准确度等级,例如1.5级	1.5	以标度尺长度百分数表示的准确度等级,例如1.5级	⟨1.5⟩	以指示值百分数表示的准确度等级,例如 1.5 级	①1.5

5.工作位置符号

名称	符号	名称	符号	名称	符号
标度尺位置垂直	⊥	标度尺位置水平	⏟ 或"→"	标度尺位置与水平面倾斜成一角度,例如 60°	∠60°

6.端钮、调零器的符号

名称	符号	名称	符号	名称	符号	名称	符号
负端钮	—	公共端钮	✳	与外壳相连接端钮	⏚	调零器	⌒
正端钮	+	接地用端钮	⏚	与屏蔽相连接端钮	(⭘)		

7.按外界条件分组的符号

名称	符号	名称	符号	名称	符号
Ⅰ级防外磁场（例如磁电系）	⌂	Ⅱ级防外磁场及电场	Ⅱ 〔Ⅱ〕	A组仪表	△A
Ⅱ级防外电场（例如静电系）	〔⬚〕	Ⅲ级防外磁场及电场	Ⅲ 〔Ⅲ〕	B组仪表	△B
		Ⅳ级防外磁场及电场	Ⅳ 〔Ⅳ〕	C组仪表	△C

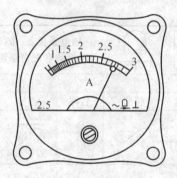

图 2-1 电流表盘外形

如图 2-1 所示为一电流表盘面图。从盘面符号可知,该表为整流系交流电流表,准确度等级为 2.5 级,使用时应垂直放置。

2.1.2 电工仪表的准确度

各种电工仪表,不论制造得如何精确,它的测量结果与被测量的实际值之间总是存在一定的差值,这种差值被称为仪表误差。误差值的大小反映了仪表本身的准确程度。因此,在仪表的技术参数中,仪表的准确度被用来表示仪表测量过程中产生的误差。

根据仪表误差产生的原因,误差可分为基本误差和附加误差。

仪表在正常工作条件下(指规定温度、放置方式、没有外电场和外磁场干扰等),因仪表结构、工艺等方面的不完善而产生的误差称为基本误差,如由于刻度的不准确、弹簧的永久变形、轴和轴承之间的摩擦和零件位置安装不正确等造成的误差。基本误差是仪表的固有误差。

仪表离开了规定的工作条件(指温度、放置方式、频率、外电场和外磁场等)而产生的误差称为附加误差。附加误差实际上是一种因工作条件改变造成的额外误差。

仪表误差有绝对误差、相对误差、引用误差三种表示方式。

绝对误差指仪表指示值 A_X 与被测量的实际值 A_0 之间的差值,用 Δ 表示,即

$$\Delta = A_X - A_0 \tag{2-1}$$

在测量同一被测量时,可用绝对误差来表示不同仪表的准确程度,但在测量不同大小的被测量时,往往不能简单用绝对误差来判断,因此引入相对误差的概念。

相对误差指绝对误差 Δ 与被测量的实际值 A_0 的比值的百分数,用 γ 来表示,即

$$\gamma = \frac{\Delta}{A_0} \times 100\% \tag{2-2}$$

工程上被测量的实际值一般难以确定,而仪表的指示值与实际值又比较接近,因此,采用指示值 A_X 近似代替 A_0 对相对误差进行计算,其公式为

$$\gamma = \frac{\Delta}{A_X} \times 100\% \tag{2-3}$$

相对误差可以表示测量结果的准确程度,但不能全面反映仪表本身的准确程度。对同一只仪表,在测量不同的被测量时,其绝对误差虽然变化不大,但随着被测量的变化,仪表指示值 A_x 可在仪表整个量程范围内变化。因此,对于不同大小的被测量其相对误差也是变化的。换句话说,每只仪表在全量程范围内各点的相对误差是不相同的,为此工程上采用引用误差来反映仪表的准确程度。

引用误差指绝对误差 Δ 与仪表最大读数(量限)A_m 比值的百分数,用 γ_m 来表示,即

$$\gamma_m = \frac{\Delta}{A_m} \times 100\% \tag{2-4}$$

工程上规定以最大引用误差来表示仪表的准确度,即仪表的最大绝对误差 Δ_m 与仪表最大读数 A_m 比值的百分数,用 K 表示。

$$\pm K = \frac{\Delta_m}{A_m} \times 100\% \tag{2-5}$$

最大引用误差越小,仪表的基本误差也越小,准确度就越高。目前我国直读式电工仪表按准确度分为七级,如表 2-2 所示。

表 2-2　仪表的基本误差

准确度等级	0.1	0.2	0.5	1.0	1.5	2.5	5.0
基本误差(%)	±0.1	±0.2	±0.5	±1.0	±1.5	±2.5	±5.0

由式(2-5)知,知道仪表的最大读数 A_m 即可推算出不同准确度等级的仪表所允许的最大绝对误差。

例如,有一准确度为 1.0 级的电压表,其最大量程为 50V,则可能产生的最大基本误差为

$$\Delta_m = \frac{\pm K \times A_m}{100} = \frac{\pm 1.0 \times 50}{100} = \pm 0.5 \text{(V)}$$

在正常条件下,可以认为最大基本误差是不变的,所以被测量与量限值的差距越大,其相对测量误差就越大。用上述电压表来测量实际值为 10V 的电压时,最大相对误差 γ_{m1} 为

$$\gamma_{m1} = \frac{\pm 0.5}{10} \times 100\% = \pm 5\%$$

而用它来测量实际值为 40V 的电压时,最大相对误差 γ_{m2} 为

$$\gamma_{m2} = \frac{\pm 0.5}{40} \times 100\% = \pm 1.25\%$$

因此,选用仪表不仅要考虑仪表的准确度,还应根据被测量的大小适当选择仪表量程。基本原则是使被测量的值尽量接近满刻度值。一般应使被测量的值超过仪表量限值的一半以上。

准确度等级较高(0.1,0.2,0.5 级)的仪表常用来进行精密测量或校正其他仪表。

2.2 电工仪表的形式

直读式仪表按工作原理不同有磁电系仪表、电磁系仪表、电动系仪表、铁磁电动系仪表、感应系仪表、静电系仪表等类型,这里着重介绍常用的磁电系仪表、电磁系仪表和电动系仪表。

2.2.1 磁电系仪表

磁电系仪表由固定部分和可动部分组成,其结构如图 2-2 所示。其固定部分为磁路系统,用来产生一个较强的磁场,包括马蹄形永久磁铁、极掌 NS 及圆柱形铁芯等。极掌与圆柱形铁芯之间的空气隙的长度是均匀的,其中产生均匀的辐射方向的磁场,如图 2-3 所示。仪表的可动部分包括可动线圈(铝框和线圈)、转轴、游丝及指针等。铝框套在圆柱形铁芯上,铝框上绕着线圈,线圈的两个端子各与轴上的两个游丝的一端相接,游丝的另一端固定,便于电流流入线圈。指针也固定在轴上。

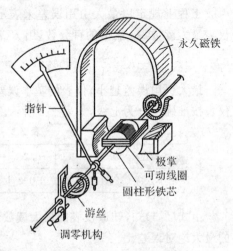

图 2-2 磁电系仪表结构

当线圈中有电流 I 通过时,由于与空气隙中磁场的相互作用,线圈的两有效边将受到大小相等、方向相反的力的作用,力的方向由左手定则确定(如图 2-3 所示),其大小为

$$F = NBIl \qquad (2\text{-}6)$$

式中:N 为线圈的匝数;B 为空气隙中的磁感应强度;l 为垂直于磁场方向的线圈的有效长度。

如果线圈的宽度为 b,则线圈所受的转动力矩为

$$T = Fb = NBlbI = k_1 I \qquad (2\text{-}7)$$

式中:$k_1 = NBlb$ 是一个比例常数。

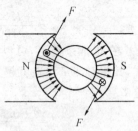

图 2-3 产生转动力矩的原理

力矩方向为顺时针。在该转矩的作用下,线圈和指针转动起来,同时游丝被扭紧而产生阻力矩。游丝的阻力矩与转轴转过的角度也即指针的偏转角 α 成正比,即

$$T_C = k_2 \alpha \qquad (2\text{-}8)$$

式中:k_2 为游丝的反作用系数,与游丝的材质和尺寸有关。

当游丝的阻力矩与转动力矩达到平衡时,可动部分便停止转动。这时有

$$T = T_C$$

即

$$\alpha = \frac{k_1}{k_2} I = kI \tag{2-9}$$

由上式可知,指针的偏转角度与通入线圈的电流成正比。根据这一结果,就可以在标度盘上作均匀刻度。如果在刻度盘上刻上电流值,就成了电流表,可以指示流过线圈的电流。

当线圈流入电流后,在转动力矩的作用下,转轴带着指针沿顺时针偏转。因转动力矩一定,而游丝对转轴的阻力矩却随转轴转动而增大,所以转轴将加速旋转,直到阻力矩增大到等于转动力矩,这时合力矩虽然等于零,但由于惯性,转轴将继续旋转,从而使接下来的阻力矩大于转动力矩,转轴随之减速,转轴减速到一定位置后将停止并往回转,当回转到零合力矩位置时,由于惯性还会继续回转,那么转动力矩又大于阻力矩,使转轴回转一定位置后停止,又重新开始顺时针转动,这样不断地重复前面的过程。这一过程实际上是转轴在合力矩为零的位置做阻尼运动,而且是小阻尼运动,其持续时间比较长。我们看到的现象就是指针在平衡位置附近不停地左右摆动,直到能量耗尽而停止。在测量时,就需等待指针停止摆动再读数。实际设计时,可采取一定方式增大阻尼,尽量使指针偏转到平衡位置后即停下来。

磁电系仪表不设专门的阻尼装置,而是利用铝框架的电磁感应作用来实现阻尼作用。当铝框在磁场中运动时,因切割磁力线而产生感生电流i_e,磁场与i_e相互作用的结果,产生了与铝框运动方向相反的电磁阻尼力矩,如图 2-4 所示,于是仪表的可动部分就受到阻尼作用,迅速静止在平衡位置。

磁电系仪表具有刻度均匀、灵敏度高、功率消耗小的优点,但由于电流必须流经游丝,动圈的导线又很细,以致磁电系仪表不能承受较大的电流,否则将引起游丝过热,使弹性减弱从而使仪表精度下降,甚至被烧毁。

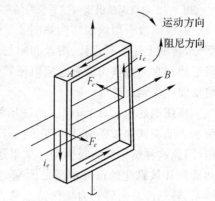

图 2-4　铝框产生阻力矩原理图

磁电系仪表只能测量直流。因为永久磁场产生的磁场方向恒定不变,只有通过直流电流才能产生稳定的偏转。如果线圈中通入交流电,则由于电流方向不断改变,转动力矩也是交变的,可动部分由于惯性赶不上电流和转矩的迅速交变而静止不动,得不到读数。

如果通过线圈的电流方向变化,从图 2-3 所示可知,转轴和指针将逆时针旋转,但指针将被限位零件挡住,不指示电流。所以使用磁电系测量机构组成的直流仪表需注意极性。

磁电系仪表主要用于在直流电路中测量电流和电压,加上变换器后还可用于交流电量及其他量的测量。

2.2.2　电磁系仪表

电磁系仪表根据结构形式的不同,可分为吸引型和排斥型。

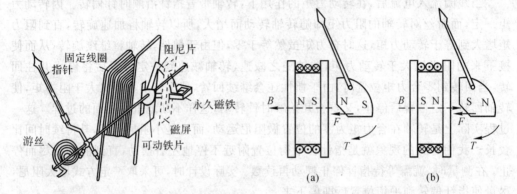

图 2-5　扁线圈吸引型电磁系仪表结构　　　　图 2-6　吸引型仪表工作原理

扁线圈吸引型仪表结构如图 2-5 所示,它由固定线圈、可动铁片组成产生转动力矩部分,转轴上还装有指针、游丝和阻尼片。这里的游丝只产生反作用力矩而不通过电流。阻尼片和永久磁铁构成磁感应阻尼器,为防止线圈受永久磁铁的磁场影响,在永久磁铁前加装一块钢质磁屏。

当线圈通电后,线圈产生的磁场将可动铁片磁化,对铁片产生吸引力,如图 2-6(a)所示。随着铁片被吸引,固定在同一转轴上的指针也随之偏转,同时游丝产生反作用力矩,因此这种结构称为吸引型。如果通过线圈的电流方向改变,则线圈产生磁场的极性和动铁片被磁化的极性都随之改变,它们之间的作用力仍然是相互吸引,如图 2-6(b)所示,转动部分的转动力矩保持原来方向,保证指针的偏转方向不会改变。因此,电磁系仪表可作交直流两用仪表。

圆线圈排斥型仪表结构如图 2-7 所示,其主要部分是固定的圆形螺线管线圈、固定在线圈内部的固定铁片、固定在转轴上的可动铁片。当线圈中通有电流时,产生磁场,两铁片均被磁化,同一端的极性是相同的,因而互相排斥,可动铁片因受斥力而带动指针偏转。在线圈通有交流电的情况下,由于两铁片的极性同时交变,如图 2-8 所示,所以仍然产生排斥力。

这里以排斥型仪表为例讨论一下电流与转矩关系。

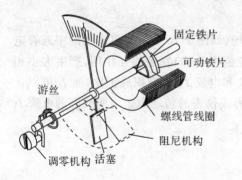

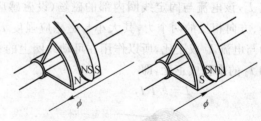

图 2-7　圆线圈排斥型电磁系仪表结构　　　图 2-8　转动力矩的产生

当通电电流产生的磁场将铁片磁化后,两铁片的磁场均与线圈的磁势成正比,排斥力来自两铁片的互相作用,因此,可以认为铁片上相互作用的排斥力或转轴的转矩与通入线圈的电流的平方成正比,即转动力矩为

$$T=k_1I^2 \tag{2-10}$$

式中:k_1 为与线圈、铁片尺寸和形状以及它们的相对位置有关的系数。

在通入交流电流时,仪表可动部分的偏转决定于平均转矩,转动力矩与交流电流有效值 I 的平方成正比,同样 $T=k_1I^2$。和磁电系仪表一样,产生阻力矩的也是连在转轴上的游丝,因此阻力矩为

$$T_C=k_2\alpha$$

当阻力矩与转动力矩达到平衡时,可动部分即达到平衡位置。这时有 $T=T_C$,即

$$\alpha=\frac{k_1}{k_2}I^2=kI^2 \tag{2-11}$$

由上式可知,指针的偏转角与直流电流或交流电流有效值的平方成正比,所以刻度是不均匀的。小电流处刻度密,大电流处刻度疏。

如图 2-7 所示,这种仪表中产生阻尼力的是空气阻尼器。其阻尼作用是由与转轴相连的活塞在小室中运动而产生的。

电磁系仪表的优点是构造简单,价格低廉,交流、直流两用,能测量较大的电流(因为不需要通过游丝引入电流)。

电磁系仪表易受外界磁场的干扰(本身磁场很弱)及铁片中磁滞和涡流(测量交流时)的影响,因此常采用磁屏蔽或无定位结构来提高防磁性能。

电磁系仪表多用于测量交流电压和电流。

2.2.3　电动系仪表

电动系仪表的构造如图 2-9 所示。它有两个线圈:固定线圈和可动线圈。后者与指针及空气阻尼器的活塞都固定在转轴上。和磁电系仪表一样,可动线圈中的电流也是通

过游丝引入的。

　　当固定线圈通过电流 I_1 时，其内部产生磁场（如图 2-10 所示），可动线圈中通有电流 I_2，该电流与固定线圈内部的磁场（设磁感应强度为 B）发生相互作用，产生大小相等、方向相反的两个力，其大小与磁感应强度 B 和电流 I_2 的乘积成正比，而 B 可以认为与电流 I_1 成正比，所以作用在可动线圈上的力或仪表的转动力矩与两线圈的电流 I_1 和 I_2 的乘积成正比，即

$$T = k_c I_1 I_2 \tag{2-12}$$

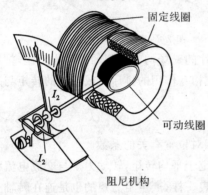

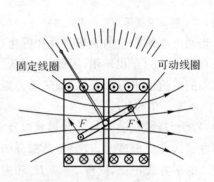

图 2-9　电动系仪表结构　　　　　　图 2-10　力矩的产生

　　在该转动力矩的作用下，可动线圈和指针发生偏转。根据图 2-10 中电流 I_2 与磁感应强度 B 的方向，用左手定则可判断出可动线圈的受力方向，并可知可动线圈将沿顺时针偏转。如果任何一个线圈中的电流方向发生改变，用右手螺旋定则及左手定则可判断出指针的偏转方向将发生改变。所以如果两个线圈中的电流方向配合不一致的话，指针就会反偏，从而不能读数。但如果两线圈的电流方向同时发生改变，用同样的方法可判定出指针的偏转方向是不会改变的。因此，电动系仪表可用来测量交流电。

　　当两线圈中通入交流电流 $i_1 = I_{1m}\sin\omega t$ 和 $i_2 = I_{2m}\sin(\omega t + \varphi)$ 时，转动力矩与两电流的瞬时值的乘积成正比。因为两个电流是不断变化的，所以此时的转动力矩也是变化的。但仪表可动部分的偏转决定于该变化力矩的平均值，从理论上推导出该平均力矩为

$$T = k_1 I_1 I_2 \cos\varphi \tag{2-13}$$

式中：I_1 和 I_2 是交流电流 i_1 和 i_2 的有效值；φ 是 i_1 和 i_2 之间的相位差。当游丝产生的阻力矩 $T_C = k_2\alpha$ 与转动力矩达到平衡时，可动部分便停止转动。这时有

$$T = T_C \quad 即 \quad \alpha = k I_1 I_2（直流） \tag{2-14}$$

或

$$\alpha = k I_1 I_2 \cos\varphi（交流） \tag{2-15}$$

　　电动系仪表的优点是交、直流两用且准确度高。其缺点是易受外界磁场的影响（因为无铁芯，内部磁场较弱），不能承受较大的电流（因为可动线圈的电流必须由游丝引入）。

由此可知,电动系仪表适用于交流精密测量,并可制成便携式交直流两用的电流表和电压表,还广泛用于制造各种功率表。

2.3　电流、电压、功率的测量

前面介绍了常用的电工仪表的构造及工作原理,下面介绍如何用这些仪表对各种电量进行测量。

2.3.1　电流测量

电流表是一种具有显示流过自身电流大小能力的装置。要测量流过某一负载的电流,必须将电流表与被测电路串联,如图 2-11(a)所示。

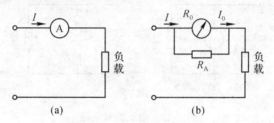

图 2-11　电流的测量电路

为了使电路的工作不因接入电流表而受影响,电流表的内阻必须很小。因此,如果不慎将电流表并联在电路的两端,则电流表将被烧毁,在使用时必须特别注意。测量直流电流通常采用磁电系仪表做成的电流表,测量交流电流主要采用电磁系仪表做成的电流表。

在采用磁电系电流表测量直流电时,因其测量机构所允许通过的电流很小(因为电流必须由游丝引入,一般只允许通过 100mA 以下的电流),不能直接测量比较大的电流。为了扩大其量程,应该在测量机构上并联一个称为分流器的低值电阻 R_A,如图 2-11(b)所示。这样,通过磁电系电流表的测量机构的电流 I_0 只是被测电流 I 的一部分,但两者有如下关系:

$$I_0 = \frac{R_A}{R_0 + R_A} I \tag{2-16}$$

式中:R_0 是测量机构的电阻。这样,只要读出测量机构显示的电流数值 I_0,然后根据上式就可以换算出被测电流 I 的大小。或者在制造电流表时,直接在刻度盘上标出换算好的量程。由上式还可知,需要扩大的量程越大,则分流器的电阻值 R_A 应越小。多量程电流表具有几个标有不同量程的接头,这些接头分别与相应阻值的分流器并联。分流器一般放在仪表的内部,成为仪表的一部分,但较大电流的分流器常放在仪表的外部。

用电磁系电流表测量交流电流时,因其线圈本身可通过较大的电流,一般不用分流器来扩大量程。如果要测量几百安培以上的交流电流时,则利用电流互感器来扩大量程。

例 2-1 有一磁电系电流表,当无分流器时,表头(即测量机构)的满标值电流为5mA,表头内电阻为20Ω。今欲使其量程扩大为1A,问分流器的电阻应为多大?

解 $R_A = \dfrac{R_0}{I/I_0 - 1} = 0.1005(\Omega)$

2.3.2 电压测量

电压表是一种具有显示加在其两端电压大小的能力的一种装置。要测量某一负载两端的电压,必须将电压表与被测负载并联,如图 2-12(a)所示。

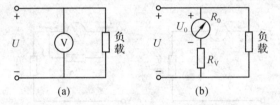

图 2-12　电压测量电路

测量直流电压通常采用磁电系仪表做成的电压表,测量交流电压主要采用电磁系仪表做成的电压表。

在前面介绍仪表工作原理时,可知指针的偏转角与通入的电流有一定的关系,如磁电系仪表有 $\alpha = kI$,这样指针的偏转角可与电流对应起来,从而可用它来测量电流。这里可把上述关系式进行变形为

$$\alpha = kI = \frac{k}{R_0}R_0 I = k_3 U$$

式中:R_0 为仪表的内电阻;$k_3 = \dfrac{k}{R_0}$ 为一新的常数;$U = R_0 I$ 就是仪表两端的电压。这样一来,指针的偏转角可与电压对应起来,从而可用它来测量电压。

为了使电路工作不因接入电压表而受影响,电压表的内阻必须很高;同时,测量机构的电阻 R_0 是不大的,所以允许加在其两端的电压就很小,也就是用它直接做电压表用时,其量程是很小的。实际使用时,必须和它串联一个被称为倍压器的高值电阻 R_V,如图 2-12(b)所示,它既提高了内阻又扩大了量程。由图知

$$\frac{U}{U_0} = \frac{R_0 + R_V}{R_0} \tag{2-17}$$

或
$$R_V = R_0 \left(\frac{U}{U_0} - 1 \right) \tag{2-18}$$

　　由上式可知,需要扩大的量程越大,则倍压器的电阻值应越高。多量程电压表具有几个标有不同量程的接头,这些接头分别与相应阻值的倍压器串联。磁电系电压表和电磁系电压表都需串联倍压器。

　　例 2-2　有一电压表,其量程为 25V,内阻为 50000Ω。若扩大量程到 100V,应串联多大阻值的倍压器?

　　解　$R_V = R_0\left(\dfrac{U}{U_0} - 1\right) = 50000\left(\dfrac{100}{25} - 1\right) = 150000(\Omega)$

2.3.3　功率测量

　　除电流和电压外,功率的测量也是最基本的电工测量之一。直流功率的测量应能反映被测负载电压和电流的乘积,交流功率的测量除应反映负载电压和电流的乘积外,还应反映负载的功率因数。因此用来测量功率的仪表必须有两个线圈:一个用来反映负载的电压,与负载并联,称为电压线圈;另一个用来反映负载的电流,与负载串联,称为电流线圈。电动式仪表具有两个线圈,常用的功率表都是用电动式测量机构做成的。

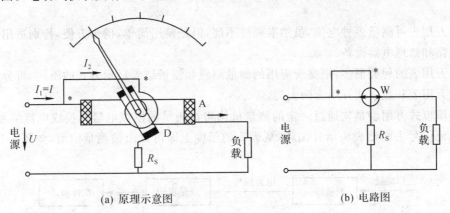

(a) 原理示意图　　　　　　　　(b) 电路图

图 2-13　电动系功率表

　　电动系功率表由电动系测量机构和附加电阻 R_S 构成。测量机构的固定线圈 A 的匝数较少,导线较粗,与负载串联,作为电流线圈;可动线圈 D 的匝数较多,导线较细,它和一个高值电阻 R_S(称为倍压器)串联后与负载并联,作为电压线圈,结构如图 2-13(a)所示,功率表接入电路中的电路符号如图 2-13(b)所示。

　　用功率表进行直流功率测量时,功率表指针偏转角 α 应与两线圈电流 I_1 和 I_2 的乘积成正比。由图 2-13(a)可知,通过固定线圈的电流 I_1 就是负载电流 I,通过可动线圈的电流 I_2 在并联电路的电阻不变时,应与负载电压 U 成正比。即

$$I_2 = \frac{U}{R_2} = K'U$$

(2-19)

式中:R_2 为电压线圈电阻与附加电阻 R_S 之和。

功率表指针偏转角为

$$\alpha=kI_1I_2=KIK'U=K_PP \tag{2-20}$$

式中:$K_P=KK'$,即偏转角与被测负载的功率成正比。

用功率表进行交流功率测量时,同样有 $I_1=I$ 和 $I_2\propto U$ 的关系。在动圈的感抗远小于附加电阻 R_S 时,功率表并联支路可视为纯电阻电路。这样,便可认为电流 $\dot{I}_2$ 和电压 $\dot{U}$ 同相。为此,$\dot{I}_1$ 和 $\dot{I}_2$ 间的相位差角就等于负载两端电压 $\dot{U}$ 和电流 $\dot{I}$ 间的相位差角 φ。功率表指针偏转角为

$$\alpha=kI_1I_2\cos\varphi=KIK'U\cos\varphi=K_PP \tag{2-21}$$

即偏转角与被测交流负载有功功率成正比。式(2-17)和(2-18)还表明,电动系功率表的标尺可直接按功率值大小进行均匀刻度。

2.4　万用表

万用表可测量多种电量,虽然准确度不高,但是使用简单,携带方便,特别适用于检查线路和修理电器设备。

万用表的种类很多,根据所应用的测量原理和测量结果显示方式的不同,可分为模拟式万用表和数字式万用表两大类。

模拟式万用表是先通过一定的测量机构将被测量的模拟电量转换成电流信号,再由电流信号去驱动表头指针偏转,从表头的刻度上即可读出被测量的值,如图 2-14 所示。

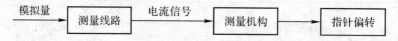

模拟量　→　测量线路　—电流信号→　测量机构　→　指针偏转

图 2-14　模拟式万用表的测量过程

数字式万用表是先由模/数(A/D)转换器将被测模拟量变换成数字量,然后由电子计数器进行计数,最后把测量结果用数字直接显示在显示器上,如图 2-15 所示。

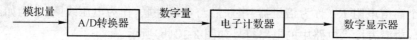

模拟量　→　A/D转换器　—数字量→　电子计数器　→　数字显示器

图 2-15　数字式万用表的测量过程

数字式和模拟式万用表之间存在着较大的差异,主要是:

(1)数字式万用表的测量精度比模拟式万用表高。

(2)数字式万用表的内阻比模拟式万用表内阻高得多,因此在进行电压测量时,数字式万用表更接近理想条件。

(3)模拟式万用表表盘上的电阻值刻度线从左到右密度逐渐变疏,即刻度是非线性的。

(4)测量直流电流或电压时,模拟式万用表若正、负极接反,指针就反转,而数字式万用表能自动判别并显示出极性。

(5)模拟式万用表是根据指针和刻度盘来读数的,容易产生人为误差,而数字式万用表是数字显示,消除了这类人为误差。

2.4.1 模拟式万用表结构、原理及使用

模拟式万用表由表盘、测量机构和测量附件等部分组成。

1.表盘

图 2-16 所示是 MF47 型模拟式万用表,其中(a)图所示为万用表外形,(b)图所示为万用表面板。由面板的仪表标志可知:

(1)测试直流电压为刻度盘最大量限时仪表内电阻为 20kΩ;

(2)测试交流电压为刻度盘最大量限时仪表内阻为 4kΩ;

(3)该仪表为磁电系测量机构,测试交流电压时采用二极管整流,又称整流系仪表;

(4)测试直流电时的最大误差为满量程的 2.5%,测试交流电时的最大误差为满量程的 5%;

(5)仪表的耐压试验电压值为 6kV;

(6)测试时仪表应水平放置。

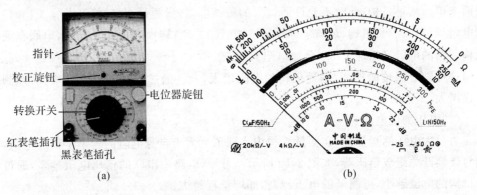

图 2-16　MF47 型模拟式万用表

2.测量机构

磁电式测量机构的原理在前面章节已作详细介绍,这里不再赘述。

3.测量附件

模拟式万用表的测量附件主要包括转换开关、二极管整流器、电阻元件、干电池电源和正负测试线等,其电路原理如图 2-17 所示。

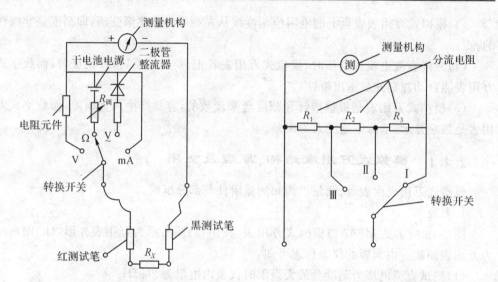

图 2-17　模拟式万用表的原理电路图　　　图 2-18　电流测试电路原理图

在实现不同测试功能时,转换开关把这些测量附件组合成不同的测试电路。

(1)电流测试电路

由于磁电式测量机构只允许通过 150～200mA 的较小电流,为了扩大测试量程必须加装分流电阻,如图 2-18 所示,分流电阻与转换开关一起构成分流电路。

从图 2-18 中可以看出,转换开关在 I 挡时,分流电阻 R_1、R_2、R_3 直接与测量机构并联而未串入测量机构,此时不允许通过大的测试电流,量程最小;转换开关在 II 挡时,分流电阻 R_3 串入测量机构,R_1、R_2 与测量机构回路并联;转换开关在 III 挡时,串联在测量机构回路的电阻又增加了 R_2,分流电阻只有 R_1。

这样随着挡位的提高,测量机构的电阻增大,允许通过的被测电流也增大,即测量量程增大。

(2)电压测试电路

为扩大电压测量量程,在测量机构中串联了远大于自身电阻的若干个倍压电阻,它们与转换开关组成倍压器,如图 2-19 所示。可见,电路中串联的倍压电阻越多,通过测量机构的电流越小,可测的电压越高,亦即量程越大。

若需测量交流电压,应经二极管整流成直流电压方可进行。

(3)电阻测试电路

在模拟式万用表原理电路中(如图 2-17 所示),通过测量机构的电流为

$$I_{测} = \frac{\mathscr{E}}{R_{测} + R_{调} + R_X}$$

式中:$\mathscr{E}$ 为电源电动势;$R_{测}$、$R_{调}$、R_X 分别为测量机构电阻、调节电阻及被测电阻。

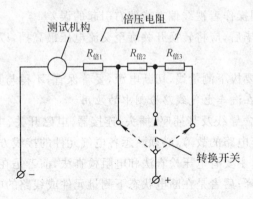

图 2-19　电压测试电路原理图

由上述公式可知，扩大电阻的测量量程，其原理与扩大电压的测试量程是一样的，即增大调节电阻 $R_调$，在测量机构自身电阻 $R_测$ 不变的情况下，$R_调$ 越大，测量电流越小，电阻测量量程越大。

在测量电阻之前，应先把两正、负表笔短接，然后调节 $R_调$，使表针指在 0 位，这时 $R_X = 0$，保证测试量程的充分利用。

4. 模拟式万用表的使用方法

(1)测量电流

将转换开关转到"电流"挡，选择测量量程，注意为避免万用表超负荷，在被测电流未知的情况下，应将电流表挡位打到最大；再将万用表串联于被测电路中，红色(＋)表笔接电流输入端，黑色(－)表笔接电流输出端，注意不能接反，以防指针反转打坏。根据显示电流值调整挡位，一般应使测试值达到全量程的 1/2～3/4 以上，以减小测量误差。

(2)测量电压

将转换开关置"电压"挡，并选择适当测量量程，操作方法同电流测量。把万用表并联于电路中，注意若转换开关在电流测量挡，千万不能使万用表与电路并联，因为电流挡电阻小，错接会使测量电路超负荷而损坏仪表。

(3)测量电阻

测量之前应先把被测电路电源切断，将转换开关置"电阻"挡，再将电阻挡调零(即短接两测试笔，转动电位器旋钮，将表针调零)，然后按图 2-17 所示将万用表接入电路，操作表笔进行测量。注意在指针偏转中间位置时电阻值的读数准确度较高。

(4)注意事项

1)要经常检查万用表干电池的电量，以保证测量精度，长期不用时将电池取出。

2)测量时，手不要接触表笔的金属部分，以确保测量准确和人身安全。

3)测量高电压和大电流时不要带电转动转换开关，以免电弧烧毁开关触点。

4)读数时必须注意：不同的测量项目应在相应的刻度线上读取数值。操作者的视线应正视表针,以减小因操作者视线偏左或偏右引起的误差。

5)万用表使用完毕后,应将转换开关旋至交流电压最高挡,以防下次测量时不留意而损坏电表。

6)万用表用完后要拔下测量线,切断电源,妥善保管,不得与其他工具混放。

5.模拟式万用表在汽车电气线路检测中的应用

汽车电路主要包含导线及其插座、插头、连接器、电磁开关、电磁阀、继电器和熔断器等元件,要判断汽车电路的故障,必须熟悉各电气元件的接线方法和工作原理。运用万用表检测汽车电路,主要有电压检查法和电阻检查法,前者是在通电的条件下检测元件的输出电压或电压降;后者是在断电状态下测量元件或线路的电阻值,并从中判断通断情况。

(1)汽车电路的电压检测

要测量图 2-20 所示电路的电压,应将万用表的转换开关置于直流电压挡,打开汽车点火开关,将负表笔接地,正表笔分段连接各测量元件,电压检测原则上从电源端开始,因此首先接 A 点,若万用表指示的电压值为零,说明熔断器或其与开关 2 间的导线断路;若 A 点电压正常,再接通开关 2,测量 B 点电压,若其为零,说明开关 2 与继电器间导线断路;若 B 点电压正常,再接通开关 1 使继电器的触点闭合,测量 C 点电压,若为零,表明继电器触点或继电器与电磁阀间的导线断路;若继电器不动作,表明继电器与开关 1 间导线断路或开关 1 到地导线断路。

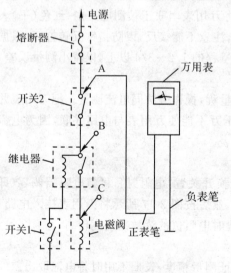

图 2-20　汽车电路的电压检测示意图

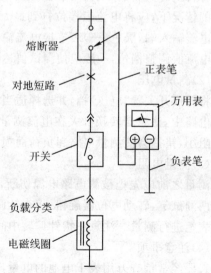

图 2-21　对地短路的检测示意图

(2)汽车电路的电阻检测

检查图 2-21 所示电路对地是否短路。对地短路的检测,原则上应从远地端开始,断开开关下端导线插头,将万用表的负表笔搭铁,正表笔接熔断器下端,使用万用表的电阻挡检测,如果万用表指针摆动,说明开关到熔断器下端导线有对地短路处。若此段无短路,可接好开关下导线插头,向下逐段检查有无对地短路处。

2.4.2　数字式万用表结构、原理及使用

数字式万用表是近年来普遍使用的先进的测量仪表,它采用数字化测量技术和液晶显示器显示,对各种电量进行直接测量,并把测量结果以数字的形式显示出来。数字式万用表具有测量范围宽、准确度高、分辨力强、测量速率高、输入阻抗高、功耗小、功能全、集成度高、过载能力强、抗干扰能力强和便于携带等优点。所以,数字式万用表在电子测量领域中具有广泛的应用前景。

1. 数字式万用表的分类

(1)按量程转换方式分类

数字式万用表有手动转换、自动转换和自动与手动综合式三种,其中自动转换式可自动转换测试量程,避免因量程选小而超载。

(2)按性能分类

普及型万用表通常只有测试电压、电流和电阻等基本功能,少数设有二极管、蜂鸣器挡及插口;多功能型万用表除基本功能外,还设有电容挡、2000MΩ 高阻挡(或电导挡),以及温度、频率及逻辑电平等挡位;智能型万用表一般采用 4~8 位单片机,显示倍数为 $3\frac{3}{4}$~$4\frac{3}{4}$,可与 PC 微机联机;数字/模拟条形图双混合型万用表除在模拟式万用表的基础上增设 $3\frac{1}{2}$ 位数字显示器外,还可以模拟条形图显示变化的量。

2. 数字式万用表的构成及工作原理

下面以袖珍数字式万用表为例简介数字式万用表的电路结构。

袖珍数字式万用表是由直流电压表扩展而成的,其电路结构如图 2-22 所示。外形如图 2-23 所示。直流数字式电压表的电路分为模拟部分和数字部分。模拟部分用于模拟信号处理,可将模拟量转换为与之成正比的数字量。数字部分可完成整机逻辑控制、计数与显示功能。被测量通过转换开关和测量电路,由测量电路输出适合数字电压表测量的直流电压。

3. 数字式万用表的使用注意事项

(1)万用表在使用前应认真阅读使用说明书,详细了解其结构、性能与用法。为防止损坏液晶显示器和引起集成电路及印刷电路板漏电,禁止在潮湿、高温、多尘和阳光直射下使用,适宜的工作环境是温度 23±5℃,空气湿度<80%。

(2)应正确选择测试项目与量程,当无法估计被测电压或电流时,应先用最大量程试验。若被测电压高于 100V,在测量过程中,严禁转动量程开关,以免烧坏触点。测试

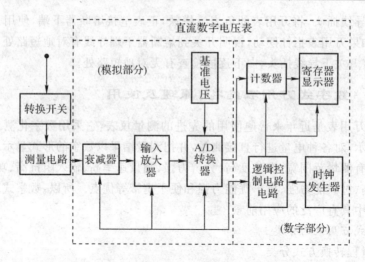

图 2-22　袖珍数字式万用表电路示意图

时仅在高位显示数字"1",说明万用表过载,应调到较高量程测试。

（3）多数万用表具有自动关机功能,当开机时间超过 15min 便自行关机。若需继续使用可重新启动。具有读数保持键（HOLD）的万用表,在不能刷新显示数字时,可按一下保持键,如果是峰值保持键（PK HOLD）,按下时只显示并保持最大数值。

（4）测试完毕应将万用表的转换开关拨至最高电压挡后再关闭电源开关,以防下次使用时因错误操作而损坏仪表。

（5）测试高电压时应单手操用,即把黑表笔预先固定,再用一只手持红表笔去触试另一端。若万用表输入插口旁边有数字和警告符号显示,表明输入电压或电流超过规定值,可能危及人身与仪表安全,应立刻停止操作。

（6）测试高于 400Hz 的高频交流电压时,需使用特制的高频探头。

（7）测试电流时应注意几点:万用表串联于被测电路中,测试直流电流时,万用表的输入端接被测电流流出一端,表的搭铁端接被测电流流入的一端,若接反则屏幕显示负值。当被测电源的内阻很小时,应选较高的测试量程,以减少两表笔间的电压降,提高

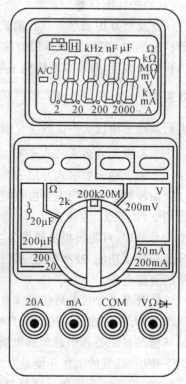

图 2-23　袖珍式数字万用表外形图

测试准确度。测试大电流时,时间不应超过 15s,以免分流电阻发热改变电阻值而影响测试精度。另外当测试电流大于 0.5A 时,不得拨动量程开关,防止烧毁开关触点。

(8)由于数字式万用表的各个电阻挡其开路电压、短路电流及满量程测量电压不尽相同,用它测量二极管、热敏电阻等非线性元件比模拟式万用表的误差高出许多倍,故不能用数字式万用表的电阻挡测试非线性元件。

(9)对三极管、二极管、发光二极管、稳压管及电解电容器等有极性的元件进行测试时,必须使万用表的极性与之吻合,注意红表笔为正,黑表笔为负。

2.5 汽车专用示波器

显示和记录随时间变化的电量(如电压、电流等)的仪器称为示波器。世界上第一台电子示波器于 1931 年在美国研制成功。20 世纪 60 年代,发达国家首先将示波器用于汽车点火系统和故障诊断。20 世纪 80 年代,我国开始在汽车发动机故障诊断方面应用示波器,我国近期研制的 APC2000 型便携式汽车专用示波器,除具备示波器的功能外,还可读取汽车发动机电控系统的故障码,适用于汽车维修的现场作业。

2.5.1 汽车专用示波器的结构

汽车专用示波器是由传感器、电控系统和显示器等组成的,如图 2-24 所示的 WFJ-1 型汽车发动机综合测试仪就是一种多功能汽车专用示波器。其荧光屏用来显示被测部位的电压波形;波形控制旋钮可以调整波形的水平或垂直方向的位置及显示亮度,并控制波形的同步。

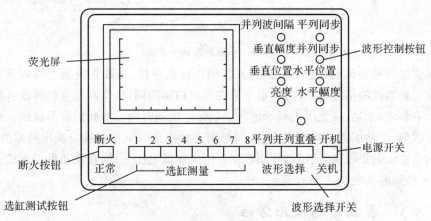

图 2-24 WFJ-1 型发动机综合测试仪显示器

2.5.2　汽车专用示波器的分类及工作原理

汽车专用示波器按工作原理可以分为磁电式和阴极射线式,前者由类似达松伐耳电流计的机构驱动画笔在匀速旋转的圆筒上作垂直运动画出波形曲线,而阴极射线式示波器则利用锐聚焦的电子束在荧光屏上显示出两个或更多变量之间的关系。按显示器的类型,示波器可分为示波管显示式和液晶显示式;按结构形式不同又分为台式和便携式。台式示波器采用交、直流两种电源,微机控制,其功能齐全,显示清楚。便携式示波器以干电池为电源,多用液晶显示器,兼有示波器与数字万用表的功能。

图 2-25 是示波管的结构示意图,这种阴极射线管由电子枪、偏转板、荧光屏和玻璃外壳组成,电子枪将电子束射到荧光屏上产生一个光点。示波管内有两组金属板:水平方向放置的两块板叫垂直偏转板;垂直方向放置的是两块水平偏转板。从示波器电子电路中得到适当的电荷后,两组偏转板内便形成电场,电子枪发射的电子束经过这些电场时,其方向就会偏转。在水平偏转板的作用下,电子束在荧光屏上的亮点由屏幕的左端移向右端,划成一条亮线,然后从右至左变暗回位。因其扫描的速度很快,所以屏幕上能看到的是一条光亮的直线。

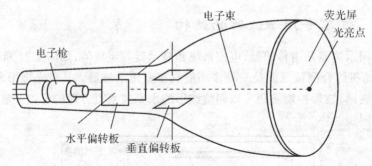

图 2-25　示波管结构示意图

示波器与被测试的传感器或执行元件的正极相连接,示波管的垂直偏转板上得到的电荷与被测试的信号成正比例,电子束在横向扫描的同时,又在垂直偏转板电场的作用下上下移动,于是,荧光屏上显示出一条信号电压随时间而变化的波形曲线。被测电路发生故障,必然引起波形的变化,人们根据这种变化的规律就能分析出故障的原因。示波器的输入阻抗很高,故可与使用数字万用表测试电压一样,在发动机工作状态下进行,而不会影响其电控系统的正常工作。

2.5.3　示波器的使用方法

示波器的使用主要包括电压信号的拾取和输入,电压波形的触发、调整和观察分析。

1. 电压信号的拾取

汽车专用示波器需检测的电压信号有两种:一是等于或低于蓄电池的低压信号,当电流突然中断时产生的感应电动势高达 100V 左右;另一类为高于 15kV 的高压信号,如发动机的点火电压。对于低电压信号源,可通过测试线直接连接示波器;而对于高压信号的拾取,必须采用如图 2-26 所示的方法:把一个感应夹卡在高压线上,当高压电流通过高压线时,在其周围就感应出一个电压信号,该信号由测试线输入示波器。

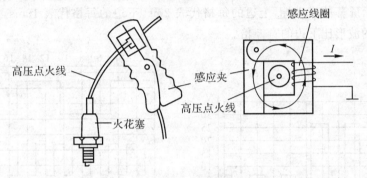

图 2-26 高压信号的拾取方法

2. 电压信号的输入及输入通道

电压信号输入示波器可用旋钮选择直流(DC)输入方式和交流(AC)输入方式,后者通过耦合线圈输入,能隔断发电机和二次线圈的低振幅干扰,故广泛应用于汽车的故障诊断中。

双踪示波器的屏幕能同时显示两种波形。两种波形既能同时显示,也可交替显示,以便于对波形进行比较和分析。从信号电压输入示波器到显示屏幕显示图像的电路称为输入通道,双踪示波器有 CH1,CH2 两个信号输入通道。

3. 波形在显示屏上的触发

采用示波管作为显示器的示波器,波形的触发是指电子枪在波形触发电路的控制下自左向右扫描,在屏幕上形成一个完整波形的过程;采用液晶显示的示波器,其电子控制系统对电压信号取样再经微处理器处理,每当将数字化的处理结果送往图形发生器时,液晶显示器屏幕上就形成一次图形,这就是它的波形触发过程。

在测试点火波形时,一般采用一缸点火高压作为触发信号,这称为外部触发源;在测试电控燃油喷射发动机各传感器的信号电压时,示波器内部电子控制系统产生触发信号,触发示波器屏幕上的波形;某些用微机控制的示波器具有记忆功能,按下过程记录键,显示器就会显示存储在寄存器中的各种波形。

如果波形的起点不一致,就不会在屏幕上形成一个清晰的图形。有些示波器(见图2-24)装有同步按钮,波形和起点可用同步按旋来控制。没有同步按钮的示波器,其波形起点由控制电路自动控制。

4. 屏幕显示波形的调整

(1) 波形高度和宽度的调整

在图 2-24 所示的显示器面板上有垂直幅度和水平幅度调节旋钮,前者用来调整波形的高度,后者则可调整波形的宽度。虽然波形的高度和宽度可以变化,但其代表的电压与时间是不变的。图 2-27(a) 所示的示波器屏幕左侧纵坐标每格代表 1V 电压,右侧纵坐标每格代表 5V,同样是 5V 电压,在左侧的波形高度是右侧波形高度的 5 倍。图 2-27(b) 所示屏幕的横坐标,上边的每格代表 2ms,下边的每格代表 10ms,同样是 5ms 时间,上边的波形比下边的宽 5 倍。

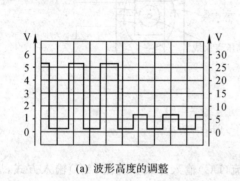

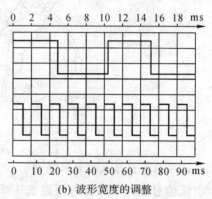

(a) 波形高度的调整　　　　　　　(b) 波形宽度的调整

图 2-27　波形高度与宽度的调整

(2) 波形位置的调整

转动显示器面板上的垂直位置旋钮和水平位置旋钮(如图 2-24 所示),就可以调整波形在显示屏上的位置。图 2-27(a) 所示屏幕上纵坐标为 0 的水平线为电压基准线,转动垂直位置旋钮,该基准线上下移动,整个波形也会随之上下移动。同样在图 2-27(b) 中间为 0 的一条垂直线为时间基准线,旋转水平位置旋钮,该基准线左右移动,整个波形也会随之左右移动,这就是波形位置的调整。

(3) 波形清晰度的调整

面板上的亮度调整旋钮用来调整屏幕的亮度,以弥补环境光线的不足。有的示波器面板上还有聚焦旋钮,用以调节屏幕上的明暗对比程度,它与亮度旋钮配合使用,使波形更加清晰。

(4) 波形倾斜度的调整

有的示波器设有倾斜度调整旋钮,当屏幕上的波形倾斜时,可用它来调整波形的水平与垂直程度。

2.6　安全用电常识

随着科学技术的发展,无论是汽车制造维修、工农业生产,还是人民生活,电能的应用越来越广泛。从事电类工作的人员必须懂得安全用电常识,树立"安全第一"的观念,避免发生触电事故,以保护人身和设备的安全。

2.6.1　人体触电基本常识

人体是导体,当发生"触电"导致电流通过人体时,会使人体受到不同程度的伤害。由于触电的种类、方式及条件不同,受伤害的后果也不一样。

1. 触电的种类和方式

(1)人体触电的种类

人体触电分电击和电伤两类。

1)电击

电击是指电流通过人体时所造成的内伤。它可使肌肉抽搐、内部组织损伤,造成发热、发麻、神经麻痹等。严重时将引起昏迷、窒息甚至心脏停止跳动、血液循环中止而死亡。通常说的触电,多是指电击。触电死亡中绝大部分是电击造成的。

2)电伤

电伤是在电流的热效应、化学效应、机械效应以及电流本身作用下造成的人体外伤。常见的有灼伤、烙伤和皮肤金属化等现象。

灼伤由电流的热效应引起,主要是指电弧灼伤,造成皮肤红肿、烧焦或皮下组织损伤;烙伤亦是由电流的热效应引起,是指皮肤被电气发热部分烫伤或由于人体与带电体紧密接触而留下肿块、硬块,使皮肤变色等;皮肤金属化则是指由电流效应和化学效应导致熔化的金属微粒渗入皮肤表层,使受伤部位皮肤带金属颜色且留下硬块。

(2)人体触电的形式

1)单相触电

这是常见的触电方式。在人体的一部分接触带电体的同时,另一部分又与大地或零线(中性线)相接,电流从带电体流经人体到大地(或零线)形成回路,这种触电称为单相触电,如图 2-28 所示。在接触电气线路(或设备)时,若不采用防护措施,一旦电气线路或设备绝缘损坏漏电,将引起间接的单相触电。若站在地上,误接触带电体的裸露金属部分,将造成直接的单相触电。

2)两相触电

人体的不同部位同时接触两相电源带电体而引起的触电称为两相触电,如图 2-28 所示。对于这种情况,无论电网中性点是否接地,人体所承受的线电压将比单相触电时

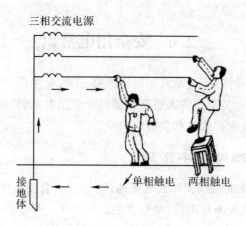

图 2-28　单相触电和两相触电

高,危险性更大。

3)跨步电压触电

高压电线断落在地面时,电流会从电线着地点向四周扩散。如果人站在高压电线着地点附近,人的两脚间就会有电压而使电流通过人体,从而造成触电。线路电压越高,人离落地点越近,触电危险性越大。遇到这种情况,如果能单脚跳跃,就有可能脱离危险区。

2.电流伤害人体的相关因素

人体对电流的反应非常敏感,触电时电流对人体的伤害程度与以下几个因素有关。

(1)电流的大小

触电时,流过人体的电流是造成损伤的直接因素。人们通过大量实验,证明流过人体的电流越大,对人体伤害越严重。

在通常情况下,人体的允许电流,男性为 9mA,女性为 6mA。一般情况下,人体允许电流应按不引起强烈痉挛的 5mA 考虑。在设备和线路装有触电保护设施的条件下,人体允许电流可达 30mA。

必须指出,这里所说的人体允许电流不是人体长时间能承受的电流。

(2)触电电压

触电时电压对人的伤害主要取决于在此电压下流入人体的电流大小。通常把 36V 确定为接触安全电压,当电压大于 100V 时,危险性急剧增加,人体接触的电压越高,流过人体的电流就越大,对人体的伤害也就越严重。

我国有关标准规定了 12V,24V 和 36V 三个电压等级的安全电压级别,不同场所选用的安全电压等级也不同。值得注意的是,安全电压的规定是从总体上考虑的,对于某些特殊情况或某些人也不一定绝对安全。是否安全与人的当时状况有密切关系,即与人体电阻、触电时间长短、工作环境、人与带电体的接触面积和接触压力等都有关系。所以，即便在规定的安全电压下工作，也不可粗心大意。

（3）触电时间的长短

技术上，常用触电电流与触电持续时间的乘积（叫电击能量）来衡量电流对人体的伤害程度。触电电流越大，触电时间越长，则电击能量越大，对人体的伤害越严重，若电击能量超过 150mA·s，触电者就有生命危险。

（4）电流通过的路径

电流通过头部可使人昏迷；通过脊髓可能导致肢体瘫痪；通过心脏可造成心跳停止，血液循环中断；通过呼吸系统会造成窒息。可见，电流通过心脏时，最容易导致死亡。电流从右手到左脚危险性最大。

（5）人体电阻的大小

人体电阻越大，受电流伤害越轻。通常人体电阻可按 1k～2kΩ 考虑，这个数值主要由皮肤表面的电阻值决定。如果皮肤表面角质层损伤、皮肤潮湿、流汗、带着导电粉尘等，将会大幅度降低人体电阻，增加触电伤害程度。

2.6.2　触电原因及保护措施

1. 触电的常见原因

触电的场合不同，引起触电的原因也不同，下面根据在工农业生产、日常生活中所发生的不同触电事例，将常见触电原因归纳如下。

（1）线路架设不合规格

室内外线路对地距离及导线之间的距离小于允许值；通信线、广播线与电力线间隔距离过近或同杆架设；线路绝缘破损；有的地区为节省电线采用一线一地制送电等。

（2）电气操作制度不严格、不健全

带电操作时，不采取可靠的保护措施；不熟悉电路和电器而盲目修理；救护已触电的人时，自身不采取安全保护措施；停电检修时，不挂警告牌；检修电路和电器时，使用不合格的保护工具；人体与带电体过分接近而又无绝缘措施或屏护措施；在架空线上操作时，不在相线上加临时接地线（零线）；无可靠的防高空跌落措施等。

（3）用电设备不合要求

电器设备内部绝缘损坏，金属外壳又未加保护接地措施或保护接地线太短、接地电阻太大；开关、闸刀、灯具、携带式电器绝缘外壳破损，失去防护作用；开关、熔断器误装在中性线上，一旦断开，就使整个线路带电。

（4）用电不谨慎

违反布线规程，在室内乱拉电线；随意加大熔断器熔丝规格；在电线上或电线附近晾晒衣物；在电杆上拴牲口；在电线（特别是高压线）附近打鸟、放风筝；未断开电源而移动家用电器；打扫卫生时，用水冲洗或用湿布擦拭带电电器或线路等。

2.接地与接零及漏电保护器

（1）保护接地

在中性点不接地的电路系统中,将正常情况下不带电的电气设备的金属外壳与接地装置良好连接,称为保护接地,如图 2-29 所示。若电气设备绝缘损坏,人体触及带电外壳时,因采用了保护接地,使人体电阻与接地电阻（一般取为 4Ω）并联,使流过人体的电流在安全范围内,从而得到保护人身安全的作用。

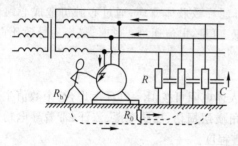

图 2-29　保护接地　　　　　　　图 2-30　保护接零

（2）保护接零

三相四线制、中性点直接接地的电路系统,电气设备的金属外壳与零线连接称为保护接零,如图 2-30 所示。如有电气设备发生单相碰壳故障时,由该相的相线、电气设备金属外壳、零线及电源绕组形成闭合电路而产生很大的短路电流,使熔丝快速熔断或电流保护装置动作,迅速切断电源,防止触电事故发生。

特别强调:三相四线制低压配电网中的设备,只能采用保护接零,不能采用保护接地。因为一旦接地设备发生漏电或碰壳时,将造成所有接零的外壳带电,从而构成触电危险。

（3）家用电器的接零与接地

如果居民区供电变压器低压输出的三相四线电源中性点不接地,家用电器须采用保护接地作为保安措施。

如三相四线电源中点接地,应采用接零保护。居民住宅一般是单相供电,即一根相线,一根零线。家用电器多采用三脚插头和三眼插座。图 2-31 所示为三眼插座的接法,接三眼插座时,不准将插座下接电源中线的孔与接地线的孔连接,如图 2-31(a)所示。否则,如果接零孔的线路松落或断开,会使设备金属外壳带电,或者当零线与相线接反时,也会使金属外壳带电,如图 2-31(b)所示。三眼插座的正确接法,是将插座上接零线的孔同接地的孔分别用导线并联到中性线上,如图 2-31(c)所示。

（4）漏电保护器

漏电保护器是一种防止低压触电事故的安全装置。当发生人体触电或电器设备漏电时,它能自动切断电源,起到保护人身安全和监测电器设备绝缘状况的作用。

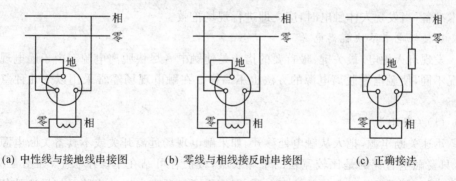

(a) 中性线与接地线串接图　　　(b) 零线与相线接反时串接图　　　(c) 正确接法

图 2-31　三眼插座的接法

触电保护器分为电流型和电压型两种。电流型反映零序电流的大小,电压型反映对地电压的大小。

当低压电网中的三相平衡电流被破坏而出现零序电流和电气设备的外壳产生对地电压时,漏电保护装置的动作电流一般按照通过人体电流不超过 15mA 设计,动作时间限定在 0.1s 以内。

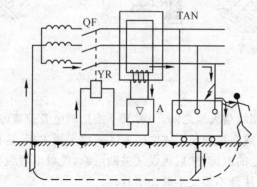

图 2-32　电流工作型漏电保护开关工作原理图

图 2-32 所示为目前通用的电流动作型漏电保护开关的工作原理图,它由零序互感器 TAN、放大器 A 和主回路断路器 QF(内含脱扣器 YR)等主要部件组成。其工作原理为,设备正常运行时,主电路电流的相量和为零,零序互感器的铁芯无磁通,其二次侧无电压输出。如设备发生漏电或单相接地故障时,由于主电路电流的相量和不再为零,零序互感器的铁芯有零序磁通,其二次侧有电压输出,经放大器 A 判断、放大后,输入脱扣器 YR,令断路器 QF 跳闸,从而切除故障电路,避免人员发生触电事故。

2.6.3　触电急救

在电气操作和日常用电中,如果采取了有效的预防措施,能大幅度减少触电事故,但要绝对避免是不可能的。所以,在电气操作和日常用电中必须做好触电急救的思想和技术准备,当发现人体触电时,应立即进行现场抢救。

1. 使触电者尽快脱离电源

发现有人触电,最关键、最首要的措施是使触电者尽快脱离电源。由于触电现场的情况不同,使触电者脱离电源的方法也不一样。在触电现场经常采用以下几种急救方法。

(1)关断电源

迅速关断电源,把人从触电处移开。如果触电现场远离开关或不具备关断电源的条件,只要触电者穿的是比较宽松的干燥衣服,救护者可站在干燥木板上,如图 2-33(a)所示,用一只手抓住衣服将其拉离电源,但切不可触及带电人的皮肤。如果这种条件尚不具备,还可用干燥木棒、竹竿等将电线从触电者身上挑开,如图 2-33(b)所示。

(a) 将触电者拉离电源　　　(b) 将触电者身上电线挑开　　　(c) 用绝缘柄工具切断电线

图 2-33　触电急救措施

(2)用干燥绳索

如果触电发生在相线与大地之间,一时又不能把触电者拉离电源,可用干燥绳索将触电者身体拉离地面,或在地面与人体之间塞入一块干燥木板,这样可以暂时切断带电导体通过人体流入大地的电流,然后再设法关断电源,使触电者脱离带电体。在用绳索将触电者拉离地面时,注意不要发生跌伤事故。

(3)用各种工具

救护者手边如有现成的刀、斧、锄等带绝缘柄的工具或硬棒时,可以从电源的来电方向将电线砍断或撬断,如图 2-33(c)所示,但要注意切断电线时人体切不可接触电线裸露部分和触电者。

注意,以上救护触电者脱离电源的方法,不适用于高压触电情况。

2. 脱离电源后的判断与施救

触电者脱离电源后,应根据其受电流伤害的不同程度,采用不同的施救方法。

(1)判断呼吸是否停止

把触电者移至干燥、宽敞、通风的地方,将其衣、裤放松,使其仰卧,观察胸部或腹部有无因呼吸而产生的起伏动作。若不明显,可用手或小纸条靠近触电者鼻孔,观察有无气流流动;用手放在触电者胸部,感觉有无呼吸动作,若没有,说明呼吸已经停止。

（2）判断脉搏是否搏动

用手检查颈部的颈动脉或腹股沟处的股动脉，看有无搏动，如有，说明心脏还在工作。因颈动脉或股动脉都是人体大动脉，位置较浅，搏动幅度较大，容易感知，所以经常用来作为判断心脏是否跳动的依据。另外，也可用耳朵贴在触电者心脏附近，倾听有无心脏跳动的声音，如有，则心脏还在工作。

（3）判断瞳孔是否放大

瞳孔是受大脑控制的一个能自动调节大小的光圈。如果大脑机能正常，瞳孔可随外界光线的强弱自动调节大小。处于死亡边缘或已经死亡的人，由于大脑细胞严重缺氧，大脑中枢失去对瞳孔的调节功能，瞳孔就会自行放大，对外界光线强弱不再作出反应。根据上述简单判断的结果，对受伤害程度不同、症状表现不同的触电者，就近找医护人员进行简单救治（如人工呼吸法），如果触电严重，出现假死现象者，应立即送医院抢救。

本章小结

1. 电工仪表可以分为两大类：一类是直读式仪表，一类是比较式仪表。直读式仪表应用比较广泛，按工作原理分有磁电系仪表、电磁系仪表、电动系仪表、铁磁电动系仪表、感应系仪表、静电系仪表等类型。

2. 各种电工测量仪表，不论制造得如何精确，总是存在仪表误差；根据仪表误差产生的原因，误差可分为基本误差和附加误差；仪表的准确度被用来表示仪表的基本误差。

3. 工程上规定以最大引用误差来表示仪表的准确度，即仪表的最大绝对误差 Δ_m 与仪表最大读数 A_m 比值的百分数，用 K 表示，有

$$\pm K\% = \frac{\Delta_m}{A_m} \times 100\%$$

最大引用误差越小，仪表的基本误差也越小，准确度就越高。

4. 磁电系仪表的指针偏转角度与通入线圈的电流成正比，具有刻度均匀、灵敏度高、功率消耗小的优点，但不能承受较大的电流，只能测量直流；加上变换器后可用于交流电量及其他量的测量。

5. 电磁系仪表的优点是构造简单，价格低廉，交流、直流两用，能测量较大的电流（因为不需要通过游丝引入电流），易受外界磁场的干扰（本身磁场很弱）及铁片中磁滞和涡流（测量交流时）的影响，多用于测量交流电压和电流。

6. 电动系仪表的优点是交直流两用且准确度高。缺点是易受外界磁场的影响，不能承受较大的电流。电动系仪表适用于交流精密测量，并可制成便携式交直流两用的电流表和电压表，还可广泛用于制造各种功率表。

7. 电流表需与负载串联使用,电压表需与负载并联使用;测量直流量通常采用磁电系仪表且通常需加装分流器,测量交流量通常使用电磁系仪表且一般不用分流器来扩大量程;功率表通常为电动系仪表。

8. 万用表的种类很多,根据所应用的测量原理和测量结果显示方式的不同,可分为模拟式万用表和数字式万用表两大类。

9. 汽车专用示波器由传感器、电控系统和显示器等组成,按工作原理可以分为磁电式和阴极射线式。

10. 人体触电的形式主要有单相触电、两相触电、跨步电压触电;人体对电流的反应非常敏感,触电时电流对人体的伤害程度与电流的大小、触电电压、触电时间的长短、电流通过的路径、人体电阻的大小等因素有关;通常应采取的保护型措施有保护接地、保护接零和漏电保护。

习题 2

2-1　电源电压的实际值为 220V,今用准确度为 1.5 级、满量程值为 250V 和准确度为 1.0 级、满量程值为 500V 的两个电压表去测量,试问哪个读数比较准确?

2-2　用准确度为 2.5 级、满标值为 250V 的电压表去测量 110V 的电压,试求相对误差的大小? 如果允许的相对误差不应超过 5%,试确定这只电压表适于测量的最小电压值。

2-3　一毫安表的内阻为 20Ω,满量程值为 10mA。如果把它改装成满标值为 100V 的电压表,问必须串多大的电阻?

2-4　如图 2-34 所示为一电阻分压电路,用一内阻 R_V 为(1)25kΩ,(2)50kΩ,(3)500kΩ 的电压表测量时,其读数各为多少? 由此得出什么结论?

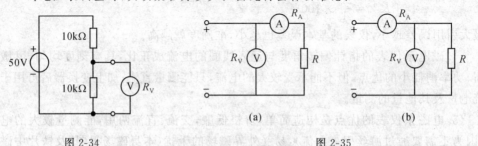

图 2-34　　　　　　　　　　　　　　　　图 2-35

2-5　如图 2-35 所示为用伏安法测量电阻 R 的两种电路。因为电流表有内阻 R_A,电压表有内阻 R_V,所以两种测量方法都将引入误差。试分析它们的误差,并讨论这两种方法的适用条件(即适用于测量阻值大一点的还是小一点的电阻可以减小误差)。

2-6　如图 2-36 所示为测量电压的电位计电路,其中 $R_1+R_2=50\Omega$,$R_3=50\Omega$,$E=$

3V。当调节滑动触点使 $R_2＝30\Omega$ 时，电流表中无电流通过。试求被测电压 U_X 之值。

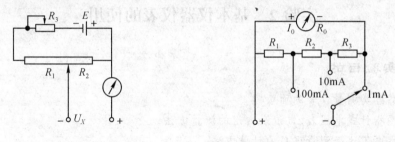

图 2-36　　　　　　　　　　　图 2-37

2-7　如图 2-37 所示为万用表中直流毫安挡的电路。表头内阻 $R_0＝280\Omega$，满量程电流 $I_0＝0.6mA$。今欲使其量程扩大为 1mA，10mA 及 100mA，试求分流器电阻 R_1，R_2，R_3。

2-8　如用上题万用表测量直流电压，如图 2-38 所示，共有 3 挡量程，即 10V、100V 及 250V，试计算倍压器电阻 R_4，R_5，R_6。

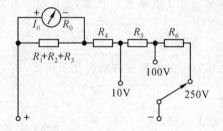

图 2-38

2-9　数字式万用表和模拟式万用表的主要差异是什么？

2-10　模拟式万用表由哪几部分组成？

2-11　汽车示波器有哪些类型？试说明其工作原理。

2-12　示波器的使用包括哪些内容？

2-13　人体触电有哪两类？触电时电流对人体的伤害程度与哪些因素有关？

2-14　安全电压值是怎样规定的？安全电压是否绝对安全？

2-15　触电的常见原因有哪些？当发现有人触电时怎样使触电者尽快脱离电源？

2-16　什么是保护接地？什么是保护接零？

实验 2　基本仪器仪表的使用

一、实验目的

1. 熟悉各类测量仪表的面板。
2. 掌握指针式电压表、电流表内阻的测量方法。
3. 熟悉电工仪表测量误差的计算方法。

二、实验原理

1."分流法"测电流表内阻

如图 2-39 所示。A 为待测内阻(R_A)的直流电流表。测量时先断开开关 S,调节恒流源的输出电流 I 使电流表指针满偏转。然后合上开关 S,并保持 I 值不变,调节电阻箱 R_2 的阻值,使电流表的指针指在 1/2 满偏转位置,此时有

$$I_A = I_S = I/2$$

所以　　　　　　$R_A = R_1 /\!/ R_2$

其中,R_1 为固定电阻器之值,R_2 由电阻箱的刻度盘上读出。

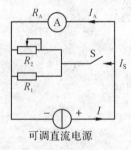

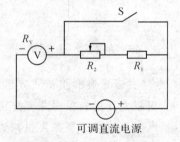

图 2-39　"分流法"测电流表内阻　　　　　　图 2-40　"分压法"测电压表内阻

2."分压法"测电压表内阻可调直流电源

如图 2-40 所示。V 为待测内阻(R_V)的直流电压表。测量时先将开关 S 闭合,调节直流稳压电源的输出电压,使电压表 V 的指针为满偏转。然后断开开关 S,调节电阻箱 R_2 使电压表 V 的指示值减半。此时有

$$R_V = R_1 + R_2$$

电压表的灵敏度为

$$S = R_V/U(\Omega/V)$$

式中:U 为电压表满偏时的电压值。

3.仪表内阻引起的测量误差的计算

仪表内阻引起的测量误差通常称之为方法误差,而仪表本身结构引起的误差称为仪表基本误差。

如图 2-41 所示电路中,用一内阻为 R_V 的电压表来测量 U_{R1} 值,经计算可知测量的绝对误差为

$$\Delta U = \frac{-R_1^2 R_2 U}{R_V(R_1^2 + 2R_1R_2 + R_2^2) + R_1R_2(R_1 + R_2)}$$

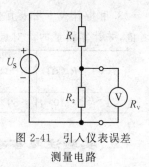

图 2-41　引入仪表误差
测量电路

三、实验设备

序号	名称	型号与规格	数量	备注
1	直流可调稳压电源	0～30V	2 路	
2	万用表		1	
3	可调恒流源	0～200mA	1 路	
4	可调电阻箱	0～9999.9Ω	1	
5	可变电阻器		若干	

四、实验内容

1. 根据"分流法"原理测定指针式万用表的直流电流 0.5mA 和 5mA 挡量限的内阻。线路如图 2-39 所示。

被测电流 表量限(mA)	S 断开时的 表读数(mA)	S 闭合时的 表读数(mA)	R_2 (Ω)	R_1 (Ω)	计算内阻 R_A(Ω)
0.5					
5					

2. 根据"分压法"原理测定指针式万用表直流电压 2.5V 和 10V 挡量限的内阻。线路如图 2-40 所示。

被测电压 表量限(V)	S 闭合时 表读数(V)	S 断开时 表读数(V)	R_2 (kΩ)	R_1 (kΩ)	计算内阻 R_V(kΩ)	S (Ω/V)
2.5						
10						

3.用指针式万用表直流电压10V挡量程测量图2-41所示电路中 R_1 上的电压 U_{R1}' 之值,并计算测量的绝对误差与相对误差。

U(V)	R_2(kΩ)	R_1(kΩ)	R_{10V} (kΩ)	计算值 U_{R1}(V)	实测值 U_{R1}'(V)	绝对误差 ΔU	相对误差 $(\Delta U/U) \times 100\%$
12	10	50					

五、实验注意事项

1.电压表应与被测电路并接,电流表应与被测电路串接,并且都要注意正、负极性与量程的合理选择。

2.实验内容1,2中, R_1 的取值应与 R_2 相近。

3.本实验仅测试指针式仪表的内阻。由于所选指针表的型号不同,本实验中所列的电流、电压量程及选用的 R_1、R_2 等均会不同。实验时应按选定的表型自行确定。

六、思考题

1.根据实验内容1和2,若已求出0.5mA挡和2.5V挡的内阻,可否直接计算得出5mA挡和10V挡的内阻?

2.用量程为10A的电流表测实际值为8A的电流时,实际读数为8.1A,求测量的绝对误差和相对误差。

七、实验报告

1.列表记录实验数据,并计算各被测仪表的内阻值。

2.分析实验结果,总结应用场合。

3.完成思考题的计算。

第 3 章

基本电器元件

【本章要点】
1. 电阻、电容、电感的伏安特性方程;
2. 半导体二极管元件的伏安关系及主要参数;
3. 三极管的电流放大原理及输入和输出特性;
4. 晶闸管的工作特性。

3.1 电阻、电容、电感

3.1.1 电阻

电阻元件是从实际电阻器件抽象出来的理想化模型。像电灯泡、电阻炉、电烙铁等这类实际电阻器件,当忽略其电感等作用时,可将它们抽象为只具有消耗电能特性的电阻元件。

在 U 和 I 参考方向一致时线性电阻元件的特性方程为

$$U = IR \tag{3-1}$$

它表明线性电阻元件的端电压与通过它的电流成正比。比例常数 R 称为电阻,是表征电阻元件特性的参数,单位为欧姆(Ω)。电阻元件的图形符号和文字符号如图 3-1 所示。

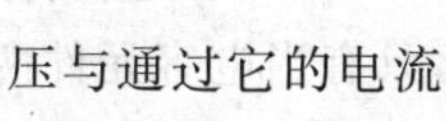

图 3-1 电阻元件的符号

在汽车线路中,导线电阻的大小主要决定于导线的材料、长度、截面积和环境的温度。同样材料的导线,其电阻的大小与导线的截面积及长度有关。导线的截面积越大,也就是导线越粗,电阻就越小;导线越长,电阻就越大。例如对于长直金属导线,导线的电阻 R 与长度 L 成正比,与它的横截面积 S 成反比,且和导线金属材料的性质有关,用公式表示为

$$R = \rho \frac{L}{S} \tag{3-2}$$

式中:R 为导线的电阻(Ω);L 为导线的长度(m);S 为导线的截面积(m²);ρ 为导线的电阻率($\Omega \cdot m$),电阻率的大小只与导体材料的性质及温度有关,而和导体的几何尺寸无关。

电阻元件消耗的功率计算式为

$$P = UI = I^2 R = \frac{U^2}{R} \tag{3-3}$$

3.1.2　电容

电容元件是从实际电容器抽象出来的理想化模型。实际电容器通常由两块中间充满介质(如空气、云母、绝缘纸、塑料薄膜、陶瓷等)的金属极板构成。电容器加上电压后,两块金属极板上分别聚集着等量异号电荷,在介质中建立电场,储存能量。当忽略电容器的漏电电阻和引线电感时,可将其抽象为只具有储存电场能量特性的电容元件。

在 u 和 i 参考方向一致时,线性电容元件的特性方程为

$$i = C \frac{\mathrm{d}u}{\mathrm{d}t} \tag{3-4}$$

式(3-4)表明电容元件中的电流与其两端间电压对时间的变化率成正比。比例常数 C 称为电容,是表征电容元件特性的参数。当 u 的单位为伏(V),i 的单位为安(A)时,C 的单位为法拉,简称法(F),较小的单位有微法(μF)和皮法(pF)。线性电容元件的图形符号和文字符号如图 3-2 所示。

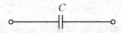

图 3-2　线性电容元件的符号

从式(3-4)可以很清楚地看出,只有当电容元件两端的电压发生变化时,才有电流通过。电压变化越快,电流越大。当电容元件两端电压不变化(即电容两端为直流电压)时,电流为零,这时的电容元件相当于开路,所以电容元件有隔断直流(简称隔直)的作用。

从式(3-4)还可以看到,电容两端的电压不能跃变,这是电容元件的一个重要性质。如果电压发生跃变,则要产生无穷大的电流,对实际电容来说,这当然是不可能的。

在 u 和 i 参考方向一致时,电容元件功率计算式为

$$P = ui = Cu\frac{\mathrm{d}u}{\mathrm{d}t} \tag{3-5}$$

在 t 时刻电容元件储存的电场能量为

$$W_C(t) = \frac{1}{2}Cu^2(t) \tag{3-6}$$

式(3-6)表明,电容元件在某时刻贮存的电场能量只与该时刻的端电压有关。当电压增加时,电容元件从电源吸收能量,贮存在电容内部电场中的能量增加,这个过程称为电容的充电过程。当电压减少时,电容元件向外释放电场能量,这个过程称为电容的放电过程。电容在充、放电过程中并不消耗能量,因此,电容元件是一种储能元件。

在选用电容器时,除了选择合适的电容量外,还需注意实际工作电压与电容器的额定电压是否匹配。如果实际工作电压过高,介质会被击穿,电容器就会损坏。

3.1.3　电感

电感元件是从实际电感器抽象出来的理想化模型。实际电感器通常由导线绕成线圈而制成,故实际电感器又称电感线圈,如汽车点火系统电路中的点火线圈等。当电感线圈中通以电流后,将产生磁通,在其内部及周围建立磁场,贮存能量。当忽略导线电阻及线圈每匝之间的电容时,可将其抽象为只具有贮存磁场能量特性的电感元件。

在 u 和 i 参考方向一致时,线性电感元件的特性方程为

$$u = L\frac{\mathrm{d}i}{\mathrm{d}t} \tag{3-7}$$

式(3-7)表明电感元件两端间的电压与通过它的电流对时间的变化率成正比。比例常数 L 称为电感,是表征电感元件特性的参数。当 u 的单位为伏(V),i 的单位为安(A)时,L 的单位为亨利,简称亨(H),较小的单位有毫亨(mH)和微亨(μH)。线性电感元件的图形符号和文字符号如图 3-3 所示。

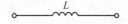

图 3-3　电感元件的符号

从式(3-7)很清楚地看出,当电感元件中的电流发生变化时,元件两端才有电压,电流变化越快,电压越高;电流变化越慢,电压越低;当电流不变化(即直流)时,则电压为零,这时电感元件相当于短路。

从式(3-7)还可以看到,电感元件中的电流不能跃变,这是电感元件的一个重要性质。如果电流发生跃变,则要产生无穷大的电压,对实际电感器来说,这是不可能的。

在 u 和 i 参考方向一致时,电感元件功率计算式为

$$P = ui = Li\frac{\mathrm{d}i}{\mathrm{d}t} \tag{3-8}$$

在 t 时刻电感元件储存的电场能量为

$$W_L(t) = \frac{1}{2}Li^2(t) \tag{3-9}$$

式(3-9)表明,电感元件在某时刻贮存的磁场能量只与元件该时刻的电流有关。当电流增加时,电感元件吸收能量,贮存的磁场能量增加;当电流减小时,电感元件向外释放磁场能量。电感元件并不消耗能量,所以电感元件也是一种储能元件。

在选用电感器时,除了选择合适的电感量外,还需注意实际工作电流不能超过电感器的额定电流,否则由于电流过大,线圈会发热而被烧毁。

3.2 半导体元件

3.2.1 二极管

1.二极管的结构和类型

半导体二极管是由 PN 结加上相应的电极引线,然后用管壳封装而成的。二极管的图形符号如图 3-4(c)所示,P 区引出的电极为正极(阳极),N 区引出的电极为负极(阴极)。半导体二极管有许多类型,按材料不同可分为硅二极管和锗二极管;按结构不同又可分为点接触型(如图 3-4(a)所示)和面结合型(如图 3-4(b)所示)两类。

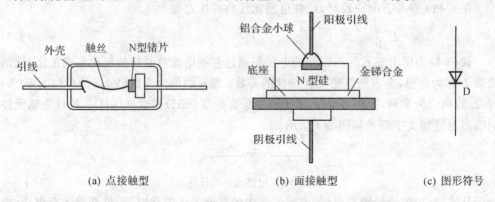

(a) 点接触型　　　　　　　　(b) 面接触型　　　　　　　　(c) 图形符号

图 3-4　半导体二极管

点接触型二极管的特点是:PN 结的面积非常小,因此结电容量小,不能通过较大电流,但高频性能好,常常用于高频小功率场合,如检波、脉冲电路及计算机里的开关元件。面接触型二极管的主要特点是 PN 结的结面积很大,因此结电容量大,允许通过的电流也大,适宜于作大功率低频整流器件。目前大容量的整流元件一般都采用硅管。硅管一般用 C 表示,如 2CZ31 表示为 N 型硅材料制成的二极管型号;锗管一般用 A 表示,如 2AP1 为 N 型锗材料制成的二极管型号。

2. 二极管的伏安特性

二极管的伏安特性是指二极管两端的电压 U 与流过二极管的电流 I 之间的关系，它直观地表现了二极管的单向导电性，伏安特性曲线如图 3-5 所示。

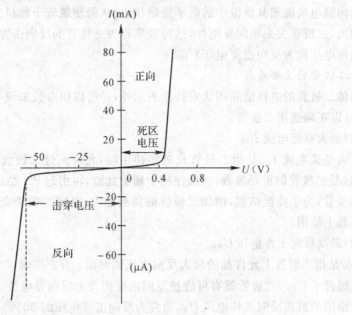

图 3-5　二极管的伏安特性曲线

二极管两端加正向电压时，产生正向电流。从伏安特性曲线上可看到，当二极管两端电压 U 为零时，通过二极管的电流 I 也为零；当正向电压 U 很低时，通过二极管的正向电流 I 几乎为零。这是因为外加电压的电场还不能克服 PN 结的内电场阻挡多数载流子扩散运动的阻力，二极管呈现高电阻值，基本上还处于截止状态，这段区域通常称为死区。当正向电压超过死区电压（硅管的死区电压约为 0.5V，锗管的死区电压约为 0.2V）时，二极管才呈现低电阻性，内电场被大大削弱，电流增长很快。二极管一旦导通后，并且正向电流在一定范围内变化时，二极管的正向管压降基本不变，硅管约为 0.7V，锗管约为 0.3V。这是因为外电场极大地削弱了内电场后，正向电流的大小仅仅决定于半导体材料的电阻。

二极管的正向特性曲线随温度升高而向纵轴移动。死区电压及导通压降都有所减小。实验表明，温度每升高 1℃，二极管导通压降下降 2.5mV。

在二极管两端加反向电压时，外电场方向与内电场方向一致，使内电场增强，阻碍扩散运动。由于少数载流子的漂移运动，形成很小的反向电流。反向电流有两个特点，一是它随温度上升增长很快，二是在反向电压不超过某一范围时，反向电流的大小基本恒定，而与反向电压的高低无关，因此常称之为反向饱和电流。反向饱和电流越大，二极管的热稳定性越差。在相同温度下,一般硅管的反向饱和电流为微安级,锗管比硅管要高 1～2 个数量级,故硅管的热稳定性比锗管好得多。

当外加反向电压增大到某一数值(通常为几十伏到几百伏,最高可达千伏以上)时,外加反向强电场能把共价键中的电子强制拉出,从而使载流子数目急剧增加,反向电流突然增大,二极管失去单向导电性,这种现象称为二极管的反向击穿。此时加在二极管上的反向电压称为反向击穿电压 U_{BR}。

3. 二极管的主要参数

晶体二极管的电性能除用伏安特性表示外,还可以用参数来说明。熟悉和理解这些参数,可以正确选用二极管。

(1)最大整流电流 I_{DM}

最大整流电流 I_{DM} 是指二极管长时间使用时,允许流过二极管的最大正向平均电流值。这是二极管的重要参数,如果使用中超出此值,将引起 PN 结过热而损坏。对于大功率二极管,为了降低结温,增加二极管的负载能力,要求二极管安装在规定散热面积的散热器上使用。

(2)最高反向工作电压 U_{RM}

U_{RM} 是指二极管上允许加的最大反向电压瞬时值。若工作时,二极管上所加的反向电压值超过了 U_{RM},二极管就有可能被反向击穿而失去单向导电性。为确保安全,一般手册上给出的最高反向工作电压 U_{RM} 通常为反向击穿电压的 $50\% \sim 70\%$。

二极管的参数很多,还有最大反向电流、最高使用温度及结电容等,实际应用时,可查阅半导体器件手册。只有在认识了半导体二极管特性的基础上,才能正确掌握和使用。

4. 二极管的应用举例

二极管的应用范围很广,主要是利用它的单向导电性及导通时正向压降很小的特点,二极管可在电路中进行整流、检波、钳位、限幅、元件保护以及在脉冲与数字电路中用作开关元件。

(1)整流

将交流电变成单方向脉动直流电的过程称为整流。利用二极管的单向导电性能就可获得各种形式的整流电路。图 3-6 所示为实用中的半波整流电路。

(2)钳位

图 3-7 所示为二极管钳位电路,此电路利用了二极管正向导通时压降很小的特性。当图 3-7 中 A 点电位为零时,二极管 D 正向导通,忽略管压降时,F 点的电位被钳制在 0V 左右,即 $U_F \approx 0$。

(3)限幅

利用二极管正向导通压降很小且基本不变的特点,还可以组成各种限幅电路。

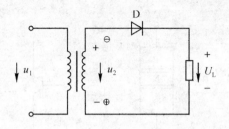

图 3-6　二极管半波整流电路

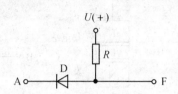

图 3-7　二极管钳位电路

例 3-1　如图 3-8(a)所示二极管限幅电路,已知 $u_i = 1.4\sin\omega t$ V,图 3-8 中 D_1,D_2 为硅管,其正向导通压降均为 0.7V。试画出输出电压 u_o 的波形。

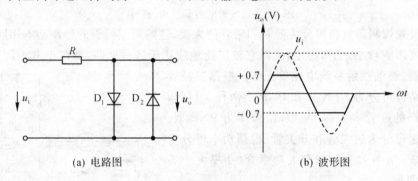

(a) 电路图　　　　　　　　(b) 波形图

图 3-8　二极管限幅电路

解　由图 3-8(a)可看出,当 $u_i \geqslant 0.7$V 时,二极管 D_1 导通,$u_o = \pm 0.7$V;当 $u_i \leqslant -0.7$V 时,二极管 D_2 导通,$u_o = -0.7$V;当 -0.7V $< u_i < +0.7$V 时,二极管 D_1,D_2 均不导通。

画出输出电压波形如图 3-8(b)所示。该电路中二极管起到输出限幅作用。

在电子电路中,还常用二极管来保护其他元器件免受过高电压的损害,即让二极管起续流作用。

3.2.2　三极管(双极型)

1.三极管的结构和类型

在一块很小的半导体基片(硅或锗)上,用特殊的半导体工艺制作出两个反向的 PN 结,这两个 PN 结将基片分成三个区:其中一个 N(P)区杂质浓度高,称为发射区,另一个 N(P)区叫做集电区,杂质浓度较发射区低,夹在发射区和集电区中间的 P(N)区称为基区。由 3 个区分别引出的 3 根电极称为发射极(E)、基极(B)和集电极(C)。发射区和基区交界处的 PN 称为发射结,集电区和基区交界处的 PN 结称为集电结。三极管的内部结构、符号如图 3-9 所示,符号中发射极箭头方向表示发射结承受正向电压时,发射极的电流方向。

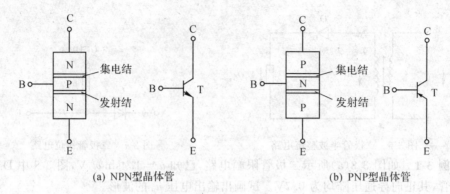

(a) NPN型晶体管　　　　　　　　(b) PNP型晶体管

图 3-9　三极管的内部结构、符号

三极管按制造材料可分为硅管和锗管两大类。这两类三极管的特性基本相同,但硅管受温度影响较小,工作稳定,所以它较广泛地应用于各种电路,如汽车电子调节器点火控制器、燃油喷射系统电控单元等。根据三极管的内部结构可分为 NPN 型和 PNP 型两种。目前,我国生产的硅管多为 NPN 型,锗管多为 PNP 型。根据用途可分为放大管和开关管;根据功率可分为小功率管(功率小于 1W)和大功率管(功率大于等于 1W)两种。

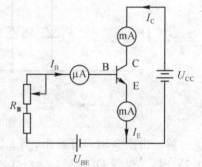

图 3-10　NPN 型晶体管电流放大的实验电路

2.三极管的电流分配与放大作用

三极管具有电流放大作用,如果在基极 B 输入一个较小的电流 I_B,那么在集电极 C(或发射极 E)输出一个较大的电流 I_C(或 I_E)。可以用一个实验来说明三极管的电流放大作用,实验电路如图 3-10 所示。调节可调电阻 R_B 可使 I_B 发生变化。当 I_B 变化时,I_C 和 I_E 也随之变化。每调节一次,I_B 就会得到一组相应的 I_C 和 I_E 值。某三极管的测试结果如表 3-1 所示。

表 3-1　晶体管的各极电流

$I_B(\mu A)$	0	20	30	40	50	60
$I_C(mA)$	0	1.4	2.3	3.2	4	4.7
$I_E(mA)$	0	1.42	2.33	3.24	4.05	4.76

将表中数值进行分析比较,可得出如下结论。

(1)$I_E = I_B + I_C$,3 个电流之间的关系符合基尔霍夫电流定律。

(2)I_C 稍小于 I_E,而远大于 I_B,I_C 与 I_B 的比值远大于 1,并且在一定范围内保持基本不变。特别是基极电流有微小的变化时,集电极电流将发生较大的变化。例如,I_B 由

$40\mu A$ 增加到 $50\mu A$ 时，I_C 将从 3.2mA 增大到 4mA，即

$$\frac{\Delta I_C}{\Delta I_B} = 80 \tag{3-10}$$

这就是晶体管的电流放大作用。微小的基极电流 I_B 变化可以控制较大的集电极电流 I_C 变化，故三极管是电流控制型元件。

（3）要使晶体管起放大作用，发射结必须正向偏置，集电结必须反向偏置。

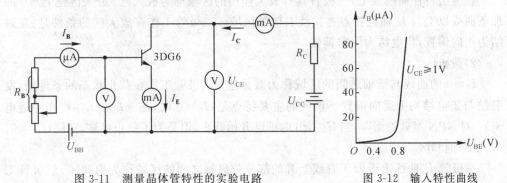

图 3-11 　测量晶体管特性的实验电路　　　图 3-12 　输入特性曲线

3. 晶体管的特性曲线

晶体管的特性曲线是用来表示该晶体管各极电压和电流之间相互关系的，它反映出晶体管的性能，是分析放大电路的重要依据。

最常用的共发射极接法时的输入特性曲线和输出特性曲线可以通过图 3-11 实验电路进行测绘。

（1）输入特性曲线

输入特性曲线是指当集电极与发射极之间电压 U_{CE} 为常数时，输入电路中基极电流 I_B 与基极和发射极之间的电压 U_{BE} 的关系曲线 $I_B = f(U_{BE})$，如图 3-12 所示。

对硅管而言，当 $U_{CE} \geqslant 1V$ 时，集电结已反向偏置，并且内电场已足够大，而基区又很薄，可以把从发射区扩散到基区的电子中绝大部分拉入集电区。如果此时再增大 U_{CE} 并保持 U_{BE} 不变（从发射区发射到基区的电子数一定），则 I_B 就不再明显地减小。也就是说，$U_{CE} > 1V$ 后的输入特性曲线基本上是重合的。所以，通常只画出 $U_{CE} \geqslant 1V$ 的一条输入特性曲线。

由图 3-12 还可看出，输入特性曲线与二极管的伏安特性相似，也有一段死区。只有在发射结外加大于死区电压时，晶体管才会出现 I_B。硅管的死区电压约为 0.5V，锗管的死区电压不超过 0.2V。在正常工作情况下，NPN 型硅管的发射结电压 $U_{BE} = 0.6 \sim 0.7V$，PNP 型锗管的 $U_{BE} = -0.2 \sim -0.3V$。

（2）输出特性曲线

输出特性是指三极管基极电流 I_B 为常数时，输出电路中集电极电流 I_C 同集电极

与发射极之间电压 U_{CE} 的关系曲线。当 I_B 不同时,可得到不同的曲线,所以三极管共射极电路的输出特性曲线是一组曲线族,如图 3-13 所示。

由三极管的输出特性曲线族可见,三极管有三个不同的工作区域,即放大区、截止区和饱和区,也就说三极管具有放大、截止和饱和三种不同的工作状态。

1)放大区

在输出特性曲线族上,三极管具有放大作用的区域称为放大区。放大区是 $I_B=0$ 的那条曲线以上与 I_C 曲线拐点连接线右侧的区域。三极管工作在放大区的条件是:发射结为正向偏置,集电结为反向偏置。

2)截止区

$I_B=0$ 的曲线与横轴之间的区域称为截止区。三极管工作在截止状态的条件是:发射结与集电结均为反向偏置。该区的主要特点是:$I_B=0$ 时,$I_C=I_{CEO}$(I_{CEO} 称作穿透电流)。对 NPN 型硅管而言,当 $U_{BE}=0$ 时即已开始截止,但是为了截止可靠,常使 $U_{BE}<0$。

(3)饱和区

三极管 I_C 曲线上近似于直线上升的部分与纵轴之间的区域称为饱和区。三极管工作在饱和区的条件是:发射极和集电极都为正向偏置。该区的主要特点是:I_C 不受 I_B 的控制。饱和时集电极和发射极之间的电压称为饱和压降,其值很小,硅管约为 0.3V,锗管约为 0.2V。三极管饱和时,U_{CE} 很小,但电流很大,呈低阻状态,相当于开关接通。

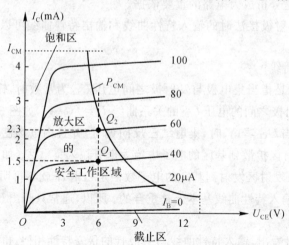

图 3-13　输出特性曲线

综上所述,三极管不仅具有放大作用,而且具有开关作用。要使三极管起放大作用必须使其工作在放大区;三极管截止相当于开关断开,三极管饱和相当于开关接通。

4. 主要参数

三极管的参数是用来表示三极管的性能,也是设计电路、合理选用三极管的依据,主要参数有：

(1)共发射极电流放大系数

它表示了三极管放大电流的能力。

1)直流电流放大系数 $\bar{\beta}$

指无输入信号(静态)情况下,集电极电流 I_C 与基极电流 I_B 的比值,即

$$\bar{\beta}=\frac{I_C}{I_B}$$

2)交流电流放大系数 β

它是指有输入信号(动态)时,集电极电流的变化量 ΔI_C 与相应的基极电流变化量 ΔI_B 的比值,即

$$\beta=\frac{\Delta I_C}{\Delta I_B}$$

虽然 $\bar{\beta}$ 和 β 其含义不同,值也不完全相等,但在常用的工作范围内 $\bar{\beta}$ 和 β 却比较接近,所以工程计算认为 $\bar{\beta}\approx\beta$。

(2)集—基极反向电流 I_{CBO}

I_{CBO} 是发射极开路,集电结反向偏置时,C,B 极之间出现的反向漏电流。I_{CBO} 值很小,但受温度的影响较大。在室温下,小功率锗管的 I_{CBO} 约为几微安到几十微安,小功率硅管在 $1\mu A$ 以下。一般认为,温度每升高 $10\,^{\circ}C$,I_{CBO} 增大 1 倍。

(3)集—射极穿透电流 I_{CEO}

I_{CEO} 是基极开路,集电结处于反向偏置、发射结处于正向偏置时的集电极电流。又因为它好像是从集电极直接穿透晶体管而到达发射极的,所以又称为穿透电流。一般 $I_{CEO}=(1+\bar{\beta})I_{CBO}$,小功率锗管的 I_{CEO} 约为几十微安到几百微安,小功率硅管在几微安以下。

(4)三极管的极限参数

这是指三极管正常工作时电流、电压、功率等的极限值,是三极管安全工作的主要依据。三极管的主要极限参数有：

1)集电极最大允许电流 I_{CM}

这是在参数的变化不超过规定允许值时的集电极最大电流。一般 I_{CM} 是 β 值下降到正常数值的三分之二时的集电极电流,也称为集电极最大允许电流。

2)集电极—发射极反向击穿电压 $U_{BR(CEO)}$

这是指基极开路时,集电极与发射极之间的最大允许电压,超过这个数值时,I_C 将急剧上升,晶体管可能被击穿而损坏。

3)集电极最大允许耗散功率 P_{CM}

当晶体管因受热而引起的参数变化不超过允许值时,集电极所消耗的最大功率,称

为集电极最大允许耗散功率 P_{CM}。在使用中加在晶体管上的电压 U_{CE} 和通过集电极的电流 I_C 的乘积不能超过 P_{CM} 值。在图 3-13 所示晶体管输出曲线上作出的 P_{CM} 是一条双曲线，P_{CM} 以内的区域称为晶体管的安全工作区。

3.2.3　晶闸管

1. 晶闸管的结构和类型

目前较为常用的晶闸管，从外形结构上看主要有螺栓型和平板型两大类，如图3-14(a)、(b)所示。其图形符号和文字符号如图 3-14(c)所示。

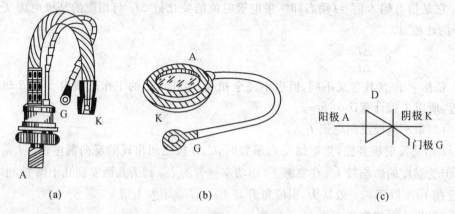

阳极 A　　阴极 K　　门极 G

(a)　　　　　　　　　　(b)　　　　　　　　　(c)

图 3-14　晶闸管的外形及符号

晶闸管有三个电极，它们分别称为阳极 A、阴极 K 和控制极(门极)G。

对于螺栓型的晶闸管：螺栓是阳极 A，较粗的引线是阴极 K，较细的引线是控制极 G。对于平板型的晶闸管，两个平面分别是 A 和 K 极，而细辫子线则是 G 极。两种类型的晶闸管相比较：螺栓型的安装和更换比较方便，但散热效果却不及平板型；平板型的散热效果不错，但安装和更换比较麻烦。

晶闸管的内部结构如图 3-15(a)所示。它是由一个 P 型和 N 型半导体交叠而成的四层(P_1—N_1—P_2—N_2)三端(A 极、K 极、G 极)元件。其内部有三个 PN 结，P_1N_1、N_1P_2 和 P_2N_2。阳极 A 从 P_1 引出，阴极 K 从 N_2 引出，门极 G 从 P_2 引出。可以把中间两层 N_1 和 P_2 分为两部分，用一个 $P_1N_1P_2$ 型三极管和另一个 $N_1P_2N_2$ 型三极管构成的互补复合管来等效晶闸管，如图 3-15(b)所示。

2. 晶闸管的伏安特性

为了直观地了解晶闸管的工作特点，按图 3-16 所示的电路进行实验。

实验方法和实验现象如下：

(1)把 S_1 掷向反向位置时，阳极 A 接电源负极，阴极 K 接电源正极，晶闸管阳极和阴极间加上反向电压。此时，将 S_2 掷到正向位置或反向位置，或者断开，灯泡 L 均不亮。

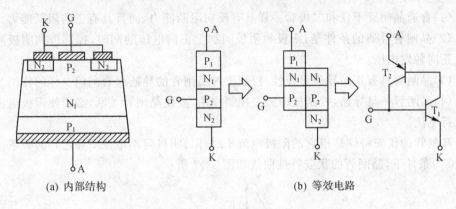

(a) 内部结构　　　　　　　　　　　(b) 等效电路

图 3-15　晶闸管的内部结构图及等效电路图

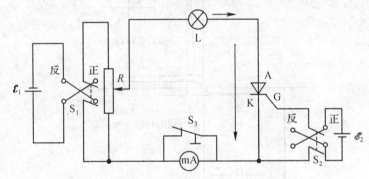

图 3-16　晶闸管导通、关断工作条件实验电路

这说明晶闸管不导通，它处于反向阻断状态。

　　(2)把 S_1 掷向正向位置，阳极 A 接电源正极，阴极 K 接电源负极，晶闸管阳极和阴极间加正向电压。此时，将 S_2 断开或掷向反向位置，控制极 G 悬空，或门极和阴极之间加上反向电压，灯泡 L 也不亮。这说明晶闸管仍不导通，它处于正向阻断状态。

　　(3)将 S_1 保持在正向位置，同时，将 S_2 也掷向正向位置，使控制极 G 接电源正极，阴极 K 接电源负极，即控制极和阴极间加上正向电压，这时灯泡 L 发亮，说明晶闸管处于导通状态。

　　(4)在灯泡亮的情况下，即使将 S_2 断开，灯泡仍然发亮。这说明晶闸管导通后，门极失去控制作用。

　　(5)在灯泡亮的情况下，逐渐调节变阻器 R，使流过晶闸管的电流逐渐减少，灯泡亦逐渐变暗。按下按钮 S_3，观察毫安表指针，发现当电流下降到某一数值时，毫安表指针突然回到零。此时，灯泡也不发亮。这说明晶闸管已关断。毫安表上所观察到的最小电流称为晶闸管的维持电流，用 I_H 表示。

　　通过实验分析，可以得出如下结论：

（1）普通晶闸管不仅和二极管一样具有反向阻断能力，而且具有正向阻断能力。

（2）晶闸管导通的条件是：阳极和阴极间加上正向电压的同时，控制极和阴极间也加上正向触发电压。

（3）晶闸管具有正向导通可控性，控制极对晶闸管的导通起着闸门一样的作用。

（4）晶闸管一旦导通，控制极即失去控制作用，要使晶闸管关断，必须使阳极电流小于维持电流。

晶闸管的伏安特性是指它的阳极电流 I_A 与阳、阴极两端电压 U_{AK} 之间的关系。在 $I_G=0$ 的条件下，晶闸管的伏安特性曲线如图 3-17 所示。

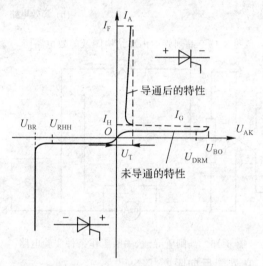

图 3-17　晶闸管的伏安特性曲线

由图 3-17 可看出，晶闸管的伏安特性分为正向特性和反向特性。当 $U_{AK}>0$，即正向时，控制极不加电压，晶闸管内部 PN 结处于反向偏置，只有极小的正向漏电流通过，晶闸管处于正向阻断状态（见图 3-17 正向曲线的下部）。当 $U_{AK}>U_{BO}$ 时，漏电流突然增大，晶闸管由正向阻断状态变为导通状态，U_{BO} 称为正向转折电压。晶闸管导通后的正向特性与二极管的正向特性相似，导通时管压降很小，约 1V 左右。其正向电流随正向电压的下降迅速减小，当电流小于晶闸管的维持电流 I_H 时，晶闸管恢复到正向阻断状态。

当 $U_{AK}<0$，且控制极仍不加电压时，晶闸管的伏安特性与二极管的反向特性相似。当 $U_{AK}<U_{BR}$ 时，晶闸管处于反向阻断状态，只有很小的反向漏电流。当 $U_{AK}≥U_{BR}$ 时，反向电流突然增大，晶闸管反向击穿。U_{BR} 称为反向击穿电压。晶闸管反向击穿就被损坏了。

晶闸管正常工作时，控制极必须加正向电压，即 $I_G>0$，则正向转折电压会降低。I_G 越大，转折电压越小，即晶闸管从阻断变为导通所需的正向电压越小。

3. 主要参数

(1)额定正向平均电流 I_F

额定正向平均电流是指在环境温度小于 40℃、标准散热和全导通条件下，晶闸管阳极与阴极间能连续通过的工频正弦半波电流平均值，简称正向电流。通常我们说多少安的晶闸管，就是指这个电流。

(2)正向阻断峰值电压 U_{DRM}

正向阻断峰值电压是指在控制极开路、晶闸管正向阻断条件下，晶闸管能够重复承受的正向峰值电压。其值为正向转折电压 U_{BO} 的 80%。

(3)反向阻断峰值电压 U_{RRM}

反向阻断峰值电压是指控制极开路时，晶闸管能够重复承受的反向峰值电压。其值为反向转折电压 U_{BR} 的 80%。

(4)维持电流 I_H

在室温下和控制极断开时，维持晶闸管导通所需的最小电流称为维持电流 I_H。

除以上参数外，还有正向平均管压降、控制极最小触发电压和触发电流等，使用时要根据电路要求进行选择。

本章小结

1. 电阻、电容、电感元件。在 u 和 i 参考方向一致时线性电阻、电容、电感元件的特性方程为

电阻　　　　$u = iR$

电容　　　　$i = C\dfrac{du}{dt}$

电感　　　　$i = C\dfrac{du}{dt}$

2. 晶体二极管具有单向导电性，即加上正偏压后导通，加上负偏压后截止，二极管有一个死区电压，硅管的死区电压约为 0.5V，锗管的死区电压约为 0.2V。正向导通时，二极管正向压降，硅管约为 0.7V，锗管约为 0.3V 左右。

3. 二极管可在电路中进行整流、检波、钳位、限幅、元件保护以及在脉冲与数字电路中用作开关元件。

4. 三极管具有电流放大作用。晶体管起放大作用的条件：发射结必须正向偏置，集电结必须反向偏置。三极管有三个不同的工作区域，即放大区、截止区和饱和区。

5. 三极管具有开关作用。三极管截止相当于开关断开，三极管饱和相当于开关接通。

6. 晶闸管具有正向导通可控性，控制极对晶闸管的导通起着闸门一样的作用。晶闸

管导通的条件是：阳极和阴极间加上正向电压的同时，控制极和阴极间也加上正向触发电压。

习题 3

3-1　在指定的电压和电流的参考方向下，写出图 3-18 所示各元件的特性方程。

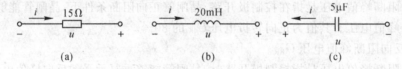

图 3-18

3-2　求题图 3-19 所示各元件的端电压或通过的电流。

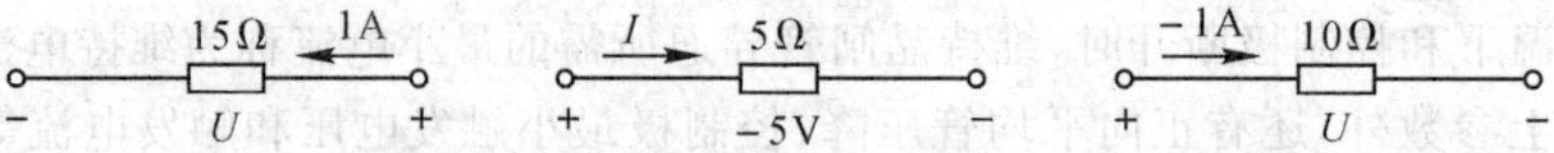

图 3-19

3-3　已知一个电感元件 $L=0.5\mathrm{H}$，当其中流过变化率为 $\dfrac{\mathrm{d}i}{\mathrm{d}t}=20\mathrm{A/s}$ 的电流时，该元件的端电压为多少？如果通过 5A 的直流电，其端电压又为多少？

3-4　什么是死区电压？硅管和锗管的死区电压约为多少？

3-5　如图 3-20 所示，计算下列电路中流过二极管的电流。（二极管的正向压降取 0.7V）

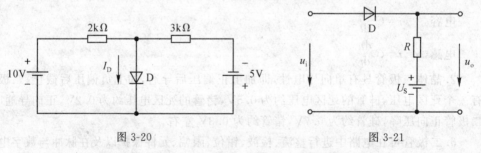

图 3-20　　　　　　　　　　　　　　图 3-21

3-6　图 3-21 所示电路中，$U_{\mathrm{S}}=3\mathrm{V}$，输入电压为正弦波，其幅值为 6V。二极管正向压降可忽略不计，试画出输出电压的波形。

3-7　有一批晶体管，型号不清。其中既有硅管，又有锗管，如何用万用表将它们区分开来？

3-8　某人用测电位的方法测出晶体管 3 个管脚的对地电位：管脚 1 为 12V、管脚 2 为 3V、管脚 3 为 3.7V，试判断晶体管的类型以及各管脚所属电极。

实验 3   电路元件伏安特性的测绘

一、实验目的

1. 学习测量电路元件伏安特性的逐点测试法。
2. 掌握直流电工仪表和设备的使用方法。

二、实验设备

序号	名 称	型号与规格	数 量	备 注
1	直流可调稳压电源	0～30V	2 路	
2	万用表		1	
3	直流毫安表	0～5A	1	
4	白炽灯泡		1	
5	线 性 电 阻		若干	
6	二 极 管		若干	
7	稳 压 管		若干	

三、实验内容

1. 测量线性电阻元件的伏安特性

电路如图 3-22 所示,调节稳压电源的输出电压 U,按表 3-2 的项目,记下对应电压表和电流表的读数,数据填入表 3-2。

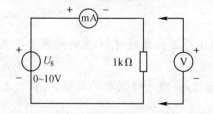
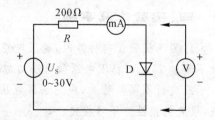

图 3-22   测量线性电阻元件的伏安特性   图 3-23   测量半导体二极管的伏安特性

2. 测量非线性白炽灯泡的伏安特性

将图 3-22 所示的电阻换成一只小灯泡,重复 1 的步骤。数据填入表 3-2。

表 3-2　数据记录

项目	U(V)	0	2	4	6	8	10
线性电阻	I(mA)						
小灯泡	I(mA)						

3. 测量半导体二极管的伏安特性

电路如图 3-23 所示，R 为限流电阻器，阻值为 200Ω，测二极管的正向特性时，其正向电流不得超过 25mA，二极管的正向压降可在 $0\sim0.7$V 之间取值。作反向特性实验时，只需将图 3-23 中的二极管 D 反接，且其反向电压可加到 30V。实验结果填入表3-3。

4. 测量稳压二极管的伏安特性

只要将图 3-23 中的二极管换成稳压二极管，重复实验内容 3 的测量。实验结果填入表 3-3。

表 3-3　数据记录

二极管	正向	U(V)	0							0.75
		I(mA)								
	反向	U(V)	0							-30
		I(mA)								
稳压二极管	正向	U(V)	0							0.75
		I(mA)								
	反向	U(V)	0							
		I(mA)								

四、实验注意事项

1. 测二极管正向特性时，稳压电源输出应由小至大逐渐增加，应时刻注意电流表读数不超过 25mA，稳压电源输出端切勿碰线短路。

2. 进行不同实验时，应先估算电压和电流值，合理选择仪表的量程，勿使仪表超量程，仪表的极性亦不可接错。

五、实验报告

1. 根据实验数据，分别在方格纸上绘制出光滑的伏安特性曲线。

2. 根据实验结果，总结、归纳被测各元件的特性。

3. 必要的误差分析。

第 4 章

电路等效变换及计算

【本章要点】

1. 电路的等效变换及求解复杂线性电路的一般分析计算方法；
2. 电阻的串、并联；
3. 电阻的星形和三角形连接及其等效变换；
4. 电流源和电压源两种电源模型的等效变换；
5. 电路的分析方法如支路电流法、网孔电流法、节点电压法。

4.1 等效变换

4.1.1 电路的等效变换

为了满足不同的需要，电路中各元件有不同的连接方式。就直流电路而言，按连接方式不同，可分为两大类：简单电路和复杂电路。简单电路主要指电阻元件按串联和并联两种基本方式进行电路连接。复杂电路是指各元件既不是串联也不是并联连接的一类电路。

不管是简单电路还是复杂电路，对其进行分析和计算时，我们可选取一部分电路作为一个整体，对其进行简化，即用一个较为简单的电路替代原电路，同时把电路的其余部分称为它的外电路。按照这部分电路与它的外电路连接端钮的数目来分类，可分为二端网络和多端网络。二端网络又可称为单口网络或一端口网络，它有一个端口。一个端口是指这样的一对端钮，流入一个端钮的电流与流出另一个端钮的电流是同一个电流。二端网络的端口电压和端口电流之间的关系叫做这部分电路的外特性。两个外特性相同的电路称为等效电路，其端口为等效端口。对外电路来说，它们可以互换，而不影响外电路的工作状况。但当分析等效电路内部特征时，两者是不能互相替换的。等效电路的互换方法叫等效变换。

图 4-1 所示为等效变换电路模型。其中(a)图电路中的二端网络 N_1 用一个新的、简单的二端网络 N_2 等效代替得到(b)图所示的结构。N_1 和 N_2 等效,它们的内部结构是不同的,但当把它们接到任何一个相同的电路的 a,b 两端时,得到的端电压 U_{ab} 和电流 I 完全相同。

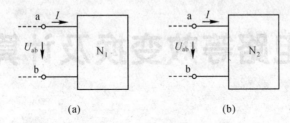

(a)   (b)

图 4-1   二端网络的等效变换

4.1.2 电阻的串联和并联

在电路中,电阻的连接形式是多种多样的,其中最常见的是电阻的串联连接和并联连接。

1. 电阻的串联

在电路中,若干个电阻依次首尾连接,中间没有节点,不产生分支电路,这种连接方式称为电阻的串联连接。如图 4-2(a)所示为 n 个电阻组成的串联电路,图(b)所示为其等效电路。

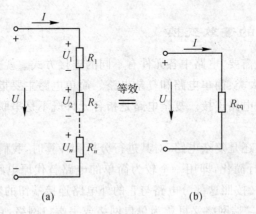

(a)   (b)

图 4-2   电阻串联电路

电阻串联时,通过各个电阻的电流为同一个电流,这是判断电阻串联的一个重要依据。即

$$I = I_1 = I_2 = \cdots = I_n \tag{4-1}$$

应用 KVL,有

$$U=U_1+U_2+\cdots+U_n \tag{4-2}$$

又因为有 $U_1=R_1I,U_2=R_2I,\cdots,U_n=R_nI$,代入(4-2)式,得

$$U=(R_1+R_2+\cdots+R_n)I=R_{eq}I$$

其中等效电阻为

$$R_{eq}=R_1+R_2+\cdots+R_n=\sum_{k=1}^{n}R_k \tag{4-3}$$

电阻串联时,各电阻上的电压为

$$U_k=R_kI=R_k\frac{U}{R_{eq}}=\frac{R_k}{R_{eq}}U \tag{4-4}$$

可见,串联的每个电阻,其电压与电阻值成正比。或者说,总电压根据各个串联电阻的值进行分配。式(4-4)称为电压分配公式,或称分压公式。

电路总功率为

$$P=UI=(R_1+R_2+\cdots+R_n)I^2=RI^2 \tag{4-5}$$

上式表明,n 个串联电阻吸收的总功率等于它们的等效电阻所吸收的功率。

2. 电阻的并联

在电路中,若干个电阻并排连接,承受相同的电压,这种连接方式称为电阻的并联连接,如图 4-3(a)所示为 n 个电阻组成的并联电路,图(b)所示为其等效电路。

电阻并联时,加在每个电阻两端的电压相同,这是判断电阻并联的一个重要依据。即

$$U=U_1=U_2=\cdots=U_n \tag{4-6}$$

应用 KCL,有

$$I=I_1+I_2+\cdots+I_n \tag{4-7}$$

又因为有 $I_1=\dfrac{U}{R_1},I_2=\dfrac{U}{R_2},\cdots,I_n=\dfrac{U}{R_n}$,代入(4-7)式,得

$$I=\left(\frac{1}{R_1}+\frac{1}{R_2}+\cdots+\frac{1}{R_n}\right)U=\frac{1}{R_{eq}}U$$

即

$$\frac{1}{R_{eq}}=\frac{1}{R_1}+\frac{1}{R_2}+\cdots+\frac{1}{R_n}=\sum_{k=1}^{n}\frac{1}{R_k} \tag{4-8}$$

电阻并联时,各电阻上流过的电流为

$$I_k=\frac{U}{R_k} \tag{4-9}$$

可见,在并联电路中各电阻上流过的电流与电阻值成反比。

电路总功率为

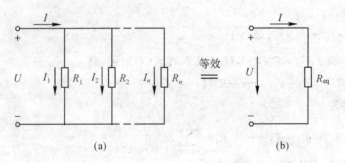

图 4-3　电阻并联电路

$$P=UI=U(I_1+I_2+\cdots+I_n)=\left(\dfrac{U^2}{R_1}+\dfrac{U^2}{R_2}+\cdots+\dfrac{U^2}{R_n}\right)=\dfrac{U^2}{R_{\mathrm{eq}}} \qquad (4\text{-}10)$$

式(4-10)表明,n 个并联电阻吸收的总功率等于它们的等效电阻所吸收的功率。

4.1.3　电阻的星形与三角形连接的等效变换

对于一些复杂电路并不能用电阻的串并联的方法求解,图 4-4 所示是一种具有桥形结构的电路,它是测量中常用的一种电桥电路,其中的电阻既非串联又非并联。这样的电路利用我们前述的方法就不能求解,本节将要讲授的星形与三角形连接的等效变换就具有重要的意义。

图 4-4 中电阻 R_2,R_3 和 R_5 构成一个星形连接(或称为 Y 形连接),各个电阻都有一端接在一个公共节点上,另一端则分别接到 3 个端子上;电阻 R_1,R_2 和 R_5 构成一个三角形连接(或称为△连接),各个电阻分别接在 3 个端子的每两个之间。

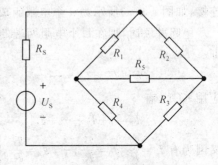

图 4-4　电桥电路

Y 形连接和△形连接都是通过 3 个端子与外部相连。如图 4-5(a),(b)所示分别表示接于端子 1,2,3 的 Y 形连接和△形连接的 3 个电阻。端子 1,2,3 与电路的其他部分相连(图中未画出)。当两种连接的电阻之间满足一定关系时,它们在端子 1,2,3 以外的特性可以相同,就是说它们可以互相等效变换。如果在它们的对应端子之间具有相同的电压 U_{12},U_{23} 和 U_{31},而流入对应端子的电流分别相等,即 $I_1=I_1{}'$,$I_2=I_2{}'$,$I_3=I_3{}'$,在这种条件下,它们彼此等效,这就是 Y-△等效变换的条件。

对于 Y 形连接电路,根据 KCL 和 KVL 求出端子电压与电流之间的关系,其方程为

$$I_1+I_2+I_3=0$$
$$R_1I_1-R_2I_2=U_{12}$$

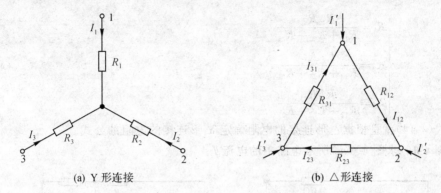

(a) Y 形连接　　　　(b) △形连接

图 4-5　Y 形连接和△形连接的等效变换

$$R_2 I_2 - R_3 I_3 = U_{23}$$

可以解出电流为

$$\begin{cases} I_1 = \dfrac{R_3 U_{12}}{R_1 R_2 + R_2 R_3 + R_3 R_1} - \dfrac{R_2 U_{31}}{R_1 R_2 + R_2 R_3 + R_3 R_1} \\[3mm] I_2 = \dfrac{R_1 U_{23}}{R_1 R_2 + R_2 R_3 + R_3 R_1} - \dfrac{R_3 U_{12}}{R_1 R_2 + R_2 R_3 + R_3 R_1} \\[3mm] I_3 = \dfrac{R_2 U_{31}}{R_1 R_2 + R_2 R_3 + R_3 R_1} - \dfrac{R_1 U_{23}}{R_1 R_2 + R_2 R_3 + R_3 R_1} \end{cases} \tag{4-11}$$

对于△形连接电路,根据 KCL 可得,端子电流分别为

$$\begin{cases} I_1' = I_{12} - I_{31} = \dfrac{U_{12}}{R_{12}} - \dfrac{U_{31}}{R_{31}} \\[3mm] I_2' = I_{23} - I_{12} = \dfrac{U_{23}}{R_{23}} - \dfrac{U_{12}}{R_{12}} \\[3mm] I_3' = I_{31} - I_{23} = \dfrac{U_{31}}{R_{31}} - \dfrac{U_{23}}{R_{23}} \end{cases} \tag{4-12}$$

由于不论 U_{12},U_{23} 和 U_{31} 为何值,两个等效电路的对应的端子电流均相等,故式 (4-11)与式(4-12)中电压 U_{12},U_{23} 和 U_{31} 前面的系数应该对应相等。于是得到

$$\begin{cases} R_{12} = \dfrac{R_1 R_2 + R_2 R_3 + R_3 R_1}{R_3} \\[3mm] R_{23} = \dfrac{R_1 R_2 + R_2 R_3 + R_3 R_1}{R_1} \\[3mm] R_{31} = \dfrac{R_1 R_2 + R_2 R_3 + R_3 R_1}{R_2} \end{cases} \tag{4-13}$$

式(4-13)就是根据 Y 形连接的电阻确定△形连接的电阻的公式。

对式(4-13)进行转换可得(其求解过程读者可自行推导)

$$
\begin{cases}
R_1 = \dfrac{R_{12}R_{31}}{R_{12}+R_{23}+R_{31}} \\[3mm]
R_2 = \dfrac{R_{23}R_{12}}{R_{12}+R_{23}+R_{31}} \\[3mm]
R_3 = \dfrac{R_{31}R_{23}}{R_{12}+R_{23}+R_{31}}
\end{cases}
\tag{4-14}
$$

式(4-14)就是根据△形连接的电阻确定 Y 形连接的电阻的公式。

例 4-1 求图 4-6(a)所示电路中的电流 I。

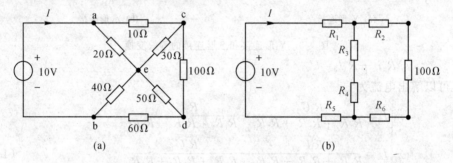

图 4-6

解 图 4-6(a)所示电路不是一个简单的串并联电路,由于 $10\Omega,20\Omega,30\Omega$ 电阻以及 $40\Omega,50\Omega,60\Omega$ 电阻分别形成两个△形电路,若将它们变换成 Y 形电路,如图 4-6(b)所示,则可化成用串并联方法计算的简单电路。

应用△→Y 公式(4-14),有

$$
R_1 = \frac{10\times20}{10+20+30} = \frac{10}{3}(\Omega)
$$

$$
R_2 = \frac{10\times30}{10+20+30} = 5(\Omega)
$$

$$
R_3 = \frac{20\times30}{10+20+30} = 10(\Omega)
$$

$$
R_4 = \frac{40\times50}{40+50+60} = \frac{40}{3}(\Omega)
$$

$$
R_5 = \frac{40\times60}{40+50+60} = 16(\Omega)
$$

$$
R_6 = \frac{50\times60}{40+50+60} = 20(\Omega)
$$

再利用串并联的知识可得

$$
R_{ab} = R_1 + (100+R_2+R_6)//(R_3+R_4) + R_5
$$

$$
= \frac{10}{3} + (100+5+20)//(10+\frac{40}{3}) + 16 = 38.97(\Omega)
$$

所以 $I = \dfrac{U}{R_{ab}} = \dfrac{10}{38.97} = 0.26(A)$

4.1.4 电压源、电流源模型及其等效变换

电源是将其他能量转换为电能的重要设备,它在电路中是不可缺少的部分,所以在分析电路时对电源的性能和特点必须知道。但实际电源接入电路时,它们既提供电路电压,又因为消耗一部分的电能而发热。为了有效地对电路进行分析和计算,用理想元件或理想元件的组合来代替电路中的实际电源,组成电路模型。一个实际的电源可以用两种不同的电路模型来表示。一种是电压源模型,简称为电压源;一种是电流源模型,简称为电流源。

1. 电压源

任何一个电源,例如发电机、电池或各种信号源,在其内部总是存在一定电阻,称之为内阻。以电池为例,当电池两端接上负载有电流通过时,内阻就会有能量损耗,电流越大,损耗越大,输出端电压就越低。故在电压源模型中往往用一个不含内阻的理想电压源 U_S 和电阻 R_0 串联来等效一个实际电源,如图 4-7 所示。

根据图 4-7 所示的电路,可得出

$$U = U_S - R_0 I \tag{4-15}$$

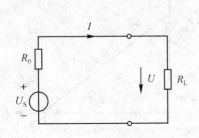

图 4-7 电压源模型

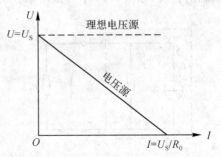

图 4-8 电压源和理想电压源的外特性曲线

由此可画出电压源的外特性曲线,即伏安特性曲线,在 U-I 平面上是一条下降的直线,如图 4-8 中实线所示。当电压源开路时,$I=0$,$U=U_S$;当短路时,$U=0$,$I=U_S/R_0$。内阻 R_0 愈小,则直线愈平。如果内阻 $R_0=0$,电源始终输出恒定电压,即理想电压源,此时 $U=U_S$,而其中的电流 I 则是任意的,由负载电阻 R_L 及电压 U_S 本身确定,其伏安特性曲线是一条平行于电流轴的直线,如图 4-8 中虚线所示。

如果一个电源的内阻远较负载电阻小,即 $R_0 \ll R_L$ 时,则内阻压降 $R_0 I \ll U$,于是 $U \approx U_S$,基本上恒定,可以认为是理想电压源。通常用的稳压电源也可认为是一个理想电压源。

当实际电压源开路时,电流 $I=0$,其端电压就等于理想电压源的电压,即 $U=U_S$;当实际电压源短路时,其端电压 $U=0$,而实际电压源的内阻一般较小,所以短路电流将

会很大,严重时会烧坏电源,所以实际电压源不能工作在短路状态下。

2.电流源

实际电源除用电动势 U_S 和内阻 R_0 串联的电路模型来表示外,还可以用另一种电路模型来表示,即电流源模型。

如果将式(4-15)两端同除以 R_0,则得

$$\frac{U}{R_0} = \frac{U_S}{R_0} - I = I_S - I$$

即

$$I = I_S - \frac{U}{R_0} \tag{4-16}$$

式中:I_S 为电源的短路电流;I 是负载电流,用电路图来表示,则如图 4-9 所示。

由式(4-16)可作出电流源的外特性曲线,在 U-I 平面上是一条下降的直线,如图 4-10中实线所示。当电流源开路时,$I=0$,$U=I_S R_0$;当电路短路时,$U=0$,$I=I_S$。内阻 R_0 愈大,则直线愈陡。如果内阻 $R_0=\infty$ 时,电源始终输出恒定电流,即 $I=I_S$。而其两端的电压 U 是任意的,由负载电阻 R_L 及电流 I_S 本身确定,其伏安特性曲线是一条平行于电压轴的直线,如图 4-10 中虚线所示。

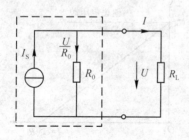

图 4-9 电流源模型   图 4-10   电流源和理想电流源的外特性曲线

当然,理想电流源也是不存在的。但是,一些实际电流源在一定条件下可近似用理想电流源代替。当实际电流源被短路时,端电压 $U=0$,输出电流 I 最大,就等于理想电流源的电流,即 $I=I_S$;当实际电流源开路时,输出电流 $I=0$,I_S 全部通过内阻,在这种情况下,内部损耗较大,因此,实际电流源不能工作在开路状态。

3.实际电源两种模型的等效变换

一个实际电源既可以用电压源模型来等效代替,也可以用电流源模型来等效代替。其实两种电源模型反映的是同一个实际电源的外特性,只是表现形式不同而已。在对含有两种电源模型的电路进行分析计算时,为了方便,有时需要将电压源等效变换成电流源,而有时又需要将电流源等效变换成电压源。再次强调,等效变换是对外电路而言的,即变换前后外电路的电压和电流关系不变。

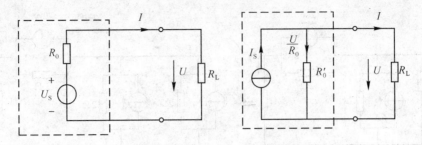

图 4-11 两种电源模型的等效变换

在图 4-11 所示的两种电源模型中有以下关系：

电压源模型 $I = \dfrac{U_\text{s}}{R_0} - \dfrac{U}{R_0}$

电流源模型 $I = I_\text{s} - \dfrac{U}{R_0{}'}$

可见，欲使两种模型的表达式能代表同一个实际电源，只要满足以下条件即可：

$$R_0{}' = R_0, \ I_\text{s} = \frac{U_\text{s}}{R_0}$$

在进行电源模型的等效变换时，应注意以下几个问题：

(1)等效变换是对外电路而言的，电源内部是不等效的。

(2)理想电压源与理想电流源之间不能进行等效变换，因两者的伏安特性不同。

(3)等效变换时对外电路的电压和电流的大小和方向都不变。电流源的电流流出端应与电压源的正极性相对应。

(4)实际上凡是理想电压源与电阻串联的电路都可和理想电流源与电阻并联的电路等效互换。

电路的等效变换能使复杂的电路变得简单，从而简化电路计算。

例 4-2 求图 4-12(a)所示电路中的电流 I。

解 利用电源的等效变换，将图 4-12(a)所示的电路经过(b)，(c)，(d)的变换过程，得到化简后的电路可求得电流 $I = \dfrac{9-4}{1+2+7} = \dfrac{5}{10} = 0.5(\text{A})$

4.2 计算方法

电路分析是在已知电路各元件的参数、激励和电路结构的条件下，计算电路中的响应。

本章重点是讨论复杂线性电路的一般分析计算方法。如支路电流法、网孔电流法和节点电压法。

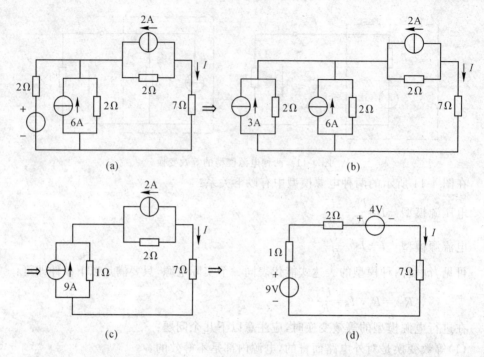

图 4-12

4.2.1 支路电流法

支路电流法是分析复杂电路的基本方法之一,它是以支路电流作为电路的变量,即未知量,直接应用基尔霍夫两个定律和欧姆定律,列出所需要的方程组,然后联立解出各支路的电流的一种方法。

对一个具有 b 条支路和 n 个节点的电路,当以支路电流为电路变量列写方程时,共有 b 个未知量。而根据 KCL 可以列出 $(n-1)$ 个独立电流方程,根据 KVL 可以列出 $b-(n-1)$ 个独立电压方程,总计方程数为 b,与未知量数相等。因此可由 b 个方程求出 b 个支路电流。这种方法称为支路电流法。

注意:在列写独立电压方程时,支路电压应以支路电流来表示。下面通过一个例题来说明其求解的过程。

例 4-3　在图 4-13 所示电路中,已知 $R_1=1\Omega$,$R_2=2\Omega$,$R_3=3\Omega$,$U_1=5V$,$U_2=12V$,求各支路电流。

解　求各支路电流,即求 $b=3$ 条支路上的电流 I_1,I_2,I_3。该电路有 $n=2$ 个节点,$b-(n-1)=2$ 个网孔,故列写 1 个独立的 KCL 方程,2 个独立的 KVL 方程,合起来可列出 3 个方程,联立可求出 3 个电流未知量。

对节点 a 列 KCL:　　$I_1+I_2-I_3=0$

对网孔 abca 列 KVL：$I_1R_1+I_3R_3-U_1=0$

对网孔 abda 列 KVL：$I_2R_2+I_3R_3-U_2=0$

代入数据,得

$$I_1+I_2-I_3=0$$
$$I_1+3I_3-5=0$$
$$2I_2+3I_3-12=0$$

解得

$$I_1=-1(\text{A}) \quad I_2=3(\text{A}) \quad I_3=2(\text{A})$$

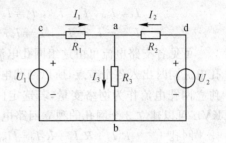

图 4-13　支路电流法

支路电流法的解题步骤：

(1)假定各支路电流的参考方向。

(2)根据 KCL 对$(n-1)$个独立节点列出方程。

(3)选取$b-(n-1)$个独立回路(一般选取网孔,网孔是独立回路),指定回路的绕行方向,列出 KVL 电压方程。

(4)解出各支路电流。

当一条支路仅含电流源而不存在与之并联的电阻时,就无法将支路电压以支路电流来表示,这种无并联电阻的电流源称为无伴电流源。当电路中存在这类支路时,处理的方法是,将无伴电流源两端的电压作为一个求解的未知量列入方程。这样,虽然多了一个变量,但是无伴电流源所在支路的电流为已知,故未知的变量还是b个。

4.2.2　网孔电流法

前面介绍的支路电流法,对于具有b条支路、n个节点的电路,可列出$(n-1)$个节点电流方程和$b-(n-1)$个回路电压方程,通过联立求解方程即可求出各支路电流。但此法计算过程相当麻烦,尤其当方程的数目较多时,计算更为繁琐。因此,需要找出其他的解题方法,以便减少联立方程的数目。本节要讲的网孔电流法就是基于这种思路的方法。

网孔电流法是以假想沿着网孔边界连续流动的网孔电流为未知量,根据 KVL 对全部网孔列出电路方程,从而求解网孔电流,进而求得支路电流和电压的方法。下面我们通过一个例题来具体说明网孔电流法及其应用。

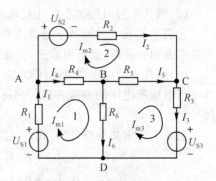

图 4-14　网孔电流法

如图 4-14 所示,假想在每个网孔里都有一个网孔电流沿着网孔的边界连续流动,并设它们分别为I_{m1},I_{m2}和I_{m3},网孔电流实际上是不存在的,它只是为了简化计算而假想出来的一个变量。各支路电路与网孔电流的关系为

$$I_1 = I_{m1}, \ I_2 = I_{m2}, \ I_3 = I_{m3}, \ I_4 = I_{m1} - I_{m2},$$
$$I_5 = -I_{m2} + I_{m3}, \ I_6 = I_{m1} - I_{m3}$$

可见各支路电流可由这组网孔电流完全确定,而且这些关系也很直观。由于每个网孔电流同时出入各个节点,所以网孔电流自动满足 KCL。综上所述,我们可以选取一组独立网孔电流作为网络变量,若选定回路绕行方向与网孔电流的参考方向一致,根据 KVL 可以建立 3 个网孔的独立回路电压方程(用支路电流):

网孔 1　　　$R_1 I_1 + R_4 I_4 + R_6 I_6 = U_{S1}$

网孔 2　　　$R_2 I_2 - R_4 I_4 - R_5 I_5 = -U_{S2}$

网孔 3　　　$R_3 I_3 + R_5 I_5 - R_6 I_6 = -U_{S3}$

用网孔电流代替各支路电流可得

$$R_1 I_{m1} + R_4 (I_{m1} - I_{m2}) + R_6 (I_{m1} - I_{m3}) = U_{S1}$$
$$R_2 I_{m2} - R_4 (I_{m1} - I_{m2}) - R_5 (-I_{m2} + I_{m3}) = -U_{S2}$$
$$R_3 I_{m3} + R_5 (-I_{m2} + I_{m3}) - R_6 (I_{m1} - I_{m3}) = -U_{S3}$$

整理后,得

$$\begin{cases} (R_1 + R_4 + R_6) I_{m1} - R_4 I_{m2} - R_6 I_{m3} = U_{S1} \\ -R_4 I_{m1} + (R_2 + R_4 + R_5) I_{m2} - R_5 I_{m3} = -U_{S2} \\ -R_6 I_{m1} - R_5 I_{m2} + (R_3 + R_5 + R_6) I_{m3} = -U_{S3} \end{cases} \qquad (4\text{-}17)$$

式(4-17)是以网孔电流 I_{m1}, I_{m2} 和 I_{m3} 为未知量的方程组,故称为网孔电流方程组。由于电路中全部网孔是一组独立回路,所以这些方程是相互独立的。联立求解这组独立方程可求出网孔电流 I_{m1}, I_{m2} 和 I_{m3},然后可求出各支路电流、电压及功率等。

为了能够根据电路图直接写出网孔电流方程组,我们给出如下定义:

(1)自电阻 R_{kk}

这是网孔电流 I_{mk} 流过的所有电阻之和,如图 4-14 所示回路 2 中网孔电流 I_{m2} 流过的电阻有 R_2, R_4, R_5,记为 $R_{22} = R_2 + R_4 + R_5$。由于一般选取绕行方向与网孔电流方向一致,所以自电阻总是正的。

(2)网孔 k 与网孔 j 之互电阻 R_{kj}

它表示网孔 k 与网孔 j 公共支路上的电阻,当流过网孔间公共支路的两个网孔电流参考方向一致时,互电阻取正,否则取负。

(3)网孔 k 的电压源总电压 U_{Skk}

当电压源电压的参考方向与网孔电流的参考方向一致时,U_{Skk} 前面取正号,否则取负号。

引入上述定义及符号后,式(4-17)可进一步表示为

$$\begin{cases} R_{11} I_{m1} + R_{12} I_{m2} + R_{13} I_{m3} = U_{S11} \\ R_{21} I_{m1} + R_{22} I_{m2} + R_{23} I_{m3} = U_{S22} \\ R_{31} I_{m1} + R_{32} I_{m2} + R_{33} I_{m3} = U_{S33} \end{cases} \qquad (4\text{-}18)$$

一般情况下,对于具有 l 个独立回路的网络,其网孔电流方程组为

$$\begin{cases} R_{11}I_{m1} + R_{12}I_{m2} + \cdots + R_{1k}I_{mk} = U_{S11} \\ R_{21}I_{m1} + R_{22}I_{m2} + \cdots + R_{2k}I_{mk} = U_{S22} \\ \cdots\cdots \\ R_{k1}I_{m1} + R_{k2}I_{m2} + \cdots + R_{kk}I_{mk} = U_{Skk} \end{cases} \tag{4-19}$$

在列写网孔电流方程时要注意,如果两个网孔之间没有共有支路,或者有共有支路但其电阻为零(例如共有支路间仅有电压源),则互电阻为零。如果将所有网孔电流都沿顺(或逆)时针方向,则所有互电阻总是为负。在不含受控源(受控源的电压或电流受电路中某部分电压或电流的控制)的电阻电路的情况下,$R_{jk} = R_{kj}$。

在应用网孔电流法对电路进行分析计算时,一般不必采用推导的方法列写网孔电流方程,可根据电路图中给定的电路结构和元件参数,按照网孔电流方程的一般形式直接列出电路方程即可。

综上所述,应用网孔电流法分析计算电路的一般步骤是:

(1)选定 m 个网孔电流的参考方向,并规定各回路绕行方向均与其对应的网孔电流方向一致。

(2)按照网孔电流方程的一般形式列写出各网孔电流方程。注意自电阻均为正值,而互电阻可正可负。

(3)联立求解方程组,求出各网孔电流及待求量。

例 4-4 在图 4-14 所示电路中,若已知 $U_{S1}=56V$,$U_{S2}=44V$,$U_{S3}=14V$,$R_1=6\Omega$,$R_2=2\Omega$,$R_3=6\Omega$,$R_4=4\Omega$,$R_5=4\Omega$,$R_6=2\Omega$,试用网孔电流法求各支路电流。

解 在此电路中,独立回路数为 3 个,我们选取网孔作为独立回路,假设回路电流为 I_{m1},I_{m2},I_{m3},绕行方向如图 4-14 所示,各支路电流的参考方向见图,根据网孔电流方程的一般形式,用观察法可列出方程组为

$$(6+4+2)I_{m1} - 4I_{m2} - 2I_{m3} = 56$$
$$-4I_{m1} + (2+4+4)I_{m2} - 4I_{m3} = -44$$
$$-2I_{m1} - 4I_{m2} + (6+4+2)I_{m3} = -14$$

解方程组得 $I_{m1} = 3(A)$,$I_{m2} = -4(A)$,$I_{m3} = -2(A)$。

将支路电流用网孔电流来表示,可得各支路的电流为

$$I_1 = I_{m1} = 3(A), \quad I_2 = I_{m2} = -4(A), \quad I_3 = I_{m3} = -2(A),$$
$$I_4 = I_{m1} - I_{m2} = 7(A), \quad I_5 = -I_{m2} + I_{m3} = 2(A), \quad I_6 = I_{m1} - I_{m3} = 5(A)$$

在上面介绍的电路中,电源都是电压源。如果电路中含有电流源,应先把电流源变为电压源,再对电路列写回路电流方程。如果电流源为无伴电流源,则无法把它变换成电压源,此时应用网孔电流法时应作如下处理:

(1)如果无伴电流源处于电路的边界支路上,这时网孔电流就等于该电流源的电

流,因此就不必列写该回路的网孔电流方程。

(2)如果无伴电流源处于两个网孔的公共支路上,可以将该电流源的端电压 U 设为未知量,并将其视为电压源的电压,按式(4-19)的规律列写网孔电流方程。由于增加了这个未知量,故必须补充一个方程,该补充方程即为此电流源与相关网孔电流关系的方程,使方程数与未知量数相等。

例 4-5　电路如图 4-15 所示,已知 $U_{S1}=10V$,$U_{S2}=20V$,$I_{S3}=4A$,$R_1=10\Omega$,$R_2=20\Omega$,试用网孔电流法求中各支路电流及电流源两端的电压 U。

解　设网孔 1,2 的电流为 I_{m1},I_{m2},电流源两端的电压为 U。

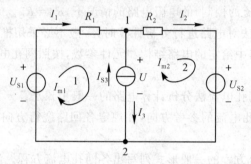

图 4-15

列写网孔电流方程为

$$\begin{cases} 10I_{m1}=10-U \\ 20I_{m2}=-20+U \end{cases}$$

再增加一个方程

$$I_{m1}-I_{m2}=-I_{S3}=-4(A)$$

联立 3 个方程,可求得 3 个未知量

$$I_{m1}=-3(A),\ I_{m2}=1(A),\ U=40(V)$$

各支路的电流为　$I_1=I_{m1}=-3(A)$,$I_2=I_{m2}=1(A)$,$I_3=-4(A)$

4.2.3　节点电压法

在电路的分析中,如果能够求出各支路两个端点间的电压或各点的电位,就可以根据支路的 VCR 方便地求得各支路电流,从而达到简化电路计算的目的。节点电压法就是一种适用范围广,易于列写电路方程和编制程序的常用电路分析方法,它不像网孔电流法那样只能应用于平面网络,它也可以应用于立体网络之中。节点电压法还被广泛用于电路的计算机辅助分析与计算。

一个电路只有一个非独立节点,它可以任意选定。若以非独立节点作为电路的参考节点,则其余各个独立节点与参考节点之间的电压就称为该节点的节点电压。

　　节点电压法是以节点电压为求解电路的未知量,根据 KCL 列出对应于独立节点的节点电流方程,然后联立求解出各节点电压,进而求出电路中未知变量的方法。

　　下面以一个具体的电路图为例来说明用节点电压法进行电路分析的方法和求解步骤,从而导出节点电压方程的一般形式。

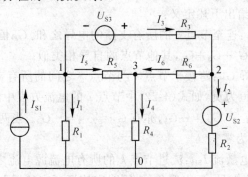

图 4-16　节点电压法

　　图 4-16 所示电路为具有四个节点的电路,若选节点 0 为参考节点,则其余 3 个独立节点的电压分别为 U_{n1},U_{n2},U_{n3},各支路电流及参考方向如图中所示。应用 KCL,对节点 1、节点 2、节点 3 分别列出节点电流方程为

$$\begin{cases} I_1+I_3+I_5-I_{S1}=0 \\ I_2-I_3+I_6=0 \\ I_4-I_5-I_6=0 \end{cases} \quad (4\text{-}20)$$

根据支路的 VCR,则各支路电流与节点电压的关系为

$$I_1=\frac{U_{n1}}{R_1}=G_1U_{n1}$$

$$I_2=\frac{U_{n2}-U_{S2}}{R_2}=G_2(U_{n2}-U_{S2})$$

$$I_3=\frac{U_{n1}-U_{n2}+U_{S3}}{R_3}=G_3(U_{n1}-U_{n2}+U_{S3})$$

$$I_4=\frac{U_{n3}}{R_4}=G_4U_{n3}$$

$$I_5=\frac{U_{n1}-U_{n3}}{R_5}=G_5(U_{n1}-U_{n3})$$

$$I_6=\frac{U_{n2}-U_{n3}}{R_6}=G_6(U_{n2}-U_{n3})$$

将上面各式代入式(4-20),得到

$$\begin{cases} \text{节点 1}\quad G_1U_{n1}+G_3(U_{n1}-U_{n2}+U_{S3})+G_5(U_{n1}-U_{n3})-I_{S1}=0 \\ \text{节点 2}\quad G_2(U_{n2}-U_{S2})-G_3(U_{n1}-U_{n2}+U_{S3})+G_6(U_{n2}-U_{n3})=0 \quad (4\text{-}21) \\ \text{节点 3}\quad G_4U_{n3}-G_5(U_{n1}-U_{n3})-G_6(U_{n2}-U_{n3})=0 \end{cases}$$

整理后,得到

$$\begin{cases} (G_1+G_3+G_5)U_{n1}-G_3U_{n2}-G_5U_{n3}=-G_3U_{S3}+I_{S1} \\ -G_3U_{n1}+(G_2+G_3+G_6)U_{n2}-G_6U_{n3}=G_2U_{S2}+G_3U_{S3} \\ -G_5U_{n1}-G_6U_{n2}+(G_4+G_5+G_6)U_{n3}=0 \end{cases} \quad (4-22)$$

对式(4-22),我们给出下述定义:

(1)k 节点自导 G_{kk}:连至节点 k 的所有支路的电导之和。G_{kk} 恒为正。如图 4-16 中的节点 1 的自导为 $G_{11}=G_1+G_3+G_5$,其他节点的自导相类似。

(2)k,j 节点之互导 G_{kj}:跨接于节点 k 与节点 j 之间的所有支路电导之和,显然有 $G_{kj}=G_{jk}$。节点的互导恒为负,如式(4-22)中节点 1 的电流方程中的 u_{n2} 前的系数即为节点 1 与节点 2 之间的互导,$G_{12}=-G_3$,亦有 $G_{21}=G_{12}=-G_3$。当两节点间没有支路直接相连接时,对应的互导为零。

(3)k 节点的节点电激流 I_{Skk}:流进节点 k 的所有电流源电流之代数和。当电流源的方向指向对应节点时取正号,反之取负号;同时电流源还应包括电压源和电阻串联组合经等效变换形成的电流源。如上例中,节点 1 除了有 I_{S1} 流入外,还有电压源 U_{S3} 形成的等效电流源 $-G_3U_{S3}$。

故(4-22)可进一步表示为

$$\begin{cases} G_{11}U_{n1}+G_{12}U_{n2}+G_{13}U_{n3}=I_{S11} \\ G_{21}U_{n1}+G_{22}U_{n2}+G_{23}U_{n3}=I_{S22} \\ G_{31}U_{n1}+G_{32}U_{n2}+G_{33}U_{n3}=I_{S33} \end{cases} \quad (4-23)$$

这就是具有三个独立节点的电路的节点电压方程的一般形式。

无电阻与之串联的电压源称为无伴电压源。当无伴电压源作为一条支路连接于两个节点之间时,该支路的电阻为零,即电导等于无限大,支路电流不能通过支路电压,则节点电压方程的列出就会遇到困难。当电路中存在这类支路时,可做如下处理:把无伴电压源的电流作为附加变量列入 KCL 方程,每引入这样的一个变量,同时也增加了一个节点电压与无伴电压源电压之间的一个约束关系。把这些约束关系和节点电压方程合并成一组联立方程,其方程数仍将与变量数相同。

例 4-6　用节点电压法求图 4-17 所示电路中的 U。

解　在本题中有 2 个独立节点,选取节点 0 作为参考节点,则 a 点的电位为 U_a,b 点的电位为 U_b。

节点电压方程为

$$\begin{cases} \left(\dfrac{1}{12}+\dfrac{1}{6}+\dfrac{1}{3}+\dfrac{1}{2}\right)U_a-\left(\dfrac{1}{3}+\dfrac{1}{2}\right)U_b=\dfrac{58}{2}+\dfrac{45}{6} \\ -\left(\dfrac{1}{3}+\dfrac{1}{2}\right)U_a-\left(\dfrac{1}{4}+\dfrac{1}{3}+\dfrac{1}{2}\right)U_b=-\dfrac{58}{2}-15 \end{cases}$$

解得　　　　　$U_a=6(\text{V}),\ U_b=-36(\text{V})$

再由 $U_a - U_b = U + 58$ 可得

$$U = U_a - U_b - 58 = -16(V)$$

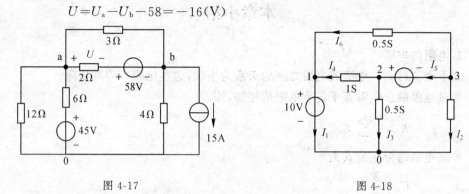

图 4-17　　　　　　　　　　　　　图 4-18

例 4-7　用节点电压法求图 4-18 所示电路的各支路电流。

解　这个电路共有 4 个节点,选取节点 0 作为参考节点,则有 $U_{n1} = 10V$,对节点 2,3 列出节点电压方程,此时要把电压源 $U_{S5} = 5V$ 支路的电流 i_5 考虑在内。有

节点 2　　　$-u_{n1} + 1.5u_{n2} = i_5$

节点 3　　　$-0.5u_{n1} + 1.5u_{n3} = -i_5$

补充一个方程:

$$u_{n2} - u_{n3} = U_{S5} = 5$$

联立求得

$$u_{n2} = 7.5(V),\ u_{n3} = 2.5(V),\ i_5 = 1.25(A)$$

各支路电流为

$$i_2 = 1 \times u_{n3} = 7.5(A),\ i_3 = 0.5 \times u_{n2} = 3.75(A)$$

$$i_4 = 1 \times (u_{n2} - u_{n1}) = -2.5(A)$$

$$i_6 = 0.5 \times (u_{n3} - u_{n1}) = 3.75(A),\ i_1 = -i_2 - i_3 = -6.25(A)$$

根据上面的讨论,可总结出节点电压法的求解步骤:

(1)指定参考节点,其余节点对参考节点之间的电压就是节点电压。通常以参考节点为各节点电压的负极性;

(2)按节点电压方程的一般形式列出节点电压方程,注意自导总是正的,互导总是负的。由节点电压产生的电流写在方程式的左边,而由电源产生的电流写在方程式的右边,并注意流入各节点的电流取正号,否则取负号;

(3)若电路中含有电压源与电阻的串联组合,应将其等效为电流源与电阻并联的组合。若电路中某一支路含有无伴电压源则需另行处理,可按例 4-6 所介绍的方法进行求解;

(4)从节点电压方程解出各节点电压,进而求出各支路电压和支路电流。

本章小结

1. 电阻的串联

若干个流过同一电流的电阻之间的关系为串联,这些电阻叫串联电阻。

串联电阻的总电阻等于各个电阻值相加,即

$$R_{eq} = \sum_{k=1}^{n} R_k$$

串联电阻的分压公式为

$$U_k = \frac{R_k}{R_{eq}} U$$

2. 电阻的并联

若干个承受同一电压的电阻是并联电阻。并联电阻的总电阻的公式为

$$\frac{1}{R_{eq}} = \sum_{k=1}^{n} \frac{1}{R_k}$$

并联电阻的分流公式为

$$I_k = \frac{R_{eq}}{R_k} \cdot I$$

3. 电阻的星形和三角形连接及其等效变换

$$Y \rightarrow \triangle \begin{cases} R_{12} = \dfrac{R_1 R_2 + R_2 R_3 + R_3 R_1}{R_3} \\[2mm] R_{23} = \dfrac{R_1 R_2 + R_2 R_3 + R_3 R_1}{R_1} \\[2mm] R_{31} = \dfrac{R_1 R_2 + R_2 R_3 + R_3 R_1}{R_2} \end{cases}$$

$$\triangle \rightarrow Y \begin{cases} R_1 = \dfrac{R_{12} R_{31}}{R_{12} + R_{23} + R_{31}} \\[2mm] R_2 = \dfrac{R_{23} R_{12}}{R_{12} + R_{23} + R_{31}} \\[2mm] R_3 = \dfrac{R_{31} R_{23}}{R_{12} + R_{23} + R_{31}} \end{cases}$$

4. 两种电源的等效变换

等效的基本条件是　　$R_0' = R_0$, $I_s = \dfrac{U_s}{R_0}$

5. 支路电流法

支路电流法是分析复杂电路的基本方法之一,它是以支路电流作为电路的变量,即未知量,直接应用基尔霍夫两个定律和欧姆定律,列出所需要的方程组,然后联立解出

各支路的电流的一种方法。

6. 网孔电流法

网孔电流法是以假想沿着网孔边界连续流动的网孔电流为未知量,根据 KVL 对全部网孔列出电路方程,从而求解网孔电流,进而求得支路电流和电压的方法。

7. 节点电压法

节点电压法是以节点电压为求解电路的未知量,根据 KCL 列出对应于独立节点的节点电流方程,然后联立求解出各节点电压,进而求出电路中未知变量的方法。

习题 4

4-1　多量程直流电流表如图 4-19 所示,计算 0-1,0-2 及 0-3 各端点间的等效电阻,即各挡的电流表内阻。已知表头等效电阻 $R_A = 1.5\mathrm{k}\Omega$,各分流电阻 $R_1 = 100\Omega$,$R_2 = 400\Omega$,$R_3 = 500\Omega$。

4-2　两个额定值是 110V,40W 的灯泡能否串联后接到 220V 的电源上使用?如果两个灯泡的额定电压相同,都是 110V,而额定功率一个是 40W,另一个是 100W,问能否把这两个灯泡串联后接在 220V 电源上使用,为什么?

4-3　图 4-20 所示为电阻衰减器电路,衰减器的输入电压为 10V,而输出电压分别为 10V,5V 和 1V,设电阻中的电流为 2mA,求 R_1,R_2 和 R_3 的阻值。

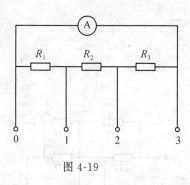

图 4-19

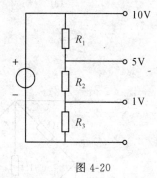

图 4-20

4-4　求图 4-21 所示电路的等效电阻 R_{ab}。

4-5　求图 4-22 所示电路(a)图中的 U_x,(b)图中的 I_x 和 U_x。

4-6　如图 4-23 所示,求各电路的等效电阻 R_{ab}。

4-7　求图 4-24 所示各电路 R_{ab}。

4-8　化简图 4-25 所示各电路。

4-9　图 4-26 所示电路,用电源等效变换法求电流 I。

4-10　图 4-27 所示电路,用电源等效变换法求负载 R_L 上的电压 U。

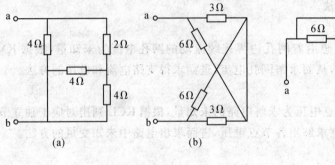
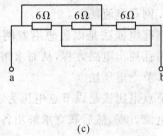

图 4-21

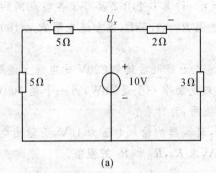
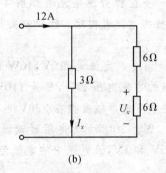

图 4-22

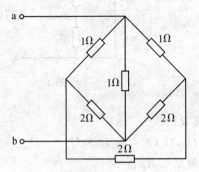
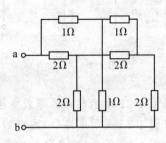

图 4-23

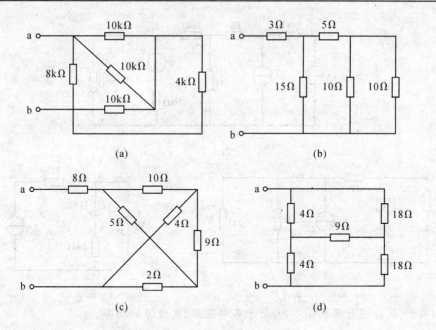

图 4-24

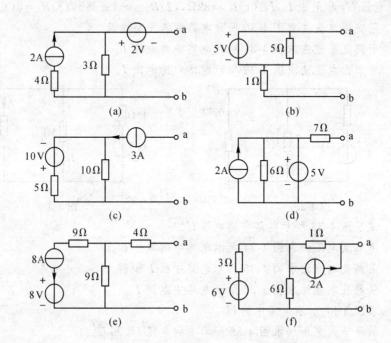

图 4-25

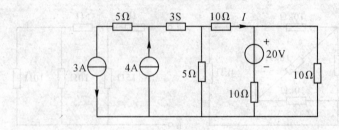

图 4-26

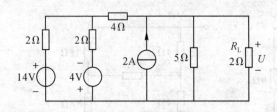

图 4-27

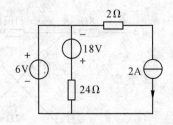

图 4-28

4-11　试分别计算如图 4-28 所示各电压源、电流源的功率。

4-12　如图 4-29 所示电路,已知:$U_S = 100V$,$R_1 = 2k\Omega$,$R_2 = 8k\Omega$,在下列 3 种情况下,分别求电压 U_2 和电流 I_2,I_3:(1)$R_3 = 8k\Omega$,(2)$R_3 = \infty$(开路),(3)$R_3 = 0$(短路)。

4-13　用支路电流法求图 4-30 所示电路的各支路电流。

4-14　用网孔电流法求图 4-31 所示电路中的电流 I。

4-15　用节点电压法求图 4-32 所示电路中的电流 I。

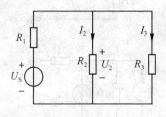

图 4-29

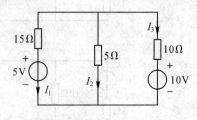

图 4-30

4-16　试求图 4-33 所示电路中的电压 U。

4-17　用节点电压法求图 4-34 所示电路中的电压 U。

4-18　用网孔电流法求图 4-35 所示电路中的 I 和 U。

4-19　用网孔电流法求图 4-36 所示电路中电流 I。

4-20　求图 4-37 所示电路中的 U_1。

4-21　试用节点电压法求图 4-38 所示中的电压 U_1 和 U_2。

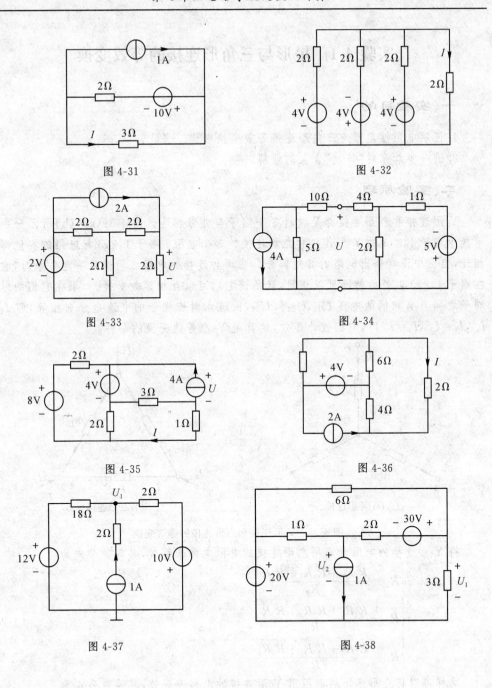

图 4-31

图 4-32

图 4-33

图 4-34

图 4-35

图 4-36

图 4-37

图 4-38

实验 4-1　星形与三角形连接的等效变换

一、实验目的

1. 证明电阻性星形与三角形连接等效变换规律。
2. 进一步加深对"等效"含义的理解。

二、实验原理

Y 形连接和△形连接都是通过 3 个端子与外部相连。图 4-39(a),(b)所示分别表示接于端子 1,2,3 的 Y 形连接和△形连接的 3 个电阻。端子 1,2,3 与电路的其他部分相连,但图中没有画出电路的其他部分。当两种连接的电阻之间满足一定关系时,它们在端子 1,2,3 以外的特性可以相同,就是说它们可以互相等效变换。如果在它们的对应端子之间具有相同的电压 U_{12},U_{23} 和 U_{31},而流入对应端子的电流也分别相等,即 $I_1 = I_1'$,$I_2 = I_2'$,$I_3 = I_3'$ 时,它们彼此等效,这就是 Y-△等效变换的条件。

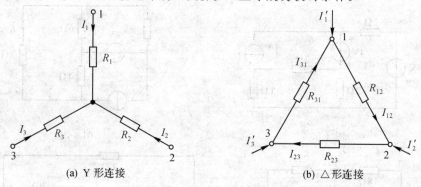

(a) Y 形连接　　　　　　　　　　(b) △形连接

图 4-39　Y 形连接和△形连接的等效变换

将 Y 形连接的电阻电路用△形连接的电阻电路来等效,其等效公式为

$$\begin{cases} R_{12} = \dfrac{R_1 R_2 + R_2 R_3 + R_3 R_1}{R_3} \\[2mm] R_{23} = \dfrac{R_1 R_2 + R_2 R_3 + R_3 R_1}{R_1} \\[2mm] R_{31} = \dfrac{R_1 R_2 + R_2 R_3 + R_3 R_1}{R_2} \end{cases} \tag{4-23}$$

同样可以将△形连接的电阻用 Y 形连接的电路来等效,其等效公式为

$$\begin{cases} R_1 = \dfrac{R_{12}R_{31}}{R_{12}+R_{23}+R_{31}} \\[3mm] R_2 = \dfrac{R_{23}R_{12}}{R_{12}+R_{23}+R_{31}} \\[3mm] R_3 = \dfrac{R_{31}R_{23}}{R_{12}+R_{23}+R_{31}} \end{cases} \tag{4-24}$$

三、实验设备

序号	名称	型号与规格	数量	备注
1	直流可调稳压电源	0～30V	2 路	
2	万用表		1	
3	直流数字电压表	0～200V	1	
4	实验电路板		1	

四、实验内容

实验线路按图 4-40(a)接线。

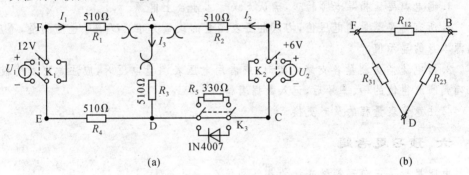

(a)　　　　　　　　　　　　　　(b)

图 4-40　实验线路

从图 4-40(a)中可以看出,F,B,D 间的三端电路就是一个电阻性星形连接的电路,由理论可知,在此三端连接一个如图 4-40(b)所示的三角形连接的电阻电路,如果它们满足式(4-23)所述关系,那么,星形连接与三角形连接是等效的。也就是说,图 4-40(a)所示电路中无论是星形连接还是三角形连接,电流 I_1,I_2,I_3 以及电压 U_{FB},U_{BD},U_{DF} 都是一样的。

当然,三角形连接的三端电阻性电路(R_{12},R_{23},R_{31}),也可以用星形连接的三端电阻性电路 R_1,R_2,R_3 来等效。

去掉电路中的非线性元件(即将开关 K_3 向上合),根据表 4-1 所列各被测量进行测量,并将测量结果记入表中。

　　将图 4-40(a)中 F,B,D 三端间的星形连接用等效的三角形连接(由三个可变电阻组成等效的三个电阻)代替。按表 4-1 所列各被测量进行测量,将测量结果记入表中。

表 4-1

被测量＼连接方式	各支路电流 (mA)			各支路电压(V)								
	I_1	I_2	I_3	U_1	U_2	U_{FA}	U_{AB}	U_{AD}	U_{FB}	$\dot{U}_{BD}$	U_{DF}
星形连接 U_1 单独作用											
星形连接 U_2 单独作用											
星形连接 U_1,U_2 共独作用											
三角形连接 U_1 单独作用											
三角形连接 U_2 单独作用											
三角形连接 U_1,U_2 共独作用											

五、实验注意事项

　　1. 通电前要让指导老师检查,确认无误后才能合上电源。

　　2. 所有需要测量的电压值,均以电压表测量的读数为准。U_1,U_2 也需测量,不应取电源本身的显示值。

　　3. 用电流插头测量各支路电流时,或者用电压表测量电压时,应注意仪表的极性,正确判断测得值的＋、－号后,记入数据表格。

　　4. 注意仪表量程的及时更换。

六、预习思考题

　　电阻星形—三角形等效变换的条件是什么?

七、实验报告

　　1. 根据实验数据,验证星形—三角形等效变换的正确性。

　　2. 误差原因分析。

　　3. 心得体会及其他。

实验 4-2 电压源、电流源的等效变换

一、实验目的

1. 掌握电源外特性的测试方法。
2. 验证电压源与电流源等效变换的条件。

二、实验原理

1. 一个直流稳压电源在一定的电流范围内,具有很小的内阻。故在实用中常将它视作一个理想的电压源,即其输出电压不随负载电流而变。其外特性曲线,即其伏安特性曲线 $U=f(I)$ 是一条平行于 I 轴的直线。实用中的恒流源在一定的电压范围内可视为一个理想的电流源。

2. 一个实际的电压源(或电流源),其端电压(或输出电流)不可能不随负载而变,因为它具有一定的内阻值。故在实验中,用一个小阻值的电阻(或大电阻)与稳压源(或恒流源)相串联(或并联)来模拟一个实际的电压源(或电流源)。

3. 一个实际的电源,就其外部特性而言,既可以看成是一个电压源,又可以看成是一个电流源。若视为电压源,则可用一个理想的电压源 U_S 与一个电阻 R_0 相串联的组合来表示;若视为电流源,则可用一个理想电流源 I_S 与一电阻 G_0 相并联的组合来表示。如果这两种电源能向同样大小的负载供出同样大小的电流和端电压,则称这两个电源是等效的,即具有相同的外特性。

一个电压源与一个电流源等效变换的条件为

$I_S = U_S/R_0$,$G_0 = 1/R_0$ 或 $U_S = I_S R_0$,$R_0 = 1/G_0$。如图 4-41 所示。

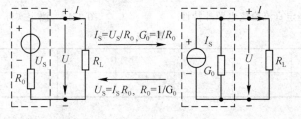

图 4-41 等效变换示意图

三、实验设备

序号	名称	型号与规格	数量	备注
1	可调直流稳压电源	0~30V	1	
2	可调直流恒流源	0~200mA	1	
3	直流数字电压表	0~200V	1	
4	直流数字毫安表	0~200A	1	
5	万用表		1	
6	电阻器		若干	51Ω,200Ω,300Ω,1kΩ
7	可调电阻箱	0~99999.9Ω	1	

四、实验内容

1. 测定直流稳压电源与实际电压源的外特性

（1）按图 4-42 所示接线。U_S 为 +6V 直流稳压电源。调节 R_2，令其阻值由大到小变化，记录两表的计数，填入表 4-2。

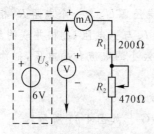 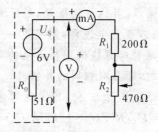

图 4-42　测定直流稳压电源外特性　　　　　图 4-43　测定实际电压源外特性

表 4-2

U(V)						
I(mA)						

（2）按图 4-43 所示接线，虚线框可模拟为一个实际的电压源。调节 R_2，令其阻值由大到小变化，记录两表的计数，填入表 4-3。

表 4-3

U(V)						
I(mA)						

2. 测定电流源的外特性

按图 4-44 接线，I_S 为直流恒流源，调节其输出为 10mA，令 R_0 分别为 $1k\Omega$ 和 ∞（即接入和断开），调节电位器 R_L（从 0 至 470Ω），测出这两种情况下的电压表和电流表的读数。自拟数据表格，记录实验数据。

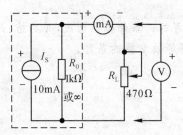

图 4-44 测定电流源外特性

3. 测定电源等效变换的条件

先按图 4-45(a)线路接线，记录线路中两表的读数。然后利用图 4-45(a)中右侧的元件和仪表，按图 4-45(b)接线。调节恒流源的输出电流 I_S，使两表的读数与图 4-45(a)时的数值相等，读出 I_S 之值，验证等效变换条件的正确性。

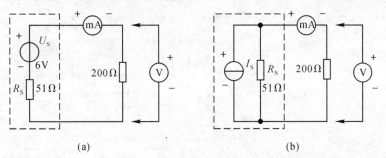

(a)　　　　　　　　(b)

图 4-45 测定电源等效变换条件

五、实验注意事项

1. 在测电压源外特性时，不要忘记测空载时的电压值，测电流源外特性时，不要忘记测短路时的电流值，注意恒流源负载电压不要超过 20V，负载不要开路。

2. 换接线路时，必须关闭电源开关。

3.直流仪表的接入应注意极性与量程。

六、预习思考题

1.通常直流稳压电源的输出端不允许短路,直流恒流源的输出端不允许开路,为什么?

2.电压源与电流源的外特性为什么呈下降变化趋势,稳压源和恒流源在任何负载下是否保持恒值?

七、实验报告

1.根据实验数据给出电源的四条外特性曲线,并总结、归纳各类电源的特性。

2.从实验结果,验证电源等效变换的条件。

3.心得体会及其他。

第 5 章

电路定理

【本章要点】

1.电路分析中的一些重要的电路定理,包括叠加定理(包括齐性定理)、替代定理、戴维南定理与诺顿定理的基本内容;

2.通过定理应用揭示线性电路所具有的特性,从而开阔思路,增加解题手段。

5.1 叠加定理

某些电路需要多个电压源或电流源。例如,大部分放大器有两个电压源:交流电压源和直流电压源。此外,某些放大器要正常工作,需要一正一负两个直流电压源。从前一章对支路电流法和节点电压法的学习,初步可看出:对由多个电源组成的复杂电路,各条支路的电流是由这些电源共同作用产生的。本节将要介绍的叠加定理就是指对于线性电路,任何一条支路中的电流可以看成是各个电源分别作用在此支路所产生的电流的代数和。

下面通过一个简单的例子加以验证。

图 5-1 所示电路中有两个独立电源(激励),现在要求解电路中电流 I_2 和电压 U_1。

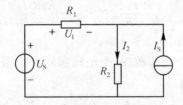

图 5-1

根据 KCL 和 KVL 或支路电流法可以求出

$$\begin{cases} I_2 = \dfrac{U_s}{R_1+R_2} + \dfrac{R_1 I_s}{R_1+R_2} \\ U_1 = \dfrac{R_1 U_s}{R_1+R_2} - \dfrac{R_1 R_2 I_s}{R_1+R_2} \end{cases} \tag{5-1}$$

从式(5-1)可以看出 I_2 和 U_1 分别是 U_s 和 I_s 的线性组合。

当 U_s 单独作用时,即令 $I_s=0$,则有

$$I_2^{(1)} = \frac{U_s}{R_1+R_2}, \quad U_1^{(1)} = \frac{R_1 U_s}{R_1+R_2} \tag{5-2}$$

当 I_s 单独作用时,即令 $U_s=0$,则有

$$I_2^{(2)} = \frac{R_1 I_s}{R_1+R_2}, \quad U_1^{(2)} = -\frac{R_1 R_2 I_s}{R_1+R_2} \tag{5-3}$$

所以有

$$I_2 = I_2^{(1)} + I_2^{(2)}, \quad U_1 = U_1^{(1)} + U_1^{(2)}$$

即两个激励源同时作用产生的电流或电压等于各个电源单独作用时在该支路产生的电流或电压之和。注意:电流源置零时相当于开路;电压源置零时相当于短路。

以图示的方式对图 5-1 所示的各激励源单独作用的情况加以描述。当电流源不作用时,即电流源置零,用开路线代替,如图 5-2(a)所示;当电压源不作用时,即电压源置零,用短路线代替,如图 5-2(b)所示。

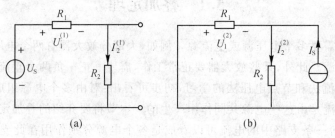

图 5-2

由图 5-2(a)可求得 $\quad I_2^{(1)} = \dfrac{U_s}{R_1+R_2}, \quad U_1^{(1)} = \dfrac{R_1 U_s}{R_1+R_2}$

由图 5-2(b)可求得 $\quad I_2^{(2)} = \dfrac{R_1 I_s}{R_1+R_2}, \quad U_1^{(2)} = -\dfrac{R_1 R_2 I_s}{R_1+R_2}$

求得的结果与式(5-2)和式(5-3)完全一致。

推广到一般,如果有 n 个电压源、m 个电流源同时作用于线性电路,那么电路中某条支路的电流 I_l 可以表示为

$$I_l = k_{l1}U_{S1} + k_{l2}U_{S2} + \cdots + k_{ln}U_{Sn} + k_{l(n+1)}I_{S1} + k_{l(n+2)}I_{S2} + \cdots + k_{l(n+m)}I_{Sm} \tag{5-4}$$

其中,系数 k_{li} 取决于电路的参数和结构,与激励源无关。若电路中的电阻均为线性且非时变,则系数 k_{li} 为常数。电路中的各支路电压同样具有与式(5-4)相同形式的表达式。

由式(5-4)可以知道,叠加定理实际包含了线性电路的两个基本性质,即叠加性和齐次性。所谓叠加性是指具有多个独立电源的线性电路,其任一条支路的电流或电压等于各个独立电源单独作用时在该支路产生的电流或电压的代数和;而齐次性是指当所有独立电源都增大为原来的 K 倍时,各支路的电流或电压也同时增大为原来的 K 倍,如果只是其中一个独立电源增大为原来的 K 倍,那么只是由它产生的电流分量或电压分量增大为原来的 K 倍。

叠加定理在分析线性电路中起着重要的作用,它是分析线性电路的基础。线性电路中的很多定理都与叠加定理有关。直接应用叠加定理计算和分析电路时,可将电源分成几组,按组计算以后再叠加,有时可简化计算。

使用叠加定理时应注意以下几点:

(1)叠加定理适用于线性电路,不适用于非线性电路。

(2)在叠加的各分电路中,不作用的电压源置零,在电压源处用短路代替;不作用的电流源置零,在电流源处用开路代替;电路中所有电阻都不予更动。

(3)叠加时各分电路中的电压和电流的参考方向可以与原电路中的相同。取和时,应注意各分量前的"+"、"-"号。

(4)电流、电压可以叠加,但求原电路的功率时不能用分电路的功率叠加求得,这是因为功率是电压和电流的乘积。

例 5-1　试用叠加定理计算如图 5-3(a)所示电路中的电流 I 和电压 U。已知: $R_1 = 6\Omega, R_2 = 6\Omega, I_S = 4A, U_S = 12V$。

解　(1)电流源单独作用时的电路如图 5-3(b)所示。电压源单独作用时的电路如图 5-3(c)所示。

(2)分别求出分电路中的各支路的待求电压和电流。

图 5-3(b)中

$$I^{(1)} = \frac{R_2}{R_1 + R_2} I_S = \frac{6}{6+6} \times 4 = 2(A)$$

$$U^{(1)} = \frac{R_1 R_2}{R_1 + R_2} I_S = \frac{6 \times 6}{6+6} \times 4 = 12(A)$$

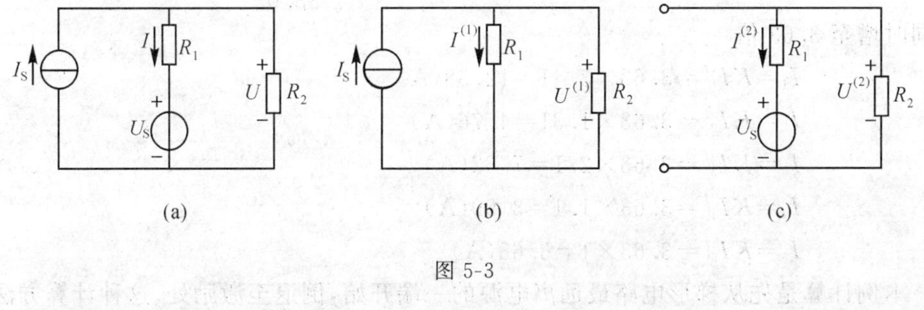

(a)　　　　　　　　　　(b)　　　　　　　　　　(c)

图 5-3

图 5-3(c)中

$$I^{(2)} = \frac{U_S}{R_1+R_2} = \frac{12}{6+6} = -1(A)$$

$$U^{(2)} = \frac{R_2}{R_1+R_2}U_S = \frac{6}{6+6} \times 12 = 6(V)$$

(3)根据叠加定理有

$$I = I^{(1)} + I^{(2)} = (2-1)(A) = 1(A)$$

$$U = U^{(1)} + U^{(2)} = (12+6)(V) = 18(V)$$

例 5-2　求图 5-4 所示的梯形电路中各支路电流。

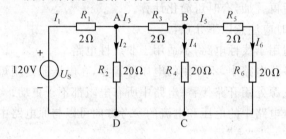

图 5-4

解　设 $I_5 = I_5{}' = 1A$，则有

$$U_{BC}{}' = (R_5+R_6)I_5{}' = (2+20) \times 1 = 22(V)$$

$$I_4{}' = \frac{U_{BC}}{R_4} = \frac{22}{20} = 1.1(A)$$

$$I_3{}' = I_4{}' + I_5{}' = 1.1+1 = 2.1(A)$$

$$U_{AD}{}' = U_{AB}{}' + U_{BC}{}' = I_3{}'R_3 + U_{BC}{}' = 2.1 \times 2 + 22 = 26.2(V)$$

$$I_2{}' = \frac{U_{AD}{}'}{R_2} = \frac{26.2}{20} = 1.31(A)$$

$$I_1{}' = I_2{}' + I_3{}' = 1.31+2.1 = 3.41(A)$$

$$U_S{}' = I_1{}'R_1 + U_{AD}{}' = 2 \times 3.41 + 26.2 = 33.02(V)$$

现给定 $U_S = 120V$，相当于将以上激励 $U_S{}'$ 增至 $K = \dfrac{120}{33.02} = 3.63$ 倍，故各支路电流应同时增至 3.63 倍

$$I_1 = KI_1{}' = 3.63 \times 3.41 = 12.38(A)$$

$$I_2 = KI_2{}' = 3.63 \times 1.31 = 4.76(A)$$

$$I_3 = KI_3{}' = 3.63 \times 2.1 = 7.62(A)$$

$$I_4 = KI_4{}' = 3.63 \times 1.1 = 3.99(A)$$

$$I_5 = KI_5{}' = 3.63 \times 1 = 3.63(A)$$

本例计算是先从梯形电路最远离电源的一端开始，倒退至激励处。这种计算方法称

为"倒退法"。先对某个电压或电流设一便于计算的值,如本例设 $I_5' = 1A$,最后再按齐性定理予以修正。

5.2　替代定理

简单地说,替代定理就是将某些无源元件或某些支路,甚至某个二端电路用电压源或电流源替代,这个电压源的电压和极性与这个元件(或支路,或该电路)的端电压相同。如果用电流源替代时,这个电流源的大小和方向与被替代部分的支路电流(或端电流)完全相同。

图 5-5(a)所示线性电阻电路中,N 表示第 k 支路外的电路其余部分,第 k 支路设为一个电压源和电阻的串联支路。用电压源 U_S 替代第 k 支路后(如图 5-5(b)所示),改变后的新电路和原电路的连接相同,所以两个电路的 KCL 和 KVL 方程也将相同。除第 k 支路外,两个电路的全部支路的约束关系也相同。新电路中第 k 支路的电压被约束为 $U_S = U_k$,即等于原电路的第 k 支路的电压,其支路电流则可以是任意的(电压源的特性)。电路在改变前后,各支路电压和电流都有唯一解,而原电路的全部电压和电流又将满足新电路的全部约束关系,因此也就是后者的唯一解。如果第 k 支路被一个电流源替代(如图 5-5(c)所示),可作类似的证明。

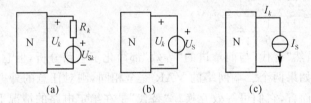

图 5-5

图 5-6 所示电路为替代定理应用的实例,先利用其他的计算方法求得

$$U_{ab} = 6V, \quad I_1 = 4A, \quad I_2 = 5A$$

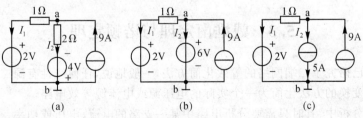

图 5-6

(1)将 4V 与 2Ω 串联支路用 6V 独立电压源替代,如图 5-6(b)所示。由该图可求得

$$I_1 = \frac{6-2}{1} = 4(\text{A}), \quad I_2 = 9 - I_1 = 5(\text{A}), \quad U_{\text{ab}} = 6(\text{V})$$

(2)将 4V 与 2Ω 串联支路用 5A 独立电流源替代,如图 5-6(c)所示。由该图可求得

$$I_2 = 5(\text{A}), \quad I_1 = 9 - I_2 = 4(\text{A}), \quad U_{\text{ab}} = 1 \times I_1 + 2 = 6(\text{V})$$

可见,在两次替代后的电路中,计算出的支路电流 I_1,I_2 和支路电压 U_{ab} 与替代前的原电路是相同的。

例 5-3　如图 5-7(a)所示电路,已知 $I = 1$A,试求电压 U。

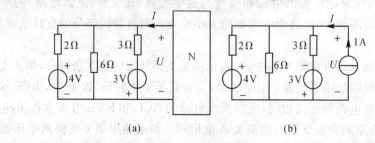

图 5-7

解　根据替代定理,电路 N 可用 1A 的电流源替代,如图 5-7(b)所示。由节点电压法可求得

$$U = \frac{\dfrac{4}{2} - \dfrac{3}{3} + 1}{\dfrac{1}{2} + \dfrac{1}{6} + \dfrac{1}{3}} = 2(\text{V})$$

值得注意,虽然"替代"与前章讲的"等效"都简化了电路分析,但它们是两个不同的概念。"等效"指如果两个二端网络的 VAR 完全相同,则对任意的外电路,而不是对某一特定的外电路而言,它们可等效互换。"替代"是在给定电路的情况下,用理想电源元件替代已知端口电流或电压的二端网络,如果被替代部分以外的电路发生变化,相应的被替代的二端网络的端口电流或电压也随之改变,须进行重新"替代",也就是说,对于不同的外电路,替代二端网络的理想电源元件值就不一样。

5.3　戴维南定理与诺顿定理

第 4 章已研究了二端网络的等效化简方法,一般地说,任何线性有源二端网络都可用逐步等效变换的方法化简为一个实际的电压源或电流源等效电路。

在电路分析中,有时只需要分析电路中某一支路的电流、电压或功率。这时可将该支路从电路中取出,余下部分可看成一个有源二端网络,只要求得了这个有源二端网络的实际电压源或实际电流源等效电路。待求支路的电流或电压的计算就非常方便了。

本节介绍的戴维南定理和诺顿定理,提供了求取线性有源二端网络等效电路的普

遍适用的方法。

5.3.1　戴维南定理

戴维南定理指出:对于外部电路而言,任意一个线性有源二端网络都可以用一个电压源和电阻的串联组合等效代替,这个等效电压源的电压等于有源二端网络的开路电压,电阻为有源二端网络除去全部电源(将恒压源用短路线代替,恒流源开路)后,在两端钮间的等效电阻,亦即有源二端网络的输入电阻。如图 5-8 所示。

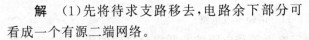

图 5-8

上述电压源和电阻的串联组合称为戴维南等效电路,等效电路中的电阻有时称为戴维南等效电阻。当二端网络用戴维南等效电路置换后,端口以外的电路(即外电路)中的电压、电流均保持不变。这种等效变换称为对外等效。

下面通过例题来说明戴维南定理的应用。

例 5-4　试用戴维南定理求图 5-9 电路中的电流 I。

解　(1)先将待求支路移去,电路余下部分可看成一个有源二端网络。

(2)求有源二端网络的开路电压 U_{OC}。其电路图如图 5-10(a)所示。

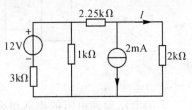

图 5-9

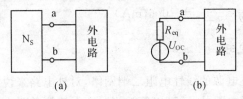

图 5-10

对图 5-10(a)所示可用支路电流法或节点电压法求解。若用节点电压法可求得

$$\left(\frac{1}{3\times10^{3}}+\frac{1}{1\times10^{3}}\right)U_{n1}=\frac{12}{3\times10^{3}}-2\times10^{-3}$$

求得　　　　　$U_{n1}=1.5(\text{V})$

于是开路电压

$$U_{OC} = U_{n1} - 2.25 \times 2 = -3(V)$$

（3）求等效电阻 R_0。令有源二端网络内部所有独立电源为零，得到图 4-10(b) 所示电路，可得

$$R_0 = 2.25 + \frac{3 \times 1}{3 + 1} = 3(k\Omega)$$

对应的戴维南等效电路如图 4-10(c) 所示。可求得

$$I = \frac{U_{OC}}{R_0 + 2} = \frac{-3}{3 + 2} = -0.6(mA)$$

5.3.2 诺顿定理

任何一个含有独立电源的线性电阻二端网络，对外电路来说，其等效电路的形式除前面提到的电压源串联电阻外，还可以等效为一个电流源并联电阻的电路。图 5-11(b) 所示电路即为图 5-11(a) 所示网络 N 的诺顿等效电路，其中电流源等于原二端网络端口处的短路电流 I_{SC}，电阻 R_{eq} 等于该网络中独立电源置零后在端口处的等效电阻。

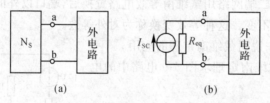

图 5-11 诺顿等效电路

应用电压源和电阻的串联组合与电流源和电阻的并联组合之间的等效变换，可推得诺顿定理。应用诺顿定理求得的这一电流源并联电阻组合称为诺顿等效电路。

例 5-5 应用诺顿定理求图 5-12 所示电路中 a,b 端的诺顿等效电路。

解 （1）求短路电流 I_{SC}。电路如图 5-12(b) 所示，采用节点电压法，以 b 点作为参考节点，可得

$$\left(\frac{1}{3} + \frac{1}{3} + \frac{1}{3}\right)U = \frac{21}{3} + \frac{6}{3} - 5$$

所以 $U = 4(V)$，$I_{SC} = \frac{U}{3} + 5 = \frac{19}{3}(A)$

（2）求等效电阻 R_{eq}。将独立电源置零，即电压源处短路，电流源处开路，如图 5-12(c) 所示，则等效电阻

$$R_{eq} = 3 + \frac{3 \times 3}{3 + 3} = 4.5(\Omega)$$

（3）将求得的开路电流与等效电阻并联即为诺顿等效电路，如图 5-12(d) 所示。

最后讨论一下是否任何线性有源二端网络都具有戴维南等效电路和诺顿等效电路

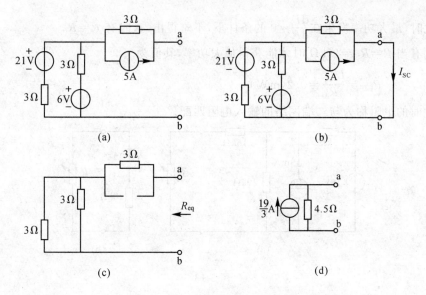

图 5-12

的问题。如果对有源二端网络 N 求戴维南等效电路时，算得的 R_0 为无穷大，则该电路的戴维南等效电路不存在；如果在求诺顿等效电路时，算得的 R_0 为零，则该电路的诺顿等效电路不存在。也就是说，网络 N 有可能仅能等效为理想电压源或理想电流源的一种。在电源等效变换一节中可以看到，理想电压源和理想电流源是不能进行等效变换的，因为单个理想电压源是一种最基本的元件，它不可能等效于另一种最基本的元件——理想电流源，反之亦然。

戴维南定理和诺顿定理在电路分析中应用广泛。有时对线性电阻电路中部分电路的求解没有要求，而这部分电路又构成一个有源二端网络，在这种情况下就可以应用这两个定理把这部分电路仅用 2 个电路元件的简单组合置换，不影响电路其他部分的求解。特别是当仅对电路的某一元件感兴趣，例如分析电路中某一电阻获得的最大功率，或者分析测量仪表引起的测量误差等问题时，这两个定理尤为适用。

例 5-6　图 5-13(a)所示的有源二端网络外接可调电阻 R，当 R 等于多少时，它可以从电路中获得最大功率？求此最大功率。

解　其戴维南等效电路可用前述方法求得

$$U_{OC} = 4V, \quad R_{eq} = 20k\Omega$$

那么电路可简化如图 5-13(b)所示。

电阻 R 的改变不会影响原二端网络的戴维南等效电路，由(b)图所示可求得 R 吸收的功率为

$$P = I^2 R = \frac{U_{OC}^2 R}{(R_{eq} + R)^2}$$

R 变化时,最大功率发生在 $\dfrac{\mathrm{d}P}{\mathrm{d}R}=0$ 的条件下,不难得出,这时有 $R=R_{\mathrm{eq}}$。

则有当 $R=R_{\mathrm{eq}}=20\mathrm{k}\Omega$ 时才能获得最大功率,其值为

$$P_{\max}=\frac{U_{\mathrm{OC}}^{2}}{4R_{\mathrm{eq}}}=0.2(\mathrm{mW})$$

此时的电阻称为与二端网络的输入电阻匹配。

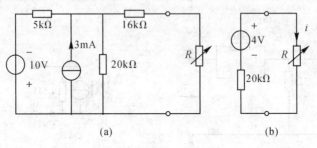

图 5-13

本章小结

1. 叠加定理

在含有多个激励的线性电路中,多个激励源同时作用产生的电流或电压等于各个电源单独作用时在该支路产生的电流或电压之和。

使用叠加定理时应注意以下几点:

(1)叠加定理适用于线性电路,不适用于非线性电路。

(2)在叠加的各分电路中,不作用的电压源置零,在电压源处用短路代替;不作用的电流源置零,在电流源处用开路代替。电路中所有电阻都不予更动。

(3)叠加时各分电路中的电压和电流的参考方向可以与原电路中的相同。取和时,应注意各分量前的“＋”、“－”号。

(4)电流、电压可以叠加,但求原电路的功率时不能用分电路的功率叠加求得,这是因为功率是电压和电流的乘积。

2. 替代定理

给定一个线性电阻电路,其中某条支路的电压或电流为已知,那么此支路就可以用一个电压源或电流源来替代,这个电压源的电压和极性与这个元件(或支路,或该电路)的端电压相同。如果用电流源替代时,这个电流源的大小和方向与被替代部分的支路电流(或端电流)完全相同。

3. 戴维南定理和诺顿定理

戴维南定理可表述为:对于外部电路而言,任意一个线性有源二端网络都可以用一

个电压源和电阻的串联组合等效代替,这个等效电压源的电压等于有源二端网络的开路电压,电阻为有源二端网络除去全部电源(将恒压源用短路线代替,恒流源开路)后,在两端钮间的等效电阻,亦即有源二端网络的输入电阻。

诺顿定理可表述为:对于外部电路而言,任意一个线性有源二端网络都可以用一个电流源和电阻的并联组合等效代替,这个等效电流源的电流等于有源二端网络的短路电流,电阻为有源二端网络除去全部电源(将恒压源用短路线代替,恒流源开路)后,在两端钮间的等效电阻。

当只需要计算电路中某一部分的电压或电流时,应用戴维南定理和诺顿定理比较方便。

习题 5

5-1　试计算图 5-14 所示电路中的电压 U_0。若三个电压源都增加 1V,再求 U_0。

5-2　用叠加定理求图 5-15 电流源两端的电压 U。

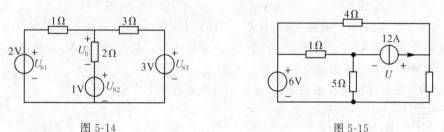

图 5-14　　　　　　　　　　　　图 5-15

5-3　图 5-16 所示电路中,网络 N 中没有独立电源,当 $U_S=8V,I_S=12A$ 时,测量 $I=8A$;当 $U_S=-8V,I_S=4A$ 时,测量 $I=0$;问 $U_S=9V,I_S=10A$ 时,电流 I 的值是多少?

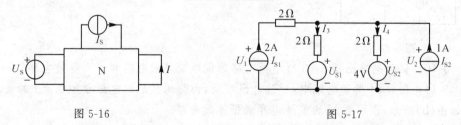

图 5-16　　　　　　　　　　　　图 5-17

5-4　有电路如图 5-17 所示,分别用网孔电流法和叠加原理算出 U_1,U_2,I_3,I_4 和各电源的功率及所有电源功率的总和。

5-5　应用叠加定理求图 5-18 所示电路中的电压 u_{ab}。

5-6　应用叠加定理求图 5-19 所示电路中的电压 u。

5-7　试求图 5-20 所示梯形电路中各支路电流、节点电压。

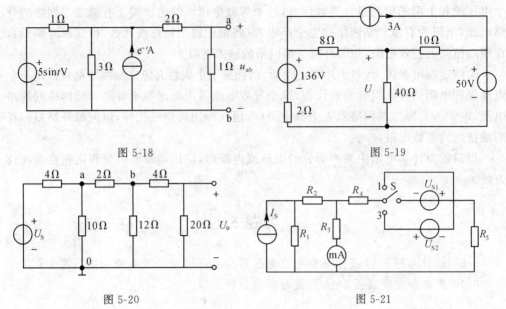

图 5-18

图 5-19

图 5-20

图 5-21

5-8 图 5-21 所示电路中,已知 $U_{S1}=10V,U_{S2}=15V$,当开关 S 在位置 1 时,毫安表的读数为 40mA;当开关 S 合向位置 2 时,毫安表的读数为 -60mA。如果把 S 合向位置 3,则毫安表的读数为多少?

5-9 用戴维南定理求图 5-22 所示电路中的电流 I。

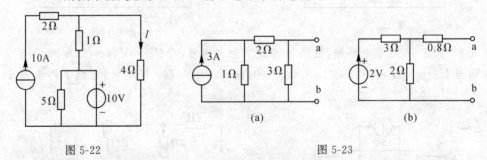

图 5-22

图 5-23

5-10 试分别求出图 5-23 所示两电路的戴维南等效电路和诺顿等效电路。

5-11 图 5-24 所示电路中,外接电阻可调,由此测得端口电压 u 和电流 i 的关系曲线如图(b)所示,求网络 N 的戴维南和诺顿等效电路。

5-12 在图 5-25 所示电路中,已知:$R_1=2\Omega,R_2=4\Omega,R_3=R_4=3\Omega,U_S=17V,I_S=2A$,试问 R_L 取多大时可获得最大功率,并求出最大功率。

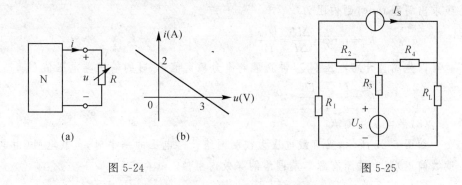

图 5-24　　　　　　　　　　　　　　图 5-25

实验 5　戴维南定理的验证

一、实验目的

1. 验证戴维南定理的正确性,加深对该定理的理解。
2. 掌握测量有源二端网络等效参数的一般方法。

二、实验原理

1. 任何一个线性有源网络,如果仅研究其中一条支路的电压和电流,则可将电路的其余部分看作是一个有源二端网络(或称为有源一端口网络)。

戴维南定理指出:对于外部电路而言,任意一个线性有源二端网络都可以用一个电压源和电阻的串联组合等效代替,这个等效电压源的电压等于有源二端网络的开路电压 U_{OC},电阻为有源二端网络除去全部电源(将恒压源用短路线代替,恒流源开路)后,在两端钮间的等效电阻,亦即有源二端网络的输入电阻 R_0。

U_{OC} 和 R_0 称为有源二端网络的等效参数。

2. 有源二端网络等效参数的测量方法

(1)开路电压、短路电流法测 R_0

在有源二端网络输出端开路时,用电压表直接测其输出端的开路电压 U_{OC},然后再将其输出端短路,用电流表测其短路电流 I_{SC},则等效内阻为

$$R_0 = \frac{U_{OC}}{I_{SC}}$$

如果二端网络的内阻很小,若将其输出端口短路则容易损坏其内部元件,因此不宜用此法。

(2)伏安法测 R_0

用电压表、电流表测出有源二端网络的外特性曲线,如图 5-26 所示。根据外特性曲

线求出斜率 $\tan\varphi$,则内阻为

$$R_0 = \tan\varphi = \frac{\Delta U}{\Delta I} = \frac{U_{OC}}{I_{SC}}$$

也可以先测量开路电压 U_{OC},再测量电流为额定值 I_N 时的输出端电压值 U_N,则内阻为

$$R_0 = \frac{U_{OC} - U_N}{I_N}$$

(3)半电压法测 R_0

如图 5-27 所示,当负载电压为被测网络开路电压的一半时,负载电阻(由电阻箱的读数确定)即为被测有源二端网络的等效内阻值。

图 5-26   图 5-27

(4)零示法测 U_{OC}

在测量具有高内阻有源二端网络的开路电压时,用电压表直接测量会造成较大的误差。为了消除电压表内阻的影响,往往采用零示测量法,如图 5-28 所示。

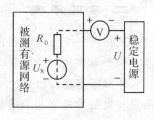

零示法测量原理是用一低内阻的稳压电流与被测有源二端网络进行比较的,当稳压电源的输出电压与有源二端网络的开路电压相等时,电压表的读数为零。然后将电路断开,测量此时稳压电源的输出电压,即为被测有源二端网络的开路电压。

图 5-28

三、实验设备

序号	名称	型号与规格	数量	备注
1	可调直流稳压电源	0～30V	1	
2	可调直流恒流源	0～500mV	1	
3	直流数字电压表	0～200V	1	
4	直流数字毫安表	0～200mA	1	
5	万用表		1	
6	可调电阻箱	0～99999.9Ω	1	
7	电位器	1kΩ/2W	1	
8	戴维南定理实验电路板		1	

四、实验内容

被测有源二端网络如图 5-29(a)所示。

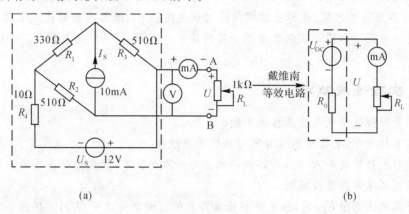

图 5-29

1. 用开路电压法、短路电流法测定戴维南等效电路的 U_{OC} 和 R_0。按图 5-29(a)所示接入稳压电源 $U_S = 12V$ 和恒流源 $I_S = 10mA$，不接入 R_L。测出 U_{OC} 和 I_{SC}，并计算出 R_0。（测 U_{OC} 时，不接入毫安表）

$U_{OC}(V)$	$I_{SC}(mA)$	$R_0 = U_{OC}/I_{SC}(k\Omega)$

2. 负载实验

按图 5-29(a)所示接入 R_L。改变 R_L 阻值，测量有源二端网络的外特性曲线。

$U(V)$								
$I(mA)$								

3. 验证戴维南定理：从电阻箱上取得按步骤 1 所得的等效电阻 R_0 的值，然后令其与直流稳压电源（调到步骤 1 时所得开路电压 U_{OC} 之值）相串联，如图 5-29(b)所示，仿照步骤 2 测其外特性，对戴维南定理进行验证。

$U(V)$								
$I(mA)$								

4. 有源二端网络等效电阻(又称输入电阻)的直接测量法。如图 5-29(a)所示,将被测有源网络内的所有独立置零(去掉电流源 I_S 和电压源 U_S,并在原电压源所接的两点用一根短路导线相连),然后用伏安法或者直接用万用表的欧姆挡去测定负载 R_L 开路时 A,B 两点间的电阻,此即主被测网络的等效内阻 R_0,或称网络的输入电阻 R_i。

5. 用半电压法和零示法测量被测网络的等效内阻 R_0 及其开路电压 U_{OC}。线路及数据自拟。

五、实验注意事项

1. 测量时应注意电流表量程的更换。

2. 在步骤 4 中,电压源置零时不可将稳压源短接。

3. 用万用表直接测 R_0 时,网络内的独立源必须先置零,以免损坏万用表。其次,欧姆挡必须经调零后再进行测量。

4. 用零示法测量 U_{OC} 时,应先将稳压电源的输出调至接近于 U_{OC},再按图 5-28 所示测量。

5. 改接线路时,要关掉电源。

六、预习思考题

1. 在求戴维南等效电路时,作短路试验,测 I_{SC} 的条件是什么?在本实验中可否直接作负载短路实验?请实验前对线路 5-29(a)预先作好计算,以便调整实验线路及测量时可准确地选取电表的量程。

2. 说明测有源二端网络开路电压及等效内阻的几种方法,并比较其优缺点。

七、实验报告

1. 根据步骤 2 和 3,分别给出曲线,验证戴维南定理的正确性,并分析产生误差的原因。

2. 根据步骤 1,4,5 的几种方法的 U_{OC} 与 R_0 与预习时电路计算的结果作比较,你能得出什么结论。

3. 归纳、总结实验结果。

4. 心得体会及其他。

第 6 章

基本应用电路

【本章要点】

1. 正弦交流电路和三相正弦交流电路的基本概念、分析方法和基本计算；

2. 二极管整流电路和三极管基本放大电路：共射基本放大电路、分压式共射放大电路等的基本构成、分析方法；

3. 集成运放基本比例运算电路和正弦波振荡电路的基本构成、分析方法和基本计算。

6.1 正弦交流电路

所谓正弦交流电路是指在正弦交流电激励下工作的电路。在现代电力的生产、传输和分配及工农业生产和日常生活中,使用的绝大部分是正弦交流电,它有着广泛的实用意义。

6.1.1 正弦电压和正弦电流及正弦量的表示方法

大小与方向随时间作周期性变化,且在一周期内的平均值等于零的电压和电流,称为交流电压和交流电流。如果交流电压和电流是按照正弦规律周期性变化的,则称为正弦电压和正弦电流,其波形如图 6-1 所示。

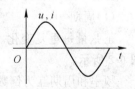

图 6-1 正弦电压和电流

正弦电压和正弦电流等物理量,常统称为正弦量。正弦量的特征表现在变化的快慢、大小及初始值三个方面,它们分别由频率、幅值和初相位来确定。因此频率、幅值和初相位就称为确定正弦量的三要素。

1. 正弦量的三要素

以正弦电压和正弦电流为例,正弦量的瞬时值表达式(或解析式)一般为

$$u = U_m \sin(2\pi f t + \psi_1) \tag{6-1}$$

$$i = I_m \sin(2\pi f t + \psi_2) \tag{6-2}$$

上式表示了正弦电压 u 和正弦电流 i 与时间 t 的正弦函数关系,其中 f，$U_m(I_m)$ 和 ψ 分别称为正弦量的三要素频率、幅值和初相位。

(1)频率

在单位时间内,正弦量重复变化的循环数称为频率,用 f 表示,它的单位是赫兹(Hz),简称赫。我国电力标准频率规定为 50Hz,简称工频;有些国家(如美国、日本)采用 60Hz 为工频。

在无线电工程中,常用千赫或兆赫来计量频率范围,如无线电广播的中波段频率为 535k～1650kHz,电视广播的频率是几十兆赫到几百兆赫。

(2)幅值

幅值(最大值)是指交流电在一个周期内出现的最大瞬时值,用 U_m，I_m 分别表示正弦电压和正弦电流的最大值。对应图 6-2 中波形的最高点,即正弦量的振幅。

(3)初相位

$t = 0$ 时刻对应的相位 ψ 称为初相角,简称初相位。初相位可正可负也可为零,它反映了正弦量计时起点的状态。在正弦量的解析式中,规定初相位不得超过 $\pm 180°$。

在上述规定下,初相位为正角时,正弦量对应的初始数值一定是正值。初相位为负角时,正弦量对应的初始数值则为负值。初相位为零时,正弦量对应的初始数值则为零。在图 6-2 中,ψ_1

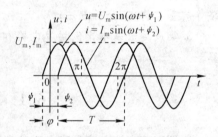

图 6-2 正弦电压和正弦电流

正值初相位于坐标原点左边零点(指波形由负值变为正值所经历的 0 点)与原点之间,ψ_2 负值初相位于坐标原点右边零点与原点之间。

2.与三要素相关的量

(1)周期

正弦量每重复变化一个循环所需要的时间称为周期,用 T 表示,单位为秒(s),如图 6-2 所示。

频率和周期互为倒数,即

$$f = \frac{1}{T} \tag{6-3}$$

可见,周期越短频率越高。

(2)角频率

角频率也被用来表征正弦量变化的快慢,用 ω 表示。定义为单位时间内正弦量变

化的弧度数。正弦量一周期内经历 2π 弧度,如图 6-2 所示,所以角频率为

$$\omega = \frac{2\pi}{T} = 2\pi f \tag{6-4}$$

角频率的单位为弧度/秒(rad/s)。周期、频率和角频率从不同的角度反映了同一个问题(正弦量随时间变化快慢程度)的 3 个物理量。在实际应用中,频率的概念用得最多。

(3)瞬时值

正弦量是随时间按正弦规律不断变化的,所以每一时刻的值都是不同的,对应任一时刻的数值称为瞬时值,其表达式见式(6-1)和式(6-2),波形如图 6-2 所示。

(4)有效值

正弦量的瞬时值随时间变化而变化,不能表示正弦量的大小,其最大值在一个周期里只出现两次,也不能表示正弦量的大小,为了计算和测量的方便,就引入了有效值的概念。

有效值是根据电流的热效应定义的。设正弦交流电流 i 和直流电流 I 通过同一电阻 R,如果在相同的时间内(一个周期内),两种电流产生的热量相等,则把这个直流电流 I 的值定义为正弦交流电流 i 的有效值。简单地说,把热效应相等的直流电流的值称为正弦交流电流的有效值。

有效值通常用与直流电相同的大写斜体字母来表示,如 U、I 分别表示正弦电压和正弦电流的有效值。但值得注意的是,它们虽然表示的符号相同,但各自的含义不同。

实验结果和数学分析都表明,正弦量的最大值和有效值之间存在如下数量关系

$$\begin{cases} U_m = \sqrt{2}\,U = 1.414U \\ U = \dfrac{U_m}{\sqrt{2}} \approx 0.707U_m \end{cases} \tag{6-5}$$

同理

$$\begin{cases} I_m = \sqrt{2}\,I \\ I = \dfrac{I_m}{\sqrt{2}} \approx 0.707I \end{cases} \tag{6-6}$$

若无特殊说明,交流电的大小总是指有效值。在测量交流电路的电压、电流时,仪表指示的数值也都是交流电的有效值,各种交流电机、用电设备铭牌上的额定电压和额定电流也都是指它们的有效值。

(5)相位

图 6-2 所示反映了同频率、等幅度正弦电压和正弦电流不同的交变起点及在各个瞬间的数值和变化步调不一致的情况。这种正弦电压和正弦电流的变化进程常用随时间变化的电角度(即相位)来反映。式(6-1)和式(6-2)中的 $(\omega t + \psi_1)$,$(\omega t + \psi_2)$ 就是反映

正弦电压和正弦电流在变化过程中任一时刻所对应的电角度,这个随时间变化的电角度称为正弦电压和正弦电流的相位角,简称相位。当相位随时间连续变化时,正弦电压和正弦电流的瞬时值随之连续变化。

(6)相位差

两个同频率正弦量的相位角之差或初相角之差称为相位差,常用 φ 表示,习惯上规定相位差不超过 $\pm180°$。如图 6-2 所示的正弦电压和正弦电流的相位差为

$$\varphi=(\omega t+\psi_1)-(\omega t+\psi_2)=\psi_1-\psi_2 \tag{6-7}$$

可见,两个同频率正弦量的相位差就是它们的初相位之差,与时间 t 无关。

若图 6-2 中的 $\psi_1=30°$,$\psi_2=-30°$,则电压 u 与电流 i 在任意瞬时的相位差为

$$\varphi=(\omega t+30°)-(\omega t-30°)=30°-(-30°)=60°$$

说明在相位上电压 u 比电流 i 超前 φ 角($60°$),或者说电流 i 比电压 u 滞后 φ 角($60°$)。

当 $\varphi=90°$ 时,两者相位具有正交关系,$\varphi=0$ 时,两者相位具有同相关系,$\varphi=180°$ 时,两者相位具有反相关系。

频率、幅值和初相位三者一旦确定,正弦量的解析式和波形图的表示是唯一的。

例 6-1 正弦电压 $u_1=220\sqrt{2}\sin(314t+210°)\text{V}$,$u_2=220\sqrt{2}\cos(314t+120°)\text{V}$,$u_3=-311\sin(100\pi t+30°)\text{V}$,指出它们的振幅、频率、初相位和它们的相位差,并画出波形图。

解 按振幅大于零和初相位不大于 $\pm180°$ 的规定,将正弦电压的解析式分别表示为:

$$u_1=220\sqrt{2}\sin(314t+210°-360°)=220\sqrt{2}\sin(314t-150°)$$

$$u_2=220\sqrt{2}\sin(314t+120°+90°-360°)=220\sqrt{2}\sin(314t-150°)$$

$$u_3=311\sin(100\pi t+30°-180°)=220\sqrt{2}\sin(314t-150°)$$

可见,u_1,u_2,u_3 的三要素完全相同,振幅 $U_m=220\sqrt{2}\text{V}$,有效值 $U=220\text{V}$,角频率 $\omega=314\text{rad/s}$,初相角 $\psi=-150°$,频率 f 均为

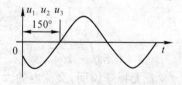

图 6-3 正弦电压 u_1,u_2,u_3 波形图

$$f=\frac{\omega}{2\pi}=\frac{314}{2\times3.14}=50(\text{Hz})$$

它们的相位差 φ 都为零。u_1,u_2,u_3 的波形如图 6-3 所示。

3. 正弦量的相量表示法

前面介绍的正弦量是用瞬时值表达式(解析式)和波形图来表示,但它们不便于对电路中的正弦量分析计算,所以引入正弦量的相量表示法。

设有一正弦电压 $u = U_m \sin(\omega t + \psi)$，其波形如图 6-4 所示，左边是一旋转有向线段 $\dot{U}_m$。在直角坐标系中，有向线段的长度等于正弦量的幅值 U_m，它的初始位置（$t=0$ 时的位置）与横轴正方向的夹角等于正弦量的初相位 ψ，并以正弦量的角频率 ω 作逆时针方向旋转。可见，这一旋转有向线段具有正弦量的三个特征，故可用来表示正弦量。正弦量在某时刻的瞬时值就可以由这个旋转有向线段于该瞬时在纵轴上的投影表示出来。

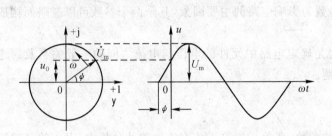

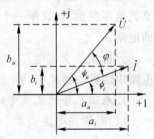

图 6-4　正弦量的相量表示法　　　　　图 6-5　相量图

相量可用描述正弦量的有向线段表示，根据各个正弦电压和正弦电流的大小和相位关系用初始位置的有向线段画出的若干个相量的图形，称为相量图，如图 6-5 所示。它直观清晰地反映了正弦量的大小和相互间的相位关系。图中的正弦电压 u 比正弦电流 i 超前 φ 角。正弦量 $u = U_m \sin(\omega t + \psi)$ 的相量表达式为 $\dot{U}_m = U_m e^{j\psi_u} = U_m \angle \psi_u$。

在实际应用中，幅度更多采用有效值表示，则相量符号为 $\dot{U}, \dot{I}$，它包含幅度与相位的信息，用复数表示即

$$\dot{U} = U e^{j\psi_u} = U \angle \psi_u = a_u + j b_u = U\cos\psi_u + j U\sin\psi_u$$

$$\dot{I} = I e^{j\psi_i} = I \angle \psi_i = a_i + j b_i = I\cos\psi_i + j I\sin\psi_i$$

必须强调：

(1)相量只是表示正弦量，不是等于正弦量，$u \neq \dot{U}, i \neq \dot{I}$。

(2)只有同频率的正弦量才能画在同一张相量图上。

例 6-2　已知两个频率都为 1000Hz 的正弦电流其相量形式为：$\dot{I}_1 = 100 \angle -60° \text{A}$，$\dot{I}_2 = 10 e^{j30°} \text{A}$。求：瞬时值 i_1, i_2 和 $i_1 + i_2$。

解　$\omega = 2\pi f = 2\pi \times 1000 = 6280 (\text{rad/s})$

$i_1 = 100\sqrt{2}\sin(6280t - 60°)(\text{A})$

$i_2 = 10\sqrt{2}\sin(6280t + 30°)(\text{A})$

$\dot{I}_1 = 100 \angle -60° = 100\cos(-60°) + j100\sin(-60°) = 50 - j86.6(\text{A})$

$\dot{I}_2 = 10 \angle 30° = 10\cos30° + j10\sin30° = 8.66 + j5(\text{A})$

$$\dot I_1 + \dot I_2 = 58.66 - j81.6 = 100.5\angle -54.3°(A)$$

$$i_1 + i_2 = 100.5\sqrt 2\sin(6280t - 54.3°)(A)$$

6.1.2　单一参数正弦交流电路

电阻 R、电感 L 和电容 C 是电路的三个参数,单一参数正弦交流电路就是在正弦交流电源激励下,其中一个参数为影响电路的主要因素,其余两个参数可以忽略而构成的电路。

分析正弦交流电路,主要是确定电路中元件的电压与电流之间的一般关系及讨论电路中能量的转换和功率问题。

1.电阻元件的交流电路

(1)电压和电流关系

电阻是电路中消耗电能的参数。在单一参数正弦交流电路的分析中,引入的是理想化电阻元件,它不仅电特性是单一的,而且大小不随频率变化,如白炽灯、电烙铁、电炉和电暖器等电气设备接在工频交流电路中,其影响电路的主要参数是电阻,因此,把只含有电阻元件的电路称为纯电阻电路。如图 6-6(a)标示其电压、电流的参考方向,设电压的初相角为零,即 $u = U_m\sin\omega t$,根据欧姆定律有

$$i = \frac{u}{R} = \frac{U_m\sin\omega t}{R} = I_m\sin\omega t \tag{6-8}$$

由上式可见,纯电阻电路在正弦交流电压作用下,电阻中通过的电流也是同频率正弦交流电流,且与加在电阻两端的电压同相位,其波形如图 6-6(b)所示。

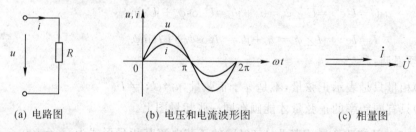

(a) 电路图　　　　(b) 电压和电流波形图　　　　(c) 相量图

图 6-6　电阻元件的交流电路

电阻元件两端电压最大值与通过它的电流的最大值在数量上有如下关系

$$I_m = \frac{U_m}{R} \tag{6-9}$$

在等式两端同除以 $\sqrt 2$,又可得到电压与电流有效值之间的数量关系

$$I = \frac{U}{R} \tag{6-10}$$

设 $\dot I = I\angle 0°$,$\dot U = U\angle 0° = RI\angle 0°$,这种电压与电流关系也可用相量表示

$$\dot{I} = \frac{\dot{U}}{R} \tag{6-11}$$

式(6-11)是欧姆定律的相量表达式,R 是只有实部没有虚部的复数。电压和电流的相量图如图 6-6(c)所示,其相位差 $\varphi = \psi_u + \psi_i = 0$。

(2)功率

1)瞬时功率

在交流电路中,电压和电流都是瞬时变化的,同一电压与电流的瞬时值的乘积叫作瞬时功率,用小写字母 p 表示,即

$$p = ui = U_m \sin\omega t \times I_m \sin\omega t = \sqrt{2}\,U \cdot \sqrt{2}\,I \cdot \frac{1}{2}(1-\cos2\omega t)$$
$$= UI(1-\cos2\omega t) \tag{6-12}$$

由式(6-12)可见,瞬时功率 p 由两部分组成,第一部分是常数 UI,第二部分是交变量 $UI\cos2\omega t$。它虽然随时间变化,但始终在水平方向上方,总为正值($p \geqslant 0$)。说明电阻元件从电源吸收电能而转换为热能,这种能量转换的过程是不可逆的,所以称电阻是耗能元件。如图 6-7 所示为电阻元件的功率波形图。

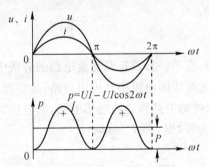

图 6-7　电阻元件的功率波形图

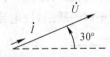

图 6-8　电流、电压相量图

2)有功功率(平均功率)

工程上常取瞬时功率在一个周期内的平均值来表示电路消耗的功率。

$$P = \frac{1}{T}\int_0^T p\,\mathrm{d}t = \frac{1}{T}\int_0^T UI(1-\cos2\omega t)\mathrm{d}t = UI = I^2R = \frac{U^2}{R} \tag{6-13}$$

称 $P = UI$ 为有功功率,也称平均功率。有功功率的形式与直流电路中功率的计算公式相同,只是式(6-13)中的 P 是电流和电压有效值的乘积,其单位为瓦(W)或千瓦(kW)。通常铭牌数据或测量的功率均指有功功率。

例 6-3　设电阻元件电压和电流的参考方向关联如图 6-6(a)所示,已知电阻 $R = 50\Omega$,通过的电流 $i = 1.414\sin(\omega t + 30°)\mathrm{A}$,求:(1)电阻元件的电压 U 及 u;(2)电阻消耗的功率 P;(3)画出电流和电压的相量图。

解　(1)因为　$I_m = 1.414$ (A)

所以 $\qquad I = \dfrac{I_m}{\sqrt{2}} = \dfrac{1.414}{\sqrt{2}} = 1(\text{A})$

$$U = IR = 1 \times 50 = 50(\text{V})$$

$$u = iR = 50 \times 1.414\,\sin(\omega t + 30°) = 70.7\sin(\omega t + 30°)(\text{V})$$

(2) $P = I^2 R = 1^2 \times 50 = 50$ (W)

(3) 由 $i = 1.414\,\sin(\omega t + 30°)$ (A) 知

$$\dot{I} = 1 \angle 30°(\text{A})$$

$$\dot{U} = \dot{I}R = 50 \times 1 \angle 30° = 50 \angle 30°(\text{V})$$

得相量图如图 6-8 所示。

例 6-4 把一个 110Ω 的电阻元件接到一个频率为 50Hz、电压有效值为 220V 的正弦电源上,问电流是多少? 如保持电压值不变,而电源频率改为 5000Hz,这时电流将为多少?

解 由于电阻与频率无关,因此电压有效值保持不变时,电流有效值相等,即

$$I = \frac{U}{R} = \frac{220\text{V}}{110\Omega} = 2(\text{A})$$

2. 电感元件的交流电路

(1)电压和电流关系

电感是电路中储存磁场能量的参数。在单一参数正弦交流电路的分析中,引入的是理想化电感元件,电感的大小随频率变化而线圈电阻小到可以忽略,如空载时的变压器线圈仅含有电感。因此,把只含有电感元件的电路称为纯电感电路,其电压、电流的参考方向如图 6-9(a)所示,设电流的初相角为零,则 $i = I_m \sin\omega t$。

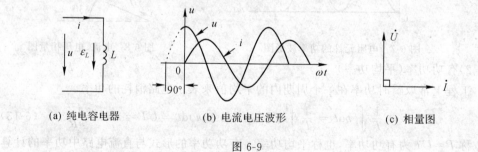

(a) 纯电容电器　　　　　(b) 电流电压波形　　　　　(c) 相量图

图 6-9

当交流电流 i 通过电感线圈时,产生自感电动势 ε_L,根据 KVL,应满足

$$u = -\varepsilon_L \qquad\qquad (6\text{-}14)$$

自感电动势与电流变化率成正比,即 $\varepsilon_L = -L\dfrac{\mathrm{d}i}{\mathrm{d}t}$,由此得

$$u = -\left(-L\frac{\mathrm{d}i}{\mathrm{d}t}\right) = L\frac{\mathrm{d}i}{\mathrm{d}t} = L\frac{\mathrm{d}I_m\,\sin\omega t}{\mathrm{d}t} = I_m\omega L\sin(\omega t + 90°)$$

$$= U_m \sin(\omega t + 90°) \qquad\qquad (6\text{-}15)$$

由上式可见,纯电感电路在正弦交流电压作用下,电感元件两端的电压与通过它的电流存在着相位正交关系,且电压总是超前电流 90°,其波形如图 6-9(b)所示。

电感元件两端电压最大值 U_m 与通过它的电流最大值 I_m 在数量上有如下关系

$$U_m = I_m\omega L = I_m X_L \tag{6-16}$$

在等式两端同除以 $\sqrt{2}$,可得到电压与电流有效值之间的数量关系

$$U = I\omega L = IX_L \tag{6-17}$$

X_L 反映了电感元件对正弦交流电流的阻碍作用,简称感抗,单位为欧姆(Ω),这种阻碍作用与电阻类似,但性质不同。

$$X_L = \omega L = 2\pi fL \tag{6-18}$$

可见,频率越高则感抗越大,对直流电来说,由于频率为零,则感抗也为零,所以直流电路中电感元件相当于短路。

用相量表示这种电压与电流关系为:$\dot{I} = I\angle 0°$,$\dot{U} = U\angle 90° = I\omega L\angle 90°$

$$\begin{cases} \dfrac{\dot{U}}{\dot{I}} = \dfrac{U}{I}\angle 90° = \omega L\angle 90° = X_L\angle 90° \\[2mm] \dot{U} = \dot{I}\omega L \cdot e^{j90°} = \dot{I} \cdot (jX_L) \end{cases} \tag{6-19}$$

式(6-19)是欧姆定律的相量表达式,X_L 是只有虚部没有实部的复数。电压和电流的相量图如图 6-9(c)所示,其相位差 $\varphi = \psi_u + \psi_i = 90°$。

(2)功率

1)瞬时功率

电感上的电压与流过电感的电流瞬时值的乘积叫做瞬时功率 p,即

$$p = ui = 2UI\sin\omega t\cos\omega t = UI\sin 2\omega t \tag{6-20}$$

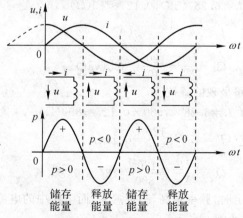

图 6-10　纯电感电路的瞬时功率

　　显然电感元件上的瞬时功率是以 2 倍于电压或电流的频率按正弦规律交替变化的,其波形如图 6-10 所示。由图可见,当 $p>0$ 时,电感从电源吸收电能转换成磁场能储存在电感中;当 $p<0$ 时,电感中储存的磁场能转换成电能送回电源。

　　2)有功功率(平均功率)

　　一周期内瞬时功率的平均值定义为平均功率,又称为有功功率,用大写字母 P 表示,即

$$P. = \frac{1}{T}\int_0^T p\mathrm{d}t = \frac{1}{T}\int_0^T UI\sin(2\omega t)\mathrm{d}t = 0 \tag{6-21}$$

　　其单位用瓦(W)或千瓦(kW)表示。上述过程表明单一参数的电感元件在电路中并不耗能,它只是与电源之间不断地进行能量交换,而且这种能量转换的过程是可逆的。

　　3)无功功率

　　电感元件虽然不消耗电能,但它与电源之间的能量交换客观上是存在的。

　　Q_L 的定义:电感瞬时功率所能达到的最大值。用来衡量电感电路中能量交换的规律。

$$Q_L = UI = I^2 X_L = \frac{U^2}{X_L} \tag{6-22}$$

　　无功功率的单位用乏(var)或千乏(kvar)表示。必须指出,"无功"的含义是交换,而不是消耗,更不能把"无功"误解为无用。如变压器、电动机等,就是靠电磁转换进行工作的,如果没有无功功率的存在,这些设备是不能工作的。

　　例 6-5　已知线圈的电感量 $L=0.127\mathrm{H}$,发热电阻可忽略不计,把它接在电压为 120V 的工频交流电源上。求:(1)感抗 X_L、电流 I 及无功功率 Q_L 各为多大?(2)若频率增大为 1000Hz,感抗 X_L、电流 I 及无功功率 Q_L 又为多大?

　　解　(1)由式(6-18)可得

$$X_L = 2\pi fL = 6.28 \times 50 \times 0.127 \approx 40(\Omega)$$

　　线圈中通过的电流　$I = \frac{U}{X_L} = \frac{120}{40} = 3(\mathrm{A})$

　　无功功率　$Q_L = \frac{U^2}{X_L} = \frac{120^2}{40} = 360(\mathrm{var})$

　　(2)电感元件对电路呈现的感抗

$$X_L' = 2\pi f'L = 6.28 \times 1000 \times 0.127 \approx 800(\Omega)$$

　　线圈中通过的电流　$I' = \frac{U}{X_L'} = \frac{120}{800} = 0.15(\mathrm{A})$

　　无功功率　$Q_L' = \frac{U^2}{X_L'} = \frac{120^2}{800} = 18(\mathrm{var})$

　　可见,在电压值一定时,频率愈高,感抗愈大,而电路中的电流与无功功率愈小。

　　3.电容元件的交流电路

　　(1)电压和电流关系

　　电容是电路中储存电场能量的参数。在单一参数正弦交流电路的分析中,引入的是理想化电容元件,其电容器介质损耗和漏电流都很微弱,损耗电阻小到可以忽略。把这种在正弦交流电路中仅含有电容的电路叫做纯电容电路,如图 6-11(a)所示。

　　在交流电压作用下,电容器极板上的电荷量随之变化,从而在电路中形成电流,电流的瞬时值为该时刻电容极板上电荷量的变化率,即 $i=\mathrm{d}q/\mathrm{d}t$。

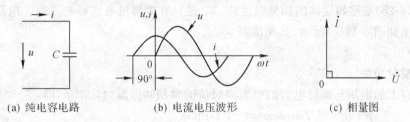

(a) 纯电容电路　　　　　(b) 电流电压波形　　　　　(c) 相量图

图 6-11

电容极板上的电荷量与极板间的电压关系为

$$q=Cu_C \tag{6-23}$$

得

$$i=C\frac{\mathrm{d}u}{\mathrm{d}t} \tag{6-24}$$

式中:C 为电容器的电容量,单位为法拉(F)。

　　设电压初相角为零,即 $u=U_\mathrm{m}\sin\omega t$,则瞬时电流为

$$i=C\frac{\mathrm{d}u}{\mathrm{d}t}=CU_\mathrm{m}\omega\cos\omega t=\sqrt{2}\,U\omega C\sin(\omega t+90°) \tag{6-25}$$

　　由上式可见,纯电容电路在正弦交流电压的作用下,电容元件两端的电压与通过它的电流存在着相位正交关系,且电压总是落后电流 90°,其波形如图 6-11(b)所示。

　　同理有

$$\begin{cases} I_\mathrm{m}=U_\mathrm{m}\omega C=\dfrac{U_\mathrm{m}}{X_C} \\[2mm] I=U\omega C=\dfrac{U}{X_C} \end{cases} \tag{6-26}$$

式中:X_C 反映了电容元件对正弦交流电流的阻碍作用,简称容抗,单位为欧姆(Ω),这种阻碍作用与电阻类似,但性质不同。

$$X_C=\frac{1}{\omega C}=\frac{1}{2\pi fC} \tag{6-27}$$

　　可见,频率越高则容抗越小,对直流电来说,由于频率为零,则容抗趋近于无穷大,所以直流电路中电容元件相当于开路;若在高频情况下,由于容抗极小而电容元件常常可视为短路。因此电容 C 具有隔直通交的作用。

用相量表示这种电压与电流关系为 $\dot{U}=U\angle 0°=\dfrac{I}{\omega C}\angle 0°$

$$\dot{I}=I\angle 90°=\dfrac{U}{X_C}\angle 90°$$

$$\dot{U}=-\mathrm{j}\,\dot{I}\dfrac{1}{\omega C}=-\mathrm{j}\,\dot{I}X_C \tag{6-28}$$

式(6-28)是欧姆定律的相量表达式，X_C 是只有虚部没有实部的复数。电压和电流的相量图如图 6-11(c)所示，其相位差 $\varphi=\psi_u+\psi_i=90°$。

(2)功率

1)瞬时功率

电容上的电压与流过电容的电流瞬时值的乘积叫做瞬时功率 p，即

$$p=iu=2UI\sin\omega t\cos\omega t=UI\sin 2\omega t \tag{6-29}$$

显然电容元件上的瞬时功率也是以 2 倍于电压或电流的频率按正弦规律交替变化的，其波形如图 6-12 所示。可见，当 $p>0$ 时，电容从电源吸收电能转换成电场能储存在电容中（充电）；当 $p<0$ 时，电容中储存的电场能转换成电能送回电源（放电）。它也是储能元件。

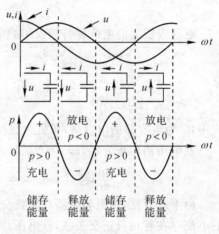

图 6-12 瞬时功率

2)有功功率（平均功率）

一周期内瞬时功率的平均值定义为平均功率，又称为有功功率，用大写字母 P 表示，即

$$P=\dfrac{1}{T}\int_0^T p\mathrm{d}t=\dfrac{1}{T}\int_0^T UI\sin(2\omega t)\mathrm{d}t=0 \tag{6-30}$$

其单位用瓦(W)或千瓦(kW)表示。上述过程表明单一参数的电容元件在电路中并不耗能，它只与电源之间不断地进行能量交换，而且这种能量转换的过程是可逆的，它也是储能元件。

3)无功功率

电容元件虽然不消耗电能，但它与电源之间的能量交换客观上是存在的。

无功功率 Q_C 的定义：电容瞬时功率所能达到的最大值。用来衡量电容电路中能量交换的规律，其表达式为

$$Q_C=UI=I^2X_C=\dfrac{U^2}{X_C} \tag{6-31}$$

其单位也用乏(var)或千乏(kvar)表示。

例 6-6　把一个 $2\mu F$ 的电容元件接到频率为 50Hz、电压有效值为 220V 的正弦交流电源上,问:(1)容抗 X_C、电流 I 及无功功率 Q_C 各为多大? (2)如果保持电压值不变,频率增大为 500Hz,容抗 X_C、电流 I 及无功功率 Q_C 又为多大?

解　(1)当 $f=50$ Hz 时

$$X_C=\frac{1}{\omega C}=\frac{1}{2\pi fC}=\frac{1}{2\times3.14\times50\times2\times10^{-6}}(\Omega)\approx1592.36(\Omega)$$

$$I=\frac{U}{X_C}=\frac{220}{1592.36}=0.138(A)=138(mA)$$

$$Q_C=\frac{U^2}{X_C}=\frac{220^2}{1592.36}=30.4(var)$$

(2)当电压值不变,$f=500$Hz 时

$$X_C=\frac{1}{\omega C}=\frac{1}{2\pi fC}=\frac{1}{2\times3.14\times500\times2\times10^{-6}}\approx159.24(\Omega)$$

$$I=\frac{U}{X_C}=\frac{220}{159.24}=1.38(A)$$

$$Q_C=\frac{U^2}{X_C}=\frac{220^2}{159.24}=303.94(var)$$

可见,在电压值一定时,频率愈高,容抗愈小,而电路中的电流与无功功率愈大。

6.1.3　*RLC* 串联交流电路

1.电流与电压的关系

电阻、电感和电容的串联电路如图 6-13 所示,在正弦电压作用下,电路中通过的电流是正弦电流,设电路中电流初相角为零,即 $i=\sqrt{2}\,I\sin\omega t$。

由 KVL 得 $u=u_R+u_L+u_C$,即

$$u=\sqrt{2}\,IR\sin\omega t+\sqrt{2}\,I(\omega L)\sin(\omega t+90°)$$

$$+\sqrt{2}\,I(\frac{1}{\omega C})\sin(\omega t-90°)$$

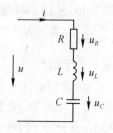

图 6-13　*RLC* 串联电路

因为 u_R,u_L,u_C 都是同频率的正弦量,所以它们相加所得出的仍是同频率的正弦量,设 $u=U_m\sin(\omega t+\varphi)$,即式中 U_m 为正弦电压的幅值,φ 为 u 与 i 之间的相位差,利用相量图求其值最为方便,故将 *RLC* 串联电路转化为相量模型如图 6-14 所示。

同样由 KVL 的相量形式得总电压

$$\dot{U}=\dot{U}_R+\dot{U}_L+\dot{U}_C \tag{6-32}$$

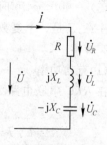

图 6-14　相量模型

$$\dot{U}=\dot{I}R+\dot{I}(jX_L)+\dot{I}(-jX_C)$$

$$=\dot{I}[R+j(X_L-X_C)] \tag{6-33}$$

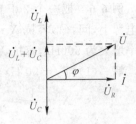

式(6-33)即为总电压与总电流的相量关系式。设 X_L $>X_C$，即 $U_L>U_C$，作相量图如图 6-15 所示。从图中可见 $\dot{U},\dot{U}_R$ 和 $\dot{U}_L+\dot{U}_C$ 三者正好构成直角三角形的三边关系，这个三角形称为电压三角形。利用这个电压三角形，可求得总电压有效值 U 和相位差 φ，即

图 6-15　相量图

$$U=\sqrt{U_R^2+(U_L-U_C)^2}$$

$$=I\sqrt{R^2+(X_L-X_C)^2} \tag{6-34}$$

$$=I\sqrt{R^2+X^2}=I|Z|$$

$$\varphi=\tan^{-1}\frac{U_L-U_C}{U_R} \tag{6-35}$$

式中：$Z=\sqrt{R^2+X^2}$ 称为电路的阻抗，单位是欧姆（Ω）；$X=X_L-X_C$ 称为电抗，单位也是欧姆（Ω）。φ 称为幅角，也就是 u 和 i 的相位差。

由式(6-34)可见，阻抗 Z、电阻 R 及电抗 X 也可构成一个与图 6-15 相似的三角形，称阻抗三角形，如图 6-16 所示。φ 又称为阻抗角，从图中可得

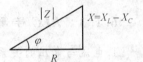

$$\varphi=\tan^{-1}\frac{X_L-X_C}{R} \tag{6-36}$$

图 6-16　阻抗三角形

阻抗角 φ 的性质：

(1) $\varphi=0°$ 时，$X_L=X_C$，则 $U_L=U_C$ 电路呈纯阻性，电压与电流同相。

(2) $\varphi=+90°$ 时，电路呈纯感性，电压超前电流 90°。

(3) $\varphi=-90°$ 时，电路呈纯容性，电压滞后电流 90°。

(4) $0°<\varphi<90°$ 时，$X_L>X_C$，则 $U_L>U_C$ 电路呈感性，电压超前电流。

(5) $-90°<\varphi<0°$ 时，$X_L<X_C$，则 $U_L<U_C$ 电路呈容性，电压滞后电流。

注意：Z 是一个复数，但不是正弦交流量，上面不能加点。

2. 功率

(1)有功功率

在 RLC 串联电路中，只有 R 是耗能元件，R 消耗的功率就是该电路的有功功率，即

$$P=U_RI=I^2R=UI\cos\varphi \tag{6-37}$$

式中：$U_R=U\cos\varphi$ 是总电压 U 的有功分量，如图 6-15 所示。φ 是电路中电压与电流的相位差，又称功率因数角。$\cos\varphi$ 称为电路的功率因数，它表示电源提供的功率有多少能转

换为有功功率。

(2)无功功率

在 RLC 串联电路中,储能元件 L,C 虽然不消耗能量,但存在能量交换,交换的规模用无功功率 Q 来表示,从图 6-15 所示相量图可见 $\dot{U}_L,\dot{U}_C$ 是反相的,说明电感储存能量时,电容在释放能量,反之亦然。故 Q 的大小为

$$Q = Q_L + Q_C = U_L I + (-U_C I) = (U_L - U_C) \times I$$
$$= I^2(X_L - X_C) = IU\sin\varphi \tag{6-38}$$

(3)视在功率

电路中总电压与总电流有效值的乘积定义为电路的视在功率,用 S 表示,即

$$S = UI \tag{6-39}$$

视在功率 S 同样具有功率的量纲,但它一般并不表示电路实际消耗的有功功率,也不表示电路进行能量交换的无功功率,所以其单位是伏安(VA)或千伏安(kVA)。

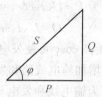

有功功率、无功功率和视在功率之间存在着一定关系,由式(6-37),(6-38)得

$$\sqrt{P^2 + Q^2} = \sqrt{(UI)^2(\cos^2\varphi + \sin^2\varphi)} = UI = S \tag{6-40}$$

图 6-17 功率三角形

显然,S 和 P,Q 也可以用一个直角三角形来表示,称之为功率三角形,如图 6-17 所示。注意:P,Q,S 都不是正弦量,不能用相量表示。

例 6-7 有一线圈的电阻 $R = 250\Omega$、线圈电感 $L = 1.2H$,它与 $C = 10\mu F$ 的电容器相串联,外加电压 $u = 220\sin 314t\,V$,求电路中的电流 I,电压 U_R, U_L, U_C 和线圈两端电压 U_{RL},电路总的有功功率 P、无功功率 Q 和视在功率 S。

解 线圈的感抗为

$$X_L = \omega L = 314 \times 1.2 = 376.8(\Omega)$$

电容的容抗为

$$X_C = \frac{1}{\omega C} = \frac{1}{314 \times 10 \times 10^{-6}} = 318.5(\Omega)$$

电路总阻抗为

$$Z = \sqrt{R^2 + (X_L - X_C)^2} = 256.7(\Omega)$$

电路总电流为

$$I = \frac{U}{Z} = \frac{220}{256.7} = 0.857(A)$$

电阻电压有效值为 $U_R = RI = 250 \times 0.857 = 214.3(V)$

电感电压有效值为 $U_L = X_L I = 376.8 \times 0.857 = 322.9(V)$

电容电压有效值为 $U_C = X_C I = 318.5 \times 0.857 = 273.0(V)$

电感线圈两端电压有效值为 $U_{RL} = \sqrt{U_R^2 + U_L^2} = 387.5(V)$

电路总有功功率为 $P = RI^2 = 250 \times 0.857^2 = 183.6(W)$

电路总无功功率为　　$Q = I^2(X_L - X_C) = 0.857^2(376.8 - 318.5) = 42.8\text{(var)}$

电路总视在功率为　　$S = UI = 220 \times 0.857 = 188.5\text{(VA)}$

(4)功率因数的提高

1)提高功率因数的意义

功率因数 $\cos\varphi$ 是对电源利用程度的衡量；它由负载性质决定，与电路的参数和频率有关，与电路的电压、电流无关。当 $\cos\varphi < 1$ 时，电路中发生能量互换，出现无功功率 $Q = UI\sin\varphi$，这样引起两个问题：

①电源设备的容量不能充分利用

如电源容量 $S_N = U_N I_N = 1000\text{kVA}$，若用户的 $\cos\varphi = 1$ 则电源可发出的有功功率为 $P = U_N I_N \cos\varphi = 1000\text{kW}$，无需提供无功功率；若用户的 $\cos\varphi = 0.6$，则电源可发出的有功功率为 $P = U_N I_N \cos\varphi = 600\text{kW}$，而需提供的无功功率为

　　　　$Q = U_N I_N \sin\varphi = 800\text{kvar}$

所以，提高 $\cos\varphi$ 可使发电设备的容量得以充分利用。

②增加输电线路和发电机(或变压器)绕组的功率损耗

因为输电线和发电机(或变压器)绕组都有一定的内阻 r，当电流通过时，其功率损耗为

$$\Delta P = I^2 r = \left(\frac{P}{U\cos\varphi}\right)^2 r \tag{6-41}$$

当要求 $P = UI\cos\varphi(U, P$ 为定值)时，由式(6-41)可知，功率损耗 ΔP 与功率因数 $\cos\varphi$ 的平方成反比，即负载的功率因数降低，功率损耗就增大。这是因为负载的功率因数降低，则供给的电流必须增大，导致输电线和发电机(或变压器)绕组的功率损耗增大了，降低了供电效率。所以提高可减小输电线和发电机(或变压器)绕组的损耗。

如电动机、日光灯等多为感性负载，其等效电路及相量关系如图 6-18 和图 6-19 所示。

图 6-18　感性等效电路　　　　　　图 6-19　相量图

例 6-8　(1)白炽灯为 40W，220V，当 $\cos\varphi = 1$ 时，求流过白炽灯的电流 I？(2)当 $\cos\varphi = 0.5$ 时，求流过日光灯的电流 I？

解　(1)40W，220V 白炽灯，$\cos\varphi = 1$

$$I = \frac{P}{U} = \frac{40}{220} = 0.182 \text{(A)}$$

(2)40W,220V 日光灯,$\cos\varphi = 0.5$

$$I = \frac{P}{U\cos\varphi} = \frac{40}{220 \times 0.5} = 0.364 \text{(A)}$$

可见在同样负载情况下,功率因数降低,供给的电流增大。所以供电局一般要求用户的 $\cos\varphi > 0.85$,否则将进行处罚。

2)提高功率因数的方法

提高功率因数的原则:必须保证原负载的工作状态不变,即加至负载上的电压和负载的有功功率不变。

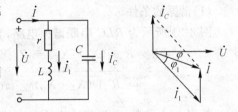

方法:在感性负载两端并联电容,如图 6-20 所示,减小 φ 使 $\cos\varphi$ 增加,I 减小。

结论:

图 6-20 提高功率因数

①电路的总电流 I 减小,电路总功率因数 $\cos\varphi$ 减小,电路总视在功率 S 减小。

②原感性支路的工作状态不变,功率因数 $\cos\varphi_1$ 不变,感性支路的电流 I_1 不变。

③电路总的有功功率不变,因为电路中电阻没有变,所以消耗的功率也不变。

例 6-9 已知电源额定值 $U_N = 220\text{V}$,$f = 50\text{Hz}$,$S_N = 10 \text{ kV} \cdot \text{A}$,向 $P = 6\text{kW}$,$U = 220\text{V}$,$\cos\varphi = 0.5$ 的感性负载供电。问:

(1)该电源供出的电流是否超过其额定电流?

(2)如并联电容将 $\cos\varphi$ 提高到 0.9,电源是否还有富裕的容量?

解 (1)电源提供的电流为 $I = \dfrac{P}{U\cos\varphi} = \dfrac{6 \times 10^3}{220 \times 0.5} = 54.55 \text{(A)}$

电源的额定电流为 $I_N = \dfrac{S_N}{U_N} = \dfrac{10 \times 10^3}{220} = 45.45 \text{(A)}$

知 $I > I_N$,该电源供出的电流超过其该额定电流。

(2)当将 $\cos\varphi$ 提高到 0.9 后,电源提供的电流为

$$I = \frac{P}{U\cos\varphi} = \frac{6 \times 10^3}{220 \times 0.9} = 30.3 \text{(A)}$$

知 $I < I_N$,该电源还有富裕的容量,即还有能力再带负载。由此可见,提高电网功率因数,能提高电源的利用率。

3. 串联谐振

在含有电感和电容的电路中,当 $X_L = X_C$ 时,则 $U_L = U_C$,$Q_L = Q_C$,电路呈纯电阻性,电路中电压与电流同相,称电路处于谐振状态。谐振发生在 RLC 串联电路中称串联谐振,发生在 RLC 并联电路中称并联谐振。这里只讨论串联谐振。

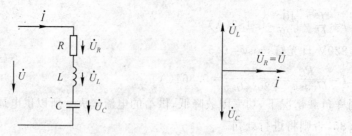

图 6-21　*RLC* 串联谐振电路　　　　　　　图 6-22　谐振相量图

（1）谐振的条件

图 6-21 所示为 *RLC* 串联谐振电路，其复阻抗为

$$Z = R + \mathrm{j}(X_L - X_C) = |Z| \angle \varphi$$

$$= \sqrt{R^2 + (X_L - X_C)^2} \angle \tan^{-1} \frac{(X_L - X_C)}{R} \tag{6-42}$$

若 $X_L = X_C$，则 $\varphi = 0$，那么电压和电流（$\dot{U}, \dot{I}$）同相位，如图 6-22 所示，说明电路发生了谐振。

故串联谐振的条件为

$$X_L = X_C \tag{6-43}$$

其中，$X_L = \omega L = 2\pi f L, X_C = \dfrac{1}{\omega C} = \dfrac{1}{2\pi f C}$。

（2）谐振频率 f_0

根据谐振条件 $X_L = X_C$，则有 $\omega_0 L = \dfrac{1}{\omega_0 C}$，所以谐振角频率为

$$\omega_0 = \frac{1}{\sqrt{LC}} \tag{6-44}$$

谐振频率为

$$f_0 = \frac{1}{2\pi \sqrt{LC}} \tag{6-45}$$

（3）谐振特征

1）阻抗最小

$$|Z| = |Z|_{\min} = \sqrt{R^2 + (X_L - X_C)^2} = R$$

2）电流最大

当电源电压一定时　$I = I_0 = I_{\max} = \dfrac{U}{R}$

3）$\dot{U}$ 和 $\dot{I}$ 同相

$\varphi = \tan^{-1} \dfrac{X_L - X_C}{R} = 0$，电路呈电阻性，能量全部被电阻消耗，$Q_L$ 和 Q_C 相互补偿，即

电源与电路之间不发生能量互换。

4）电压关系

$U_R = I_0 R = U$，$\dot{U}_L = -\dot{U}_C$（大小相等、相位相差 $180°$）

当 $X_L = X_C \gg R$ 时，$U_L = I_0 X_L = U_C = I_0 X_C \gg U = I_0 R$，可见，串联谐振时，$U_C$、$U_L$ 将大于电源电压 U，所以又称为电压谐振。在电力系统中要想方设法避免串联谐振现象，但在无线电工程上，利用这一特点可达到选择信号的目的。

5）品质因数 Q

当电路处于串联谐振时，电感或电容上的电压和总电压之比称为品质因数 Q，即

$$Q = \frac{U_L}{U} = \frac{U_C}{U} = \frac{\omega_0 L}{R} = \frac{1}{\omega_0 RC} \tag{6-46}$$

Q 是个无量纲的物理量，表征电容或电感上的电压比电源电压高出的倍数。

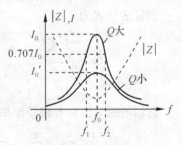

图 6-23 频率变化的关系曲线

（4）谐振曲线

由 $|Z| = \sqrt{R^2 + (\omega L - \frac{1}{\omega C})^2}$ 可画出阻抗随频率变化的关系曲线，如图 6-23 虚线所示，当 $f = f_0$ 时阻抗最小；$f < f_0$ 时阻抗呈容性；$f > f_0$ 时阻抗呈感性。

由 $I(\omega) = \frac{U}{|Z|} = \frac{U}{\sqrt{R^2 + (\omega L - 1/\omega C)^2}}$ 可画出电流随频率变化的关系曲线如图 6-23 实线所示。

当电流下降到 $0.707 I_0$ 时所对应的上下限频率之差，称为通频带 Δf，即

$$\Delta f = f_2 - f_1 \tag{6-47}$$

由图 6-23 可知：Q 值越小，Δf 越大，曲线越平坦；Q 值越大，Δf 越小，曲线越尖锐，选择性越好，抗干扰能力越强。（所谓选择性就是电路具有选择最接近谐振频率 f_0 附近的电流的能力。）

例 6-10 电阻、电感与电容串联，$R = 10\Omega$，$L = 0.3mH$，$C = 100pF$，外加交流电压有效值为 $U = 10V$，试求在其发生串联谐振时的谐振频率 f_0、品质因数 Q、电感电压 U_L、电容电压 U_C 及电阻电压 U_R。

解 由公式得

$$f_0 = \frac{1}{2\pi\sqrt{LC}} = \frac{1}{2 \times 3.14 \times \sqrt{0.3 \times 10^{-3} \times 100 \times 10^{-12}}} = 919(kHz)$$

$$Q = \frac{\omega_0 L}{R} = \frac{2\pi f_0 L}{R} = \frac{2 \times 3.14 \times 919 \times 10^3 \times 0.3 \times 10^{-3}}{10} = 173$$

$$U_L = QU = 173 \times 10 = 1730(V)$$

$$U_C = QU = 173 \times 10 = 1730(V)$$

$$U_R = U = 10(\text{V})$$

6.2　三相正弦交流电路

对称三相交流电源是指三个频率相同、幅值相等、初相位依次相差 120°的正弦交流电源的组合。每一个电压源称为一相，依次为 A 相、B 相、C 相，其瞬时值分别记为（以 u_A 为参考正弦量）

$$\begin{cases} u_A = U_m \sin\omega t \\ u_B = U_m \sin(\omega t - 120°) \\ u_C = U_m \sin(\omega t + 120°) \end{cases} \tag{6-48}$$

相量表达式为

$$\begin{cases} \dot{U}_A = U \angle 0° \\ \dot{U}_B = U \angle -120° \\ \dot{U}_C = U \angle +120° \end{cases} \tag{6-49}$$

它们的瞬时波形和相量图如图 6-24(a),(b)所示。

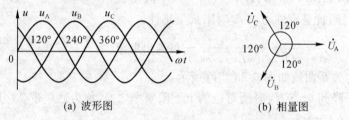

(a) 波形图　　　　　　　(b) 相量图

图 6-24　对称三相电源的波形图和相量图

对称三相电源的电压瞬时值之和为 0，即

$$\begin{cases} u_A + u_B + u_C = 0 \\ \dot{U}_A + \dot{U}_B + \dot{U}_C = 0 \end{cases} \tag{6-50}$$

三相交流电到达正最大值的顺序称为相序。供电系统规定：三相交流电的相序为 A—B—C 称为正序（即 A 相超前 B 相，B 相超前 C 相），C—B—A 称为逆序。无特别说明三相电源均指正序。

6.2.1　三相电源的连接

1. 三相电源的星形连接

(1)联接方式

将三相电源绕组的末端 X,Y,Z 三点连接在一起成为一个公共端，公共端称为中点或零点,用 N 表示。从三相电源绕组的始端 A,B,C 引出三根导线称为火线或相线,用黄、绿、红三种颜色分别表示。由中点引出的导线称为中线或零线。这种连接方式称为星形连接(Y 形),如图 6-25(a)所示。

　　通常把有中性线的连接称为三相四线制接法,无中性线的连接称为三相三线制接法。在低压系统,中性点通常接地,所以称地线。

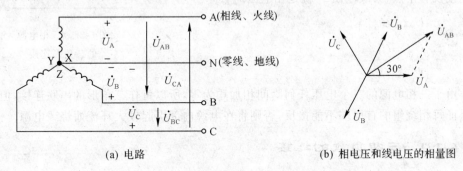

(a) 电路　　　　　　　　　(b) 相电压和线电压的相量图

图 6-25　三相电源的星形连接

　　相电压$\dot{U}_{\text{p}}$:指相线与零线间的电压$\dot{U}_{\text{A}},\dot{U}_{\text{B}},\dot{U}_{\text{C}}$(或描述为$\dot{U}_{\text{AN}},\dot{U}_{\text{BN}},\dot{U}_{\text{CN}}$)。以$\dot{U}_{\text{A}}$为参考相量,则

$$\begin{cases} \dot{U}_{\text{A}}=U_{\text{p}}\angle 0° \\ \dot{U}_{\text{B}}=U_{\text{p}}\angle -120° \\ \dot{U}_{\text{C}}=U_{\text{p}}\angle +120° \end{cases}$$

　　线电压$\dot{U}_{\text{l}}$:指相线与相线间的电压$\dot{U}_{\text{AB}},\dot{U}_{\text{BC}},\dot{U}_{\text{CA}}$。

　　(2)线电压与相电压的关系

　　根据 KVL 定律由图 6-25(a)可得

$$\dot{U}_{\text{AB}}=\dot{U}_{\text{A}}-\dot{U}_{\text{B}}, \quad \dot{U}_{\text{CA}}=\dot{U}_{\text{C}}-\dot{U}_{\text{A}}, \quad \dot{U}_{\text{BC}}=\dot{U}_{\text{B}}-\dot{U}_{\text{C}}$$

　　由图 6-25(b)所示相量图可得线电压与相电压的关系

$$\begin{cases} \dot{U}_{\text{AB}}=\sqrt{3}\,\dot{U}_{\text{A}}\angle 30°=\sqrt{3}\,U_{\text{p}}\angle 30°=U_{\text{l}}\angle 30° \\ \dot{U}_{\text{BC}}=\sqrt{3}\,\dot{U}_{\text{B}}\angle 30°=\sqrt{3}\,U_{\text{p}}\angle -90°=U_{\text{l}}\angle -90° \\ \dot{U}_{\text{CA}}=\sqrt{3}\,\dot{U}_{\text{C}}\angle 30°=\sqrt{3}\,U_{\text{p}}\angle 150°=U_{\text{l}}\angle 150° \end{cases} \qquad (6\text{-}51)$$

　　即三相电源 Y 形连接时,线电压的有效值U_{l}等于相电压的有效值U_{p}的$\sqrt{3}$倍,

$$U_{\text{l}}=\sqrt{3}\,U_{\text{p}} \qquad (6\text{-}52)$$

　　线电压超前相应的相电压 30°,同时三相线电压也是对称的。在三相四线制的电源中,可给负载提供两种电压即相电压和线电压。我国的低压供电系统中,相电压为220V,线电压为 380V。

2.三相电源的三角形连接

将三相电源绕组的 6 个端点依次首尾相接,再从端点向外引出 A,B,C 三根相线给用户供电,这种连接方式称为三相三线制的三角形连接(△形),如图 6-26 所示。显然,这种连接没有中点,其线电压 $\dot{U}_l$ 就是相电压 $\dot{U}_p$,即

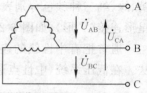

$$\begin{cases} \dot{U}_{AB} = \dot{U}_A \\ \dot{U}_{BC} = \dot{U}_B \\ \dot{U}_{CA} = \dot{U}_C \end{cases} \qquad (6\text{-}53)$$

图 6-26 三相电源
的三角形连接

由于三相电源的三个电压任何瞬间相加均为零,所以可作三角形的串联连接,但必须保证每相绕组的首尾端不能接反,否则将在电源内部引起较大环流而烧毁电源。

6.2.2 三相负载的连接

三相负载也有 Y 形和△两种接法,至于采用哪种方法,要根据负载的额定电压和电源电压确定。若每相负载相同时,称为对称三相负载,否则为不对称三相负载。对称三相电源和对称三相负载组成的系统称为对称三相电路,如图 6-27 所示为三相负载 Y 形连接线路图。

三相负载连接原则:

(1)电源提供的电压等于负载的额定电压;

(2)单相负载尽量均衡地分配到三相电源上。

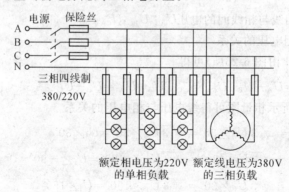

图 6-27 三相负载 Y 形连接

1.三相负载的 Y 形连接

(1)连接形式

把三相负载 Z_A, Z_B, Z_C 的一端连在一起,用 N′ 表示,这点称为负载的中点;三相负载 Z_A, Z_B, Z_C 的另一端及中点 N′ 用导线分别与三相电源及电源的中点 N 连接,组成供

电系统,如图 6-28(a)所示。

(2)对称负载

在图 6-28(a)中各相负载上的电流称为相电流,有效值用 I_p 表示,端线中的电流称为线电流,有效值用 I_1 表示。

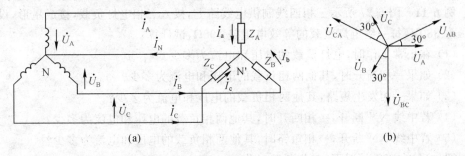

(a)　　　　　　　　　　　　　　　(b)

图 6-28　三相负载 Y 形连接

显然,在 Y-Y 连接的电路中,线电流等于相电流,即

$$I_1 = I_p \tag{6-54}$$

对各相负载有:$\dot{I}_A = \dot{I}_a$,$\dot{I}_B = \dot{I}_b$,$\dot{I}_C = \dot{I}_c$。

当负载对称 $Z_A = Z_B = Z_C = Z$ 时,每相负载中的电流分别为

$$\begin{cases} \dot{I}_A = \dfrac{\dot{U}_A}{Z_A} = \dfrac{U_p \angle 0°}{|Z| \angle \varphi} = I_p \angle -\varphi \\[2mm] \dot{I}_B = \dfrac{\dot{U}_B}{Z_B} = \dfrac{U_p \angle -120°}{|Z| \angle \varphi} = I_p \angle -120° - \varphi \\[2mm] \dot{I}_C = \dfrac{\dot{U}_C}{Z_C} = \dfrac{U_p \angle 120°}{|Z| \angle \varphi} = I_p \angle 120° - \varphi \end{cases} \tag{6-55}$$

中线电流　$\dot{I}_N = \dot{I}_A + \dot{I}_B + \dot{I}_C = 0$

所以,负载对称时,只需计算一相电流,其他两相电流可根据对称性直接写出。负载端的线电压与相电压的关系如图 6-28(b)所示为

$$\begin{cases} \dot{U}_{AB} = \sqrt{3} \dot{U}_A \angle 30° = \sqrt{3} U_p \angle 30° = U_1 \angle 30° \\[1mm] \dot{U}_{BC} = \sqrt{3} \dot{U}_B \angle 30° = \sqrt{3} U_p \angle -90° = U_1 \angle -90° \\[1mm] \dot{U}_{CA} = \sqrt{3} \dot{U}_C \angle 30° = \sqrt{3} U_p \angle 150° = U_1 \angle 150° \end{cases} \tag{6-56}$$

由此可得

$$U_1 = \sqrt{3} U_p \tag{6-57}$$

对称三相 Y-Y 连接电路的特点可归纳如下:

1)电源端和负载端的线电压、相电压、线电流、相电流都是对称的。

2)线电流等于相电流。

3)电源端和负载端的线电压都等于各端相电压的倍,相位上都比各对应相电压超前30°。

4)对称负载 Y 连接时,可将各相分别看作单相电路计算。

例 6-11　图 6-27 所示三相四线制供电线路上,接入三相电灯负载,接成星形,设线电压为 380V,每一组电灯负载的等效电阻是 400Ω,试计算:

(1) 在正常工作时,电灯负载的电压和电流为多少?

(2) 如果一相断开时,其他两相负载的电压和电流为多少?

(3) 如果一相发生短路,其他两相负载的电压和电流为多少?

(4) 若中线 NN′ 断开,一相断开时,其他两相负载的电压和电流为多少?

(5) 若中线 NN′ 断开,一相短路时,其他两相负载的电压和电流为多少?

解　(1)在正常情况下,三相负载对称

负载电压为　$U_p = \dfrac{380}{\sqrt{3}} = 220(V)$

负载电流为　$I_p = \dfrac{220}{400} = 0.55(A)$

(2)当一相断路,其余两相的负载电压仍然为 $U_p = 220V$,故

$\qquad I_p = 0.55(A)$

(3)当一相短路,其余两相仍能正常工作。

(4)若中线 NN′ 断开,一相断开时,其余两相的负载电压为

$$U_p = \frac{380}{2} = 190(V)$$

低于额定电压 220V,不能正常工作。

负载电流为　$I_p = \dfrac{190}{400} = 0.475(A)$(灯暗)

(5)若中线 NN′ 断开,一相短路时,其他两相负载电压为 $U_p = 380(V)$,高于额定电压 220V,不能正常工作。

负载电流为　$I_p = \dfrac{380}{400} = 0.95(A)$(灯亮)

可见,三相四线制供电时,为保证每相负载正常工作,中线不能断开,即不允许接入开关或保险丝。

(3)不对称三相负载

当三相负载中有任何一相阻抗与其他两相阻抗的模值或幅角不同时,就构成不对称的三相负载。它与对称三相电路的分析方法相同,但由于阻抗不同每相电流要逐一计算,中性线电流将不为零。

例 6-12　在图 6-27 所示三相四线制供电线路上,电源电压对称,每相电压 $U_p =$

220V,若将三相不对称电灯负载,接成星形,在额定电压下其电阻分别为 $R_A = 5\Omega$, $R_B = 10\Omega$, $R_C = 20\Omega$,求负载相电压、负载电流及中性线电流。(电灯的额定电压为 220V)

解　在负载不对称而有中性线的情况下,负载的相电压与电源的相电压相等,也是对称的,其负载相电压有效值 $U_p = 220V$, $Z_A = R_A = 5\Omega$, $Z_B = R_B = 10\Omega$, $Z_C = R_C = 20\Omega$,则负载电流为

$$\begin{cases} \dot{I}_A = \dfrac{\dot{U}_A}{Z_A} = \dfrac{220\angle 0°}{5} = 44\angle 0° (A) \\[3mm] \dot{I}_B = \dfrac{\dot{U}_B}{Z_B} = \dfrac{220\angle -120°}{10} = 22\angle -120° (A) \\[3mm] \dot{I}_C = \dfrac{\dot{U}_C}{Z_C} = \dfrac{220\angle 120°}{20} = 11\angle 120° (A) \end{cases}$$

中性线电流

$$\dot{I}_N = \dot{I}_A + \dot{I}_B + \dot{I}_C = (44\angle 0° + 22\angle -120° + 11\angle 120°) = 29.1\angle 19° (A)$$

2. 三相负载的△形连接

(1)连接形式

把三相负载的首、尾端依次相接连成一个闭环,再把三个端点和电源的三根端线相连。这种连接方法叫作负载的三角形连接,如图 6-29(a)所示。

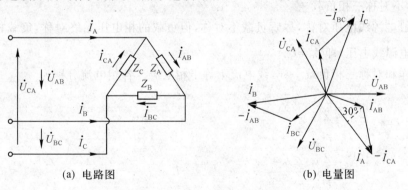

(a) 电路图　　　　　　　　　　(b) 电量图

图 6-29　三相负载的△形连接

(2)对称负载

从图 6-29(a)所示可知负载相电压等于电源线电压,即

$$\dot{U}_p = \dot{U}_l \tag{6-58}$$

电流的参考方向如图 6-29(a)所示。其中 $\dot{I}_A$, $\dot{I}_B$, $\dot{I}_C$ 为线电流, $\dot{I}_{AB}$, $\dot{I}_{BC}$, $\dot{I}_{CA}$ 为相电流,根据 KCL,得相量表达式

$$\begin{cases} \dot{I}_{A} = \dot{I}_{AB} - \dot{I}_{CA} \\ \dot{I}_{B} = \dot{I}_{BC} - \dot{I}_{AB} \\ \dot{I}_{C} = \dot{I}_{CA} - \dot{I}_{BC} \end{cases} \tag{6-59}$$

三相负载对称时,各负载的相电流有效值相等,相位互差120°,如图 6-29(b)所示,具有对称性,即

$$\begin{cases} I_{AB} = I_{BC} = I_{CA} = I_{p} = \dfrac{U_{p}}{|Z|} \\ \varphi_{AB} = \varphi_{BC} = \varphi_{CA} = \varphi = \arctan \dfrac{X}{R} \end{cases} \tag{6-60}$$

为此线电流也对称,即 $I_{A} = I_{B} = I_{C} = I_{l}$。

由图 6-29(b)相量图所示可知线电流比相应的相电流滞后30°,即

$$\begin{cases} I_{A} = \sqrt{3} \, I_{AB} \angle -30° \\ I_{B} = \sqrt{3} \, I_{BC} \angle -30° \\ I_{C} = \sqrt{3} \, I_{CA} \angle -30° \end{cases} \tag{6-61}$$

有效值为

$$I_{l} = 2I_{p} \cos 30° = \sqrt{3} \, I_{p} \tag{6-62}$$

(3)不对称三相负载

一般电源线电压对称,尽管负载不对称,但负载的相电压始终对称,负载相电压仍然等于电源线电压,即 $\dot{U}_{p} = \dot{U}_{l}$。

同样和对称三相负载一样,线电流不等于相电流。各相电流分别为

$$\begin{cases} \dot{I}_{AB} = \dfrac{\dot{U}_{AB}}{Z_{AB}} \\ \dot{I}_{BC} = \dfrac{\dot{U}_{BC}}{Z_{BC}} \\ \dot{I}_{CA} = \dfrac{\dot{U}_{CA}}{Z_{CA}} \end{cases} \tag{6-63}$$

线电流仍用式(6-59)计算。

总之,三相负载△形连接时负载相电压和线电压、负载相电流和线电流的有效值之间的关系为

$$\begin{cases} U_{l} = U_{p} \\ I_{l} = \sqrt{3} \, I_{p} \end{cases} \tag{6-64}$$

在三相电源和三相负载连接时,有四种连接方式,即 Y-Y,Y-△,△-Y,△-△连接。实际三相负载采用哪种连接,取决于三相负载的额定电压和三相电源的线电压。如负载

的额定电压等于电源的线电压,应采用△连接;若负载的额定电压是电源线电压的 $\sqrt{3}/3$,则采用 Y 形连接。

例 6-13　有一台三相异步电动机,额定电压为 220V,每相绕组的阻抗为 100Ω,接在线电压为 380V 的三相电源上工作。试求:(1)电动机三相绕组应怎样连接;(2)正常工作时线电流为多大? (3)若电动机的额定电压为 380V,其他条件都不变,再求问题(1)。

解:(1)因为负载额定电压为 220V,电源线电压为 380V,应采用 Y 形连接,此时负载相电压为

$$U_{\mathrm{p}}=\frac{U_1}{\sqrt{3}}=\frac{380}{1.732}=220(\mathrm{V})$$

(2)因为负载为 Y 形连接,所以　$I_1=I_{\mathrm{p}}=\dfrac{U_{\mathrm{p}}}{Z}=\dfrac{220}{100}=2.2(\mathrm{A})$

(3)因为负载额定电压为 380V,电源线电压为 380V,应采用△形连接,此时负载相电压为

$$U_{\mathrm{p}}=U_1=380(\mathrm{V})$$

6.3　二极管整流电路

利用整流二极管的单向导电性这一特性将大小、方向都变化的交流电变成单方向脉动的直流电,这一过程称为整流。而完成这一功能的电路称为整流电路。按整流输出的波形不同可分为半波整流和全波整流(桥式整流)。按交流电的相数不同可分为单相整流、三相整流,本节只介绍单相整流。

6.3.1　单相半波整流电路

1. 电路组成及工作原理

(1)电路组成

图 6-30(a)所示是单相半波整流电路,它由电源变压器 T,二极管 D 和负载 R_{L} 组成。

(2)工作原理

设变压器次级电压 u_2 的正弦波形如图 6-30(b)所示。当 u_2 处于正半周时,设 a 端为正,b 端为负,则二极管在正向电压作用下导通,电流 i_0 由 a 经 D,R_{L} 到 b,流过二极管的电流 $i_{\mathrm{D}}=i_0$,因二极管正向压降很小,可以忽略,负载两端电压 $u_0=u_2$。

当 u_2 处于负半周时,设 a 端为负,b 端为正,二极管在反向电压作用下截止,负载中无电流通过,负载两端电压 $u_0=0$,这时 u_2 会全部加在二极管 D 上。可见,在交流电压的

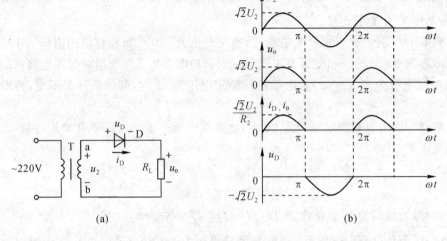

图 6-30　单相半波整流电路

一个周期内，R_L 上只有半个周期有单方向的电流，故称为半波整流。若不考虑二极管正向压降，则 u_o, i_D, i_o, u_D 的波形如图 6-30(b) 所示。负载中电流的方向不变，但大小在变化，即为脉动直流电。

2. 输出电压和电流的计算

(1) 输出直流电压 U_o。

直流电压是指一个周期内脉动电压的平均值。设 $u_2 = \sqrt{2}\,U_2\sin(\omega t)$，则负载两端电压的平均值（输出直流电压）$U_o$ 与变压器次级电压有效值 U_2 的关系为

$$U_o = \frac{1}{2\pi}\int_0^\pi \sqrt{2}\,U_2\sin\omega t\,\mathrm{d}(\omega t) = \frac{\sqrt{2}}{\pi}U_2 \approx 0.45U_2 \tag{6-65}$$

(2) 输出直流电流 I_o。

输出直流电流是指流过负载的平均电流，即

$$I_o = I_D = 0.45\frac{U_2}{R_L} \tag{6-66}$$

3. 二极管两端的电压和电流

二极管导通时，正向电流 I_D 等于负载的平均电流 I_o。

承受的最大反向电压 U_{RM} 就是 u_2 的峰值电压，即

$$U_{RM} = \sqrt{2}\,U_2 \tag{6-67}$$

所以选择整流二极管时，最大整流电流和反向耐压值应分别大于由式 (6-66) 和式 (6-67) 所求得的数值。

虽然单相半波整流电路结构简单，但电源利用率低，输出电压脉动大，直流电压小，故不被广泛应用。

6.3.2　单相全波整流电路

1.电路组成及工作原理

全波整流电路利用具有中心抽头的变压器与两个二极管配合,使两个二极管在正半周和负半周内轮流导电,而且两者流过 R_L 的电流保持同一方向,从而使正、负半周在负载上均有输出电压。全波整流的原理图如图 6-31(a)所示。

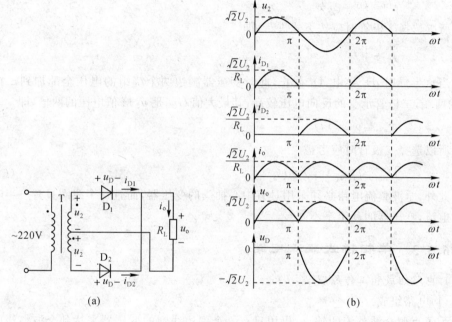

(a)　　　　　　　　　　　　　　　　(b)

图 6-31　单相全波整流电路

变压器的两个副边电压大小相等,同名端如图 6-34 所示。当 u_2 的极性为如图所示上正下负(称之为正半周)时,D_1 导电,D_2 截止,i_{D1} 流过 R_L,在负载上得到的输出电压,极性为上正下负;当 u_2 负半周时,u_2 的极性与图示相反,此时 D_1 截止,D_2 导电,i_{D2} 流过 R_L 产生的电压极性也是上正下负,与正半周时相同,因此在负载上可以得到一个单方向的脉动电压。全波整流电路的波形如图 6-31(b)所示。

2.输出电压和电流的计算

(1)输出直流电压 U_o。

由图 6-31 所示的波形图可见,全波整流电路输出电压 u_o 的波形所包围的面积是半波整流电路的两倍,所以其平均值也是半波整流的两倍,即

$$U_o = \frac{2}{2\pi} \int_0^\pi \sqrt{2}\, U_2 \sin\omega t\, d(\omega t) = \frac{2\sqrt{2}}{\pi} U_2 \approx 0.9\, U_2 \tag{6-68}$$

(2)输出直流电流 I_o。

$$I_o = 0.9 \frac{U_2}{R_L} \tag{6-69}$$

3.二极管两端的电压和电流

由图 6-31 所示可知,在整个周期中,D_1,D_2 轮流导电和截止,流经二极管的电流平均值 I_D 为负载电流 I_o 的一半,即

$$I_{D1} = I_{D2} = \frac{1}{2} I_o \tag{6-70}$$

所以选择二极管时应按下式进行,即

$$I_F \geqslant \frac{1}{2} I_o \tag{6-71}$$

当负半周时,D_2 导电,D_1 截止,此时变压器副边两个绕组的电压全部加到二极管 D_1 的两端,二极管承受的反向电压较高,其最大值 U_{DM} 是 u_2 峰值电压的两倍,即

$$U_{DM} = 2\sqrt{2} U_2 \tag{6-72}$$

所以选择二极管时应考虑

$$U_{RM} \geqslant U_{DM} = 2\sqrt{2} U_2 \tag{6-73}$$

此外,全波整流电路必须采用具有中心抽头的变压器,而且每个线圈只有一半时间通过电流,变压器的利用率不高。

6.3.3　单相桥式整流电路

1.电路组成和工作原理

（1）电路组成

为了克服全波整流的缺点,仍用只有一个副边线圈的变压器来达到全波整流的目的,电路中采用了四个二极管,接成电桥形式,称桥式整流电路,如图 6-32(a)所示。桥式整流电路也可画成如图 6-32(b),(c)所示的形式。

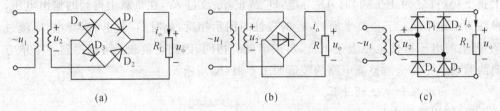

(a)　　　　　　　　(b)　　　　　　　　(c)

图 6-32　单相桥式整流电路

（2）工作原理

由图 6-32 所示可见,在 u_2 的正半周内,二极管 D_1,D_3 导电,D_2,D_4 截止;u_2 负半周时,D_2,D_4 导电,D_1,D_3 截止。正、负半周均有电流流过负载电阻 R_L,无论在正半周还是

负半周,流过 R_L 的电流方向是一致的,因而使输出电压的直流成分得到提高,脉冲成分降低。桥式整流电路的波形如图 6-33 所示。

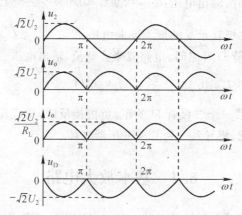

图 6-33 桥式整流电路波形图

2. 输出电压和电流的计算

(1)输出直流电压 U_o。

由图 6-33 所示的波形可见,桥式整流电路输出电压 U_o 的波形所包围的面积和全波整流电路的相同,所以其平均值为

$$U_o = \frac{2}{2\pi} \int_0^\pi \sqrt{2}U_2 \sin\omega t \mathrm{d}(\omega t) = \frac{2\sqrt{2}}{\pi} U_2 \approx 0.9 U_2 \qquad (6\text{-}74)$$

(2)输出直流电流 I_o。

$$I_o \approx 0.9 \frac{U_2}{R_L} \qquad (6\text{-}75)$$

3. 二极管两端的电压和电流

二极管的最大整流电流为

$$I_F \geqslant I_{D1} = I_{D2} = I_{D3} = I_{D4} = \frac{1}{2} I_o \qquad (6\text{-}76)$$

由图 6-33 可知,二极管截止时所承受的最大反向电压 U_{DM} 为 u_2 的峰值电压,即 $U_{DM} = \sqrt{2} U_2$,所以选择二极管时应考虑

$$U_{RM} \geqslant U_{DM} = \sqrt{2} U_2 \qquad (6\text{-}77)$$

由上式可知,在相等的 R_L 条件下桥式整流的二极管所承受的最大反向电压仅为具有中心抽头的变压器的全波整流电路的一半,且无需中心抽头的变压器,所以应用广泛。

例 6-14 单相桥式整流电路如图 6-32(a)所示。已知变压器副边电压 $u_2 = 25\sin2\pi ft(\mathrm{V})$,$R_L = 1\mathrm{k}\Omega$。试求:(1)正常工作时的输出电压 U_o;(2)正常工作时,二极管承受的最大反向电压 U_{DM};(3)当某一个二极管 D 开路时,输出电压 U_o;(4)当 $D_1 \sim D_4$

中某一个二极管 D 的正、负极接反时,将产生什么后果?

解 (1)正常工作时,输出电压:$U_o = 0.9U_2 = 0.9 \times \dfrac{25}{\sqrt{2}} = 15.9(\text{V})$

(2)正常工作时,二极管承受的最大反向电压:$U_{DM} = \sqrt{2}U_2 = U_{2M} = 25(\text{V})$

(3)当某一个二极管 D 开路时,电路成半波整流,输出电压

$$U_o = 0.45U_2 = 0.45 \times \frac{25}{\sqrt{2}} = 7.95(\text{V})$$

(4)当 $D_1 \sim D_4$ 中某一个二极管 D 的正、负极接反时,出现两个正向偏置二极管直接与变压器并接的情况,将导致二极管或变压器烧坏。

6.4 基本放大电路

基本放大电路是构成电子线路最基本的单元。它的目的是将微弱的电信号加以放大,以推动负载工作。例如,收音机就是将微弱的电磁波信号经过变换和放大,推动扬声器而发出声音的。本节主要介绍三种典型电路:共射极电压放大电路、集成运算放大电路和正弦波振荡电路,阐述它们的组成、工作原理以及电子线路的基本分析方法。

6.4.1 共射极电压放大电路

1.共射极放大电路的组成和工作原理

(1)电路的组成

构成三极管放大电路的基本原则是:

1)发射结正向偏置,集电结反向偏置;

2)合适的静态工作点;

3)保证输入信号不失真地经过放大器输出。

图 6-34 所示的是由 NPN 型三极管组成的共射极基本放大电路。输入回路信号 u_i 加在三极管的基—射极之间,而输出回路信号 u_o 取自三极管的集—射极之间,发射极作为输入、输出回路的公共端,所以称为共射极放大电路。

图 6-34 所示电路中各元件的作用为:直流电源 V_{CC} 通过直流偏置电阻 R_B,R_C 为三极管提供在放大区所需的直流偏置电压;而基极偏置电阻 R_B 同时防止输入的交流信号被直流电源短路;集电极偏置电阻 R_C 同时将三极管的电流放大作用转换为电压放大,并防止输出的交流信号被直流电源短路;耦合电容 C_1 和 C_2 用来"隔离直流,传递交流";三极管 T 是放大电路的核心器件,实现对输入电流的放大,起着能量转换的作用;R_L 为负载电阻。(接地"⊥"表示电路的参考零电位又称公共参考端,并不一定直接接地。)

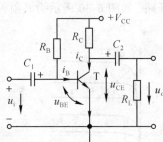

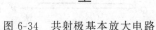

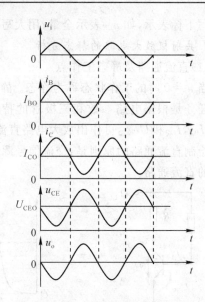

图 6-34　共射极基本放大电路　　　　图 6-35　电流、电压变化波形

C_1 和 C_2 采用有极性的电解电容,其电容值要求足够大,约为几微法到几十微法,使得其交流容抗足够小,对交流相当于短路,而对直流其容抗足够大相当于开路,从而使交流信号顺利输入输出。

(2)电路工作原理

由图 6-34 可见,无输入信号 $u_i=0$ 时,电路在直流电源作用下已存在直流电流和直流电压。当输入交流信号(设 $u_i=U_{im}\sin\omega t(\mathrm{mV})$)加在三极管基极与发射极之间,B-E 极之间的电流和电压将随之发生变化,很明显,此时 B-E 极之间的电压为在原来的直流电压上叠加一正弦交流电压,即 $u_{BE}=U_{BE}+u_{be}$,u_{be} 产生 i_b,基极电流 i_B 也是直流与交流的叠加,即 $i_B=I_B+i_b$。

由于三极管工作在放大区,具有电流放大作用,因此,基极电流的变化将引起集电极电流发生更大的变化,即 $i_C=\beta i_B$,i_C 也是交直流的叠加,即 $i_C=I_C+i_c$,i_C 流过 R_C,使得电流的放大转换为电压的放大,集电极电压 u_{CE} 也发生相应的变化,即 $u_{CE}=U_{CE}+u_{ce}$。由于电容的隔直作用,输出交流电压 u_o 等于 C-E 极之间放大的交流电压 u_{ce},即 $u_o=u_{ce}$。其电压的放大过程为 $u_i \rightarrow u_{be} \rightarrow i_b \rightarrow i_c=\beta i_b \rightarrow u_{ce}=-i_c \times R_C \rightarrow u_o$。如图 6-35 所示为放大电路各工作电流、电压变化波形。

可见,共射极电压放大电路是一个交直流信号共存的放大电路,其实质是将直流电源提供的能量转换为交流电能的输出,所以分析电路要从静态和动态考虑。

为明确表示信号性质,通常作如下规定:静态值用大写字母大写下标表示,如 U_{CE} 表示直流分量;动态值用小写字母小写下标表示,如 u_{ce} 表示交流分量;叠加值用小写字母大写下标表示,如 u_{CE} 表示全量;用大写字母小写下标表示交流分量有效值,如 U_{ce}。

2. 共射极放大电路的静态分析

(1)直流通路及静态工作点

当 $u_i=0$ 时的工作状态称为静态。静态时,电路中的电流和电压均为直流。静态分析的任务是根据电路参数和三极管的特性来确定静态工作点(用 Q 点表示)参数的:U_{BEQ},I_{BQ},I_{CQ} 和 U_{CEQ},可作出放大电路直流通路来进行分析。

绘制直流通路的原则是:交流信号源短路,电容开路。如图 6-36 所示为共射极放大电路的直流通路。

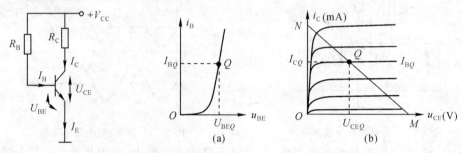

图 6-36   直流通路   图 6-37   图解分析静态法

(2)静态工作点的估算

根据 KVL,由图 6-36 可知,基极电流 I_{BQ} 为

$$I_{BQ}=\frac{V_{CC}-U_{BEQ}}{R_B} \tag{6-78}$$

U_{BEQ} 是三极管的发射结导通压降,可视为常量,硅管按 $0.6\sim0.7\text{V}$ 估算,锗管按 $0.2\sim0.3\text{V}$ 估算。当电路的直流电源 V_{CC} 远远大于 U_{BE} 时,$I_{BQ}\approx\dfrac{V_{CC}}{R_B}$。

由三极管的电流放大作用知

$$I_{CQ}=\beta I_{BQ} \tag{6-79}$$

根据 KVL,得

$$U_{CEQ}=V_{CC}-I_{CQ}R_C \tag{6-80}$$

若 $U_{CEQ}<1\text{V}$,三极管接近于饱和状态,式(6-79)不成立,C-E 极间的电压为饱和电压 U_{CES},硅管约为 0.3V,锗管约为 0.1V,此时饱和电流 I_{CS} 为

$$I_{CS}=\frac{V_{CC}-U_{CES}}{R_C}\approx\frac{V_{CC}}{R_C} \tag{6-81}$$

例 6-15   如图 6-34 所示,$V_{CC}=+12\text{V}$,$R_C=4\text{k}\Omega$,$R_B=300\text{k}\Omega$,$\beta=37.5$。求 Q 点的各参数。

解   设三极管为硅管,则 $U_{BEQ}\approx0.7\text{V}$,忽略不计,则

$$I_{BQ} \approx \frac{V_{CC}}{R_B} = \frac{12}{300} = 0.04(\text{mA}) = 40(\mu\text{A})$$

$$I_{CQ} \approx \beta I_{BQ} = 37.5 \times 0.04 = 1.5(\text{mA})$$

$$U_{CEQ} = V_{CC} - I_{CQ}R_C = 12 - 1.5 \times 4 = 6(\text{V})$$

（3）静态工作点的图解分析法

图解分析静态的任务是用作图的方法确定静态工作点 Q 在特性曲线上的位置，从而得到对应的参数，如图 6-37 所示。

图解法求静态工作点的步骤：

1）画出准确的三极管输入、输出特性曲线。

2）作直流负载线

放大器直流通路的输出回路的电压方程 $U_{CE} = V_{CC} - I_C R_C$ 是一个以 I_C 为自变量、U_{CE} 为函数的直线方程。这条直线与输出特性曲线的水平轴和垂直轴相交于两点，即当 $I_C = 0$ 时，$U_{CE} = V_{CC}$ 得 M 点；当 $U_{CE} = 0$ 时，$I_C = V_{CC}/R_C$ 得 N 点；在输出特性曲线图中连接 MN 构成的直线，就是放大电路的直流负载线。

3）由直流通路得到输入回路方程 $I_{BQ} = \dfrac{V_{CC} - U_{BEQ}}{R_B}$，求出基极电流 I_{BQ}。在输入特性曲线上纵坐标为 I_{BQ} 的点即为 Q 点，Q 点对应的横坐标为 U_{BEQ}。

4）而在输出特性曲线上由 I_{BQ} 对应的那条输出特性曲线与直流负载线的交点也为静态工作点 Q。Q 点的坐标值即为 I_{CQ} 和 U_{CEQ}。如图 6-37 所示。

3. 共射极放大电路的动态分析

放大电路的动态是指放大电路在静态值确定后输入交流信号的工作状态。此时，放大电路中电流和电压都是交流量与直流量的叠加。

（1）放大电路的交流通路

电路中交流信号传递的路径称为交流通路，它是电路动态分析的依据。

在交流电路中，电容器的容抗很小，同时，理想的直流电源内阻为零，所以，将电路中的电容和直流电源视为短路，这样处理以后的电路就是放大电路的交流通路，如图 6-38 所示。

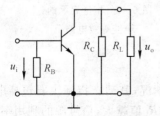

图 6-38　交流通路

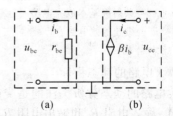

图 6-39　三极管的微变等效模型

（2）放大电路的微变等效电路

由于三极管是一个非线性元件，一般不能用计算线性电路的方法来计算含有非线性元件的电路。但放大电路的输入信号电压很小时，可以把三极管小范围内的特性曲线近似地用直线来代替，从而可以把三极管这个非线性器件所组成的电路当作线性电路来处理，使放大电路的分析和设计简化。

1）三极管的微变等效模型

从图 6-37（a）所示的三极管的输入特性曲线可见，输入微小的信号在 Q 点附近的曲线可看作直线。当 u_{CE} 为常数时，ΔU_{BE} 与 ΔI_B 之比称为三极管的输入电阻 r_{be}，显然，r_{be} 的大小与静态工作点的位置有关。因此，输入回路可等效如图 6-39（a）所示。

常见低频小功率三极管的输入电阻可以用下式估算，即

$$r_{be} = 300 + (1+\beta)\frac{26 \times 10^{-3}}{I_{EQ}} (\Omega) \qquad (6\text{-}82)$$

从图 6-37（b）所示的三极管的输出特性曲线可见，当 i_B 不变时，在放大区 i_C 基本不随 u_{CE} 的变化而变化（$\Delta i_C \rightarrow 0$），即三极管具有恒流特性。

由 $\beta = \dfrac{\Delta I_C}{\Delta I_B}$ 知，输出回路可等效为一个受 i_b 控制的恒流源，且电流源两端还要并联一个大电阻 r_{ce}，$r_{ce} = \dfrac{\Delta u_{ce}}{\Delta i_c} \rightarrow \infty$，故可作开路处理，如图 6-39（b）所示。

2）放大电路的微变等效电路

将图 6-38 共射极基本放大电路的交流通路的三极管用图 6-39 微变等效模型代替，就得到了放大电路的微变等效电路，如图 6-40 所示，其中的电压电流参考方向都用交流量。

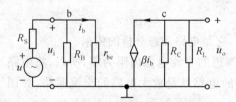

图 6-40　共射极基本放大电路
的微变等效电路

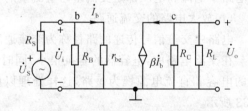

图 6-41　相量表示的
微变等效电路

（3）动态分析

1）放大电路的动态指标

放大电路的动态分析关注的是交流信号的传递情况，其动态指标主要包括电压放大倍数 A_u、输入电阻 R_i 和输出电阻 R_o。通常情况下，R_i 值越大，信号源的利用率越高；R_o 的数值越小，放大器的输出电压受负载的影响越小，放大器的带负载能力越强。

2）动态指标的计算

①电压放大倍数 $\dot{A}_u$

输入电压为正弦交流量,根据图 6-41 所示得相量表达式

$$\dot{U}_o = -\dot{I}_C(R_C /\!/ R_L) = -\beta\dot{I}_b(R_C /\!/ R_L) = -\beta\dot{I}_b R_L'$$

$$\dot{U}_i = \dot{I}_b r_{be}$$

$$\dot{A}_u = \frac{\dot{U}_o}{\dot{U}_i} = -\beta\frac{R_L'}{r_{be}},\text{其中 } R_L' = R_L /\!/ R_C \tag{6-83}$$

式中:负号表示共射极基本放大电路的输出电压与输入电压相位相反。不难理解,放大器带负载以后其放大倍数要下降。

②输入电阻 R_i

由图 6-41 所示的输入端可以看出共射极放大电路的输入电阻为 $R_i \approx R_B /\!/ r_{be}$。在共射极放大电路中,通常 $R_B \gg r_{be}$,故

$$R_i \approx r_{be} \tag{6-84}$$

③输出电阻 R_o

在图 6-41 中,首先将输入信号源 $\dot{U}_S$ 短路,保留信号源内阻 R_S,断开负载($R_L = \infty$),外加电压源 $\dot{U}$,求出在此电压源作用下的电流 $\dot{I}$,则输出电阻为

$$R_o = \frac{\dot{U}}{\dot{I}}\bigg|_{\dot{U}_S=0, R_L=\infty} \tag{6-85}$$

由图可见,$\dot{U}_S = 0$ 时,$\dot{I}_b = 0$,$\beta\dot{I}_b = 0$,受控电流源开路,故输出电阻为

$$R_o \approx R_C \tag{6-86}$$

(4)动态的图解分析

放大电路除了希望有足够的放大倍数以外,还要求其输出幅度尽可能大而不失真,利用图解法可以直观反映放大电路动态电压、电流的变化情况,如图 6-42 所示。

当输入端加微小交流信号 u_i 时,将会引起基极电流 I_b 的变化,这就是基极电流的交流分量,设该交流分量为 $i_b = 10\sin\omega t(\mu A)$,电路的基极静态电流 $I_{BQ} = 30\mu A$,则实际流入基极的电流 I_b(交流与直流的叠加)将在 $30\mu A$ 上下波动 $10\mu A$。

随着基极电流的变化,电路的工作点以 Q 为中心沿负载线在 $Q' \sim Q''$ 之间往返移动。$Q' \sim Q''$ 之间的纵坐标对应集电极电流的变化情况,如图 6-42 中的 i_C,$Q' \sim Q''$ 之间的横坐标则对应了 u_{ce} 的变化情况。$Q' \sim Q''$ 之间为工作点移动轨迹,就是放大电路的动态范围,交流分量 u_{ce} 就是输出交流电压 u_o。由图可知,u_o 和 u_i 相位相反。

在图 6-42 中,将工作点 Q 设置在负载线的中间,动态范围最大。如果静态工作点 Q 设置得过高或过低,将造成输出信号的波形失真。由于三极管的非线性所引起的失真称为非线性失真,非线性失真有截止失真和饱和失真。

若静态工作点 Q_1 设置得太低,I_{BQ},I_{CQ} 偏低,接近截止区,U_{be} 电压也偏小。这时在输

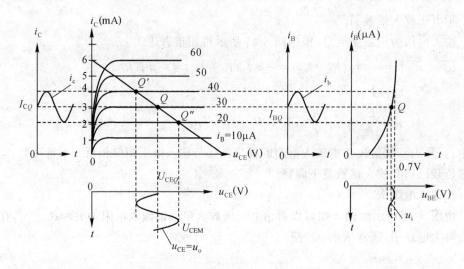

图 6-42　图解法分析动态电压、电流的变化情况

入信号的负半周,有一段时间三极管发射极反偏而截止,此时集电极电流 i_C 几乎为零,使 i_C 的负半周和 u_{CE} 的正半周的波形被削平,出现了输出波形 u_o 的顶部被削的现象,这种失真称为截止失真,如图 6-43 中波形 A 所示。

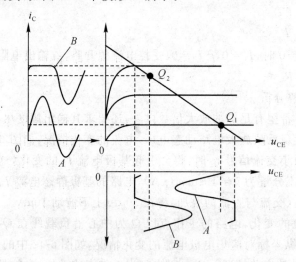

图 6-43　Q 点对波形失真的影响

若静态工作点 Q_2 设置得太高,I_{BQ},I_{CQ} 偏高,接近饱和区,这时在输入信号的正半周期,有一段时间三极管工作在饱和状态,此时集电极电流 i_C 基本不变,使 i_C 的正半周和 u_{CE} 的负半周的波形产生畸变,出现了输出波形 u_o 的底部被削的现象,这种失真称为饱和失真,如图 6-43 中波形 B 所示。

以上分析的是 NPN 型三极管,对 PNP 型管波形的削顶现象正好相反。

可见,要使放大电路不产生非线性失真,必须有合适的静态工作点。

6.4.2　集成运算放大电路

1. 集成运算放大器

集成运算放大器是一种具有高放大倍数、高输入电阻、低输出电阻的直接耦合的多级放大电路。它的内部电路结构框图如图 6-44 所示,主要由输入级、中间放大级、功率输出级和偏置电路四部分组成。

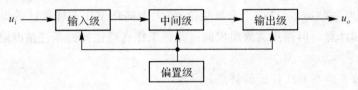

图 6-44　集成运放内部电路框图

集成运算放大器的符号如图 6-45(a),(b)所示。它有两个输入端:同相输入端 u_+ "＋"、反相输入端 u_- "－",一个输出端 u_o。F007 的管脚如图 6-45(c)所示,同相输入端为 3 号脚,反相输入端为 2 号脚,输出端为 6 号脚,电源的正"$+V_{CC}$"端为 7 号脚,负"$-V_{CC}$"端为 4 号脚,1 号脚和 5 号脚为两个外接的调零端,8 号脚为空脚。

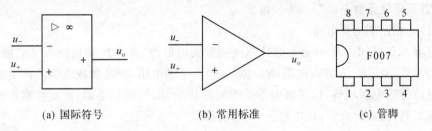

| (a) 国际符号 | (b) 常用标准 | (c) 管脚 |

图 6-45　集成运放符号和管脚

由于实际集成运放与理想集成运放比较接近,在一般工程中,为了简化分析和计算各种应用电路,通常把集成运放看作是理想的。

所谓理想集成运放,就是将集成运放的各项技术指标理想化,即

(1)开环电压放大倍数 $A_{od} \rightarrow \infty$;

(2)开环差模输入电阻 $r_{id} \rightarrow \infty$;

(3)开环输出电阻 $r_o = 0$;

(4)共模抑制比 $K_{CMR} \rightarrow \infty$;

(5)$-3dB$ 带宽 $f_H \rightarrow \infty$;

(6)无干扰、噪声。

当理想集成运放工作在线性区时,输出电压与输入电压呈线性关系,根据它的理想

化参数可导出两个重要结论：

（1）流入同相输入端的电流 i_+ 和流入反相输入端的电流 i_- 均等于零，称其为"虚断"。这是由于理想运放的输入电阻 $r_{id}=\infty$，它不从信号源索取电流。即

$$i_+=i_-=0 \tag{6-87}$$

（2）同相输入端和反相输入端电位相等，也就是两输入端的电压相等，称其为"虚短"。这是由于 $u_i=u_--u_+=u_o/A_{od}$，$A_{od}\to\infty$，u_o 为有限值，所以 $u_--u_+\to0$。即

$$u_-=u_+ \tag{6-88}$$

利用"虚断"和"虚短"这两个重要结论，将大大简化工作在线性区的集成运算放大电路的分析和计算。但理想运放组成的电路要工作在线性区的条件是电路中必须有负反馈。

理想运放工作在非线性区的特点：

（1）$u_->u_+$，$u_o=-U_{om}$；$u_-<u_+$，$u_o=+U_{om}$。（U_{om} 为运放的最大输出电压）

（2）运放的差模输入电压 u_--u_+ 可能很大，即 $u_-\neq u_+$，也就是说此时"虚短"不存在。

2.线性运用的集成运放电路

集成运算放大器有三种输入方式，即反相输入方式、同相输入方式和差模输入方式，它们是集成运放电路最基本的形式。

（1）反相比例运算电路

将输入信号加入反相输入端且按比例放大的电路，称为反相比例运算电路，如图6-46所示。其中 R_1 为输入电阻，$R_p=R_1/\!/R_f$ 为平衡电阻，即从集成运放的两个输入端向外看的等效电阻相等，以保证电路处于对称状态，R_f 为反馈电阻，跨接在输出和反相输入端之间，构成负反馈，使电路工作在线性区。

由于同相输入端接地，$u_+=0$，根据"虚短"特点得 $u_+=u_-=0$。

通常称 N 点为"虚地"，即

$$i_1=\frac{u_i}{R_1}, \quad i_f=\frac{u_o}{R_f}$$

由"虚断"特点 $i_+=i_-=0$ 知 $i_1=i_f$，故

$$\frac{u_i}{R_1}=-\frac{u_o}{R_f}$$

$$u_o=-\frac{R_f}{R_1}u_i \tag{6-89}$$

电压放大倍数 A_u 为

$$A_u=\frac{u_o}{u_i}=-\frac{R_f}{R_1} \tag{6-90}$$

可见，输出电压 u_o 与输入电压 u_i 成比例关系，负号说明 u_i 和 u_o 反相。

当 $R_f = R_1$ 时,比例系数为 -1,称反相器。

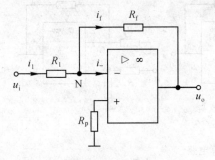

图 6-46 反相比例运算电路

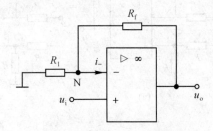

图 6-47 同相比例运算电路

(2)同相比例运算电路

将输入信号加入同相输入端且按比例放大的电路,称为同相比例运算电路,如图 6-47 所示。根据"虚短"$u_+ = u_- = u_i$ 和"虚断"$i_+ = i_- = 0$,则 u_- 在 R_1 和 R_f 串联电路中的分压为

$$u_- = u_i = -\frac{R_1}{R_1 + R_f} u_o$$

$$u_o = (1 + \frac{R_f}{R_1}) u_i \qquad (6-91)$$

电压放大倍数 A_u 为

$$A_u = \frac{u_o}{u_i} = (1 + \frac{R_f}{R_1}) \qquad (6-92)$$

可见,输出电压 u_o 与输入电压 u_i 成比例关系,u_i 和 u_o 同相。当 R_1 断开时,$R_1 \to \infty$,代入式(6-91)则比例系数为 1,$u_o = u_i$,称电压跟随器,它不仅精度高,而且输入电阻大,输出电阻小,如图 6-48 所示。

(3)减法运算电路

减法运算电路又称差动输入比例放大电路,是将多个输入信号同时加入反相输入端和同相输入端的电路,也称为双端输入比例运算电路。为保证运放两输入端对地电阻平衡,取 $R_2 /\!/ R_3 = R_f /\!/ R_1$。如图 6-49(a)所示。

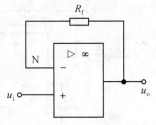

图 6-48 电压跟随器

由于运放工作在线性状态,电路的分析可利用叠加原理。

令 $u_{i1} = 0$,此时为反相输入式放大电路如图 6-49(b)所示,$u_{o1} = u_{i2} \times \frac{-R_f}{R_1}$。

令 $u_{i2} = 0$,此时为同相输入式放大电路如图 6-49(c)所示,$u_p = u_{i1} \frac{R_3}{R_2 + R_3}$,$u_{o2} = u_p \times$

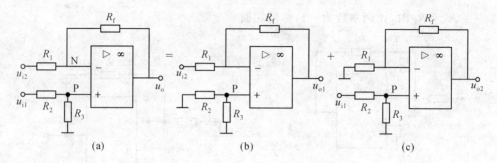

图 6-49　减法运算电路

$(1+\dfrac{R_f}{R_1})$。则输出电压为

$$u_o=u_{o1}+u_{o2}=(\frac{R_3}{R_2+R_3})\times(1+\frac{R_f}{R_1})\times u_{i1}+u_{i2}\times\frac{-R_f}{R_1} \qquad (6\text{-}93)$$

若选择 $R_1=R_2$，$R_f=R_3$，则

$$u_o=\frac{R_f}{R_1}\times(u_{i1}-u_{i2}) \qquad (6\text{-}94)$$

可见，输出电压与输入电压的差值成正比，电路实现了差值放大运算。

（4）积分运算电路

积分运算即输出电压与输入电压成积分关系，是将反相比例运算电路的反馈电阻 R 换为电容器 C 而形成的电路，如图 6-50 所示。

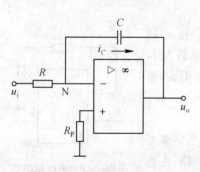

图 6-50　基本积分电路　　　　图 6-51　输入、输出波形

由于同相输入端接地，$u_+=0$，根据"虚短"特点得 $u_+=u_-=0$，N 点为"虚地"，$i_+=i_-=0$，故 $i_R=i_C$，$i_R=\dfrac{u_i}{R}$，$i_C=C\dfrac{du_C}{dt}=-C\dfrac{du_o}{dt}$，由此得

$$\frac{u_i}{R}=-C\frac{du_o}{dt}$$

$$u_o=-\frac{1}{RC}\int u_i\,dt \qquad (6\text{-}95)$$

若 u_i 作用在 t_0 时刻前，电容 C 已充有初始电压 u_{c0}，则从 t_0 至 t 的时间内，积分运算

的输出电压为

$$u_o = -\frac{1}{RC}\int_{t_0}^{t} u_i\,\mathrm{d}t + u_{C0} \tag{6-96}$$

如果输入是方波,则输出将是三角波,波形关系如图 6-51 所示。设 $u_{C0}=0$,分段积分:$0\sim t_1$ 期间电容 C 充电;$t_1\sim t_2$ 期间电容 C 放电。如此周而复始,得三角波输出。

可见,输出电压与输入电压对时间的积分成正比,比例系数为积分时间常数($\tau = RC$)的倒数,负号表示 u_i 和 u_o 反相。

6.4.3 正弦波振荡电路

正弦波振荡电路是一种不需要外接输入信号就能将直流电源转换成具有一定频率和幅值的正弦电压,它作为信号源广泛应用于广播、测量、通信等领域。通常振荡电路分为 RC 振荡电路(1 千赫到几百千赫)、LC 振荡电路(几百千赫以上)和石英晶体振荡电路(频率稳定度高)。本节主要介绍 RC 振荡电路。

1. 产生正弦波振荡的条件

在图 6-52 所示的方框图中,当开关 S 置 1 端时,在外加正弦信号的激励下工作,输出正弦波电压 $\dot{U}_o = \dot{A}\dot{U}_i$。当开关 S 置于 2 端时,得到的反馈电压 $\dot{U}_f = \dot{F}\dot{U}_o$。只要适当地选择电路参数和引入特定极性的反馈信号,使反馈电压 $\dot{U}_f$ 与原来的输入电压 $\dot{U}_i$ 大小相等,相位相同,则放大器的输出电压 $\dot{U}_o$ 将保持不变。这时,放大器依靠来源于其输出的反馈电压而工作,反馈放大器成了振荡器。

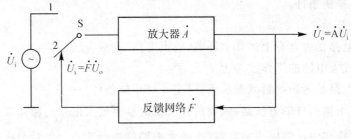

图 6-52 方框图

根据 $\dot{U}_f = \dot{U}_i$ 的要求,可得产生正弦波振荡的条件

$$\dot{U}_f = \dot{F}\dot{U}_o = \dot{F}\dot{A}\dot{U}_i = \dot{U}_i$$

即

$$\dot{A}\dot{F} = 1 \tag{6-97}$$

由于 $\dot{A}=A\angle\varphi_A$,$\dot{F}=F\angle\varphi_F$,代入上式可得两个条件:

(1)幅值平衡条件 $AF=1$,反馈系数与放大倍数之积的模为 1,说明反馈信号与原

输入信号的幅值相等。

(2)相位平衡条件 $\varphi_A + \varphi_F = \pm 2n\pi, n = 0, 1, 2, \cdots$。可见必须引入正反馈。

2.起振条件与稳幅

若要求振荡电路能够自行起振,开始时必须满足 $AF > 1$ 的幅度条件。然后在振荡建立的过程中,随着振幅的增大,电路中由于受非线性元件的限制,使 AF 值逐渐下降,最后达到 $AF = 1$。此时振荡电路处于稳幅振荡状态,输出电压的幅度达到稳定。

起振条件

$$AF > 1 \qquad\qquad\qquad (6\text{-}98)$$

3.振荡电路的组成

(1)放大环节

放大环节的作用是将直流电能转换成振荡的能量,供给维持振荡的能量。

(2)正反馈网络

正反馈网络必须满足振幅平衡条件 $AF \geqslant 1$ 和相位平衡条件 $\varphi_A + \varphi_F = \pm 2n\pi, n = 0, 1, 2, \cdots$。

(3)稳幅环节

稳幅环节产生稳定的信号输出。

(4)选频网络

选频网络选出振荡器产生维持振荡所需要的信号频率,可在放大电路或反馈网络中加入具有选频特性的电路,使得只有某一选定频率的信号满足振荡条件,而其他频率的信号不满足振荡条件。

4.振荡电路的分析方法

(1)检查电路是否具有上述几个环节(放大电路、选频、反馈网络)。

(2)检查放大电路的工作点 Q 是否合适。

(3)分析电路是否满足自激振荡条件(主要是相位条件)。

判断相位平衡条件的方法是:假设断开反馈信号至放大电路的输入端点,并把放大电路的输入阻抗作为反馈网络的负载。在放大电路的断开端点处加信号电压 $\dot{U}_i$,经放大电路和反馈网络得反馈电压 $\dot{U}_f$。根据放大电路和反馈网络的相频特性,分析 $\dot{U}_f$ 和 $\dot{U}_i$ 的相位关系。如果在某一特定频率下相位差为 $\pm 2n\pi (n = 0, 1, 2, \cdots)$,则电路满足相位平衡条件。

5.RC 串并联桥式振荡电路

(1)电路组成

RC 串并联桥式振荡电路用以产生低频正弦波信号。振荡电路如图 6-53 所示。它由 A 放大电路和 R, C 元件组成串并联选频网络及 R_f, R' 支路引入一个负反馈组成。由图可见,串并联网络中的 R_1,C_1 和 R_2,C_2 以及负反馈支路中的 R_f 和 R' 正好组成一个电桥的四个臂,因此称为桥式振荡电路。

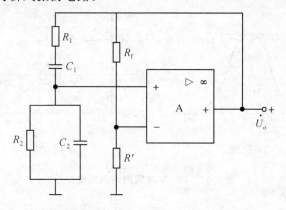

图 6-53 RC 串并联桥式振荡电路

(2)RC 串并联网络的选频特性

首先定性讨论 RC 串并联网络的频率特性。如图 6-54 所示,设输入幅度恒定的正弦电压 $\dot{U}$,当其频率变化时,观察 $\dot{U}_f$ 的变化情况。

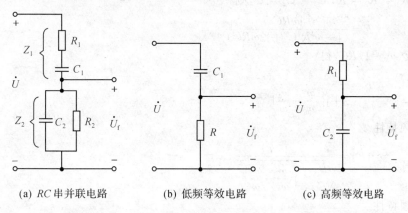

    (a) RC 串并联电路   (b) 低频等效电路   (c) 高频等效电路

图 6-54 RC 串并联网络及其高低频等效电路

1)定性分析

①频率较低时,由于 $1/\omega C_1 \gg R_1$,$1/\omega C_2 \gg R_2$,如图 6-54(b)低频等效电路图所示。ω 愈低,则 $1/\omega C_1$ 愈大,$\dot{U}_f$ 的幅度愈小,其相位超前于 $\dot{U}$ 愈大。当 ω 趋近于零时,$\dot{U}_f$ 趋近于零,见图 6-55(a)幅频特性,φ_F 接近$+90°$,见图 6-55(b)相频特性。

②频率较高时,由于 $1/\omega C_1 \ll R_1$,$1/\omega C_2 \ll R_2$,则 $1/\omega C_1$,R_2 忽略,高频等效电路如图 6-54(c)所示。ω 愈高,则 $1/\omega C_2$ 愈小,$\dot{U}_f$ 的幅度愈小,其相位超前于 $\dot{U}$ 愈大。当 ω 趋近于 ∞ 时,$\dot{U}_f$ 趋近于零,见图 6-55(a)幅频特性,φ_F 接近$-90°$,如图 6-55(b)相频特性所示。

由此可见,只有当角频率为某一中间值时,其输出电压幅度才能达到一个最大值。且在这个角频率下,输出和输入电压同相位,其相位角为 0°,如图 6-55 所示。

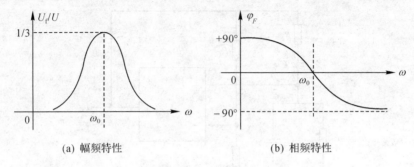

(a) 幅频特性　　　　　　　　　　(b) 相频特性

图 6-55　RC 串并联网络的频率特性

2)定量分析

由图 6-54(a)可得反馈系数 $\dot{F}$

$$\dot{F}=\frac{\dot{U}_{\mathrm{f}}}{\dot{U}}=\frac{Z_2}{Z_1+Z_2} \tag{6-99}$$

令 $R_1=R_2=R$,$C_1=C_2=C$,则

$$\dot{F}=\frac{\mathrm{j}\omega RC}{(1-\omega^2R^2C^2+\mathrm{j}3\omega RC)}$$

再令 $\omega_0=1/RC$,得

$$\dot{F}=\frac{1}{3+\mathrm{j}\left(\dfrac{\omega}{\omega_0}-\dfrac{\omega_0}{\omega}\right)} \tag{6-100}$$

幅频特性

$$|\dot{F}|=\frac{1}{\sqrt{3^2+\left(\dfrac{\omega}{\omega_0}-\dfrac{\omega_0}{\omega}\right)^2}} \tag{6-101}$$

相频特性

$$\varphi_F=-\arctan\frac{\left(\dfrac{\omega}{\omega_0}-\dfrac{\omega_0}{\omega}\right)}{3} \tag{6-102}$$

由式(6-101)和(6-102)可知,当 $\omega=\omega_0=\dfrac{1}{RC}$ 或 $f=f_0=\dfrac{1}{2\pi RC}$ 时,幅频特性的幅值为最大,即

$$F_{\max}=1/3 \tag{6-103}$$

如图 6-55 所示。

(3)振荡频率 f_0 和起振条件

根据以上分析 RC 串并联桥式振荡电路的振荡频率为 $f_0 = \dfrac{1}{2\pi RC}$。可见,改变 R,C 的参数值,就可调节振荡频率。

根据起振条件 $AF > 1$ 和式(6-103),知 $A > 3$,即图 6-53 所示的同相放大器的电压放大倍数 $A_u = 1 + \dfrac{R_f}{R'} > 3, R_f > 2R'$ 时就能起振。但 R_f 不能太大,否则正弦波将变成方波。

RC 正弦波振荡器特点是电路结构简单、容易起振、频率调节方便,但振荡频率不能太高。一般适用于 $f_0 < 1\text{MHz}$ 的场合。这是由于选频网络中的 R 太小,使放大电路负载加重,且 C 过小易受寄生电容影响,因此使振荡频率受到限制。

6. LC 正弦波振荡电路

LC 正弦波振荡电路根据反馈网络的不同可分为变压器反馈式、电感三点式、电容三点式振荡电路。

(1) LC 并联电路的选频特性

图 6-56 所示为 LC 并联选频电路。

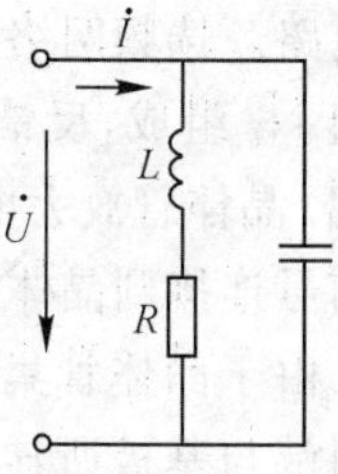

$$Z = \frac{L/C}{R + \mathrm{j}(\omega L - \dfrac{1}{\omega C})}$$

当电路发生并联谐振时,有

$$\omega L = \frac{1}{\omega C}$$

谐振角频率为

$$\omega = \omega_0 = \frac{1}{\sqrt{LC}}$$

谐振频率为

$$f = f_0 = \frac{1}{2\pi \sqrt{LC}} \tag{6-104}$$

谐振时阻抗最大,为

$$Z_0 = \frac{L}{RC}$$

品质因数为

$$Q = \frac{1}{\omega_0 CR} = \frac{\omega_0 L}{R} \tag{6-105}$$

$$Z_0 = Q \sqrt{L/C}$$

复阻抗 Z 的幅频特性为

图 6-56　LC 选频电路

$$|Z| = \frac{Z_0}{\sqrt{1 + \left[Q \cdot \dfrac{2(\omega - \omega_0)}{\omega_0} \right]}}$$

复阻抗 **Z** 的相频特性为

$$\varphi_Z = -\arctan \left[Q \cdot \frac{2(\omega - \omega_0)}{\omega_0} \right]$$

当 $\omega = \omega_0$ 时，LC 并联电路阻抗最大，电路呈纯阻性。Q 越高，幅频特性和幅频特性曲线在 ω_0 附近斜率越大，对其他频率信号的衰减越大，则电路的选频特性越好。

（2）变压器反馈式 LC 振荡电路

图 6-57 所示为变压器反馈式 LC 振荡电路。选频网络由一个电容和变压器绕组 N_1 组成，反馈由变压器绕组 N_2 来实现。晶体管放大电路采用共射接法。反馈信号连接到晶体管的基极上。

由于晶体管集电极所连接的变压器绕组端与基极所连接的绕组端互为异名

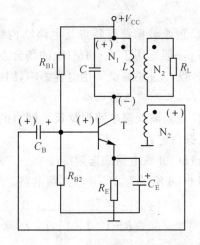

图 6-57　变压器反馈式 LC 振荡电路

端，所以反馈网络的相位为 $\varphi_F = 180°$。晶体管放大电路接成共射组态，$\varphi_A = 180°$。则 $\varphi_{AF} = 360°$，说明电路满足振荡的相位平衡条件。

幅值条件 $AF = 1$，通过合理设置共射放大电路的电压放大倍数以及变压器的变比来实现。

本章小结

1. 随时间按正弦规律变化的电量称为正弦交流量。正弦交流量的三要素为频率（f）、幅值（U_m, I_m）、初相位（ψ）。正弦交流量通常用解析法、波形图、相量法和相量图四种方法表示。

2. 与三要素相关的量：周期 $T = \dfrac{1}{f}$；角频率 $\omega = \dfrac{2\pi}{T} = 2\pi f$；有效值 $U_m = \sqrt{2}\,U$，$I_m = \sqrt{2}\,I$；相位差 $\varphi = \psi_1 - \psi_2$。

3. 电阻元件的交流电路中，电压与电流的大小关系是 $I = U/R$，相位同相。电感元件的交流电路中，电压与电流的大小关系是 $U = I\omega L = IX_L$，X_L 称为感抗，相位关系是

电压超前电流 $90°$。电容元件的交流电路中,电压与电流的大小关系是 $I = U\omega C = \dfrac{U}{X_C}$, X_C 称为容抗,相位关系是电压滞后电流 $90°$。

4. RLC 串联交流电路中,电流与电压的大小关系为

$$U = \sqrt{U_R^2 + (U_L - U_C)^2} = I\sqrt{R^2 + (X_L - X_C)^2} = I\sqrt{R^2 + (X_L - X_C)^2}$$

$Z = \sqrt{R^2 + X^2}$ 称为电路的阻抗,$X = X_L - X_C$ 称为电抗。

相位差 $\varphi = \tan^{-1}\dfrac{U_L - U_C}{U_R}$ 或 $\varphi = \tan^{-1}\dfrac{X_L - X_C}{R}$。

电路的总电压与电流的相位关系取决于感抗和容抗的大小。

5. RLC 串联电路的功率计算公式为

$$P = U_R I = I^2 R = U\,I\cos\varphi$$

$$Q = Q_L + Q_C = U_L I + (-U_C I) = (U_L - U_C) \times I = I^2(X_L - X_C) = IU\sin\varphi$$

$$S = \sqrt{P^2 + Q^2} = \sqrt{(UI)^2(\cos^2\varphi + \sin^2\varphi)} = UI$$

6. 功率因数 $\cos\varphi$ 是对电源利用程度的衡量,它由负载性质决定,与电路的参数和频率有关,与电路的电压、电流无关。

7. RLC 串联电路发生串联谐振时,感抗和容抗相等,电路呈纯阻性,电路中电压与电流同相,同时

谐振频率为 $\quad f_0 = \dfrac{1}{2\pi\sqrt{LC}}$

阻抗最小 $\quad |Z| = |Z|_{\min} = \sqrt{R^2 + (X_L - X_C)^2} = R$

电流最大 $\quad I = I_0 = I_{\max} = \dfrac{U}{R}$

品质因数 $\quad Q = \dfrac{U_L}{U} = \dfrac{U_C}{U} = \dfrac{\omega_0 L}{R} = \dfrac{1}{\omega_0 RC}$

8. 对称三相交流电路是由三个频率、幅值都相等的,相位彼此互差 $120°$ 的单相交流电源构成的电路。

对称三相电源连接的特点:

Y 形连接 $U_1 = \sqrt{3}\,U_p$,且线电压超前相应的相电压 $30°$。

△形连接 $U_1 = U_p$

三相负载连接的特点:

Y 形连接 $I_1 = I_p$,$U_1 = \sqrt{3}\,U_p$。

△形连接 $U_1 = U_p$,$I_1 = \sqrt{3}\,I_p$,负载线电流相位比对应的相电流滞后 $30°$。

9. 单相半波整流电路的输出直流电压 $U_o \approx 0.45 U_2$,整流二极管通过的平均电流与负载平均电流相等,其承受的反向电压最大值 $U_{DM} = \sqrt{2}\,U_2$;

单相全波整流电路的输出直流电压 $U_o \approx 0.9 U_2$，整流二极管通过的平均电流为负载上通过的平均电流的一半，其承受的反向电压最大值 $U_{DM} = 2\sqrt{2}U_2$；

单相桥式整流电路的输出直流电压 $U_o \approx 0.9 U_2$，整流二极管通过的平均电流为负载上通过的平均电流的一半，其承受的反向电压最大值 $U_{DM} = \sqrt{2}U_2$。

10. 共发射极放大电路的动态指标为

电压放大倍数　　　$\dot{A}_u = \dfrac{\dot{U}_o}{\dot{U}_i} = -\beta \dfrac{R_L'}{r_{be}}$　其中 $R_L' = R_L /\!/ R_C$

输入电阻　　　　　$R_i = \dfrac{\dot{U}_i}{\dot{I}_i}$　$R_i \approx R_B /\!/ r_{be}$

输出电阻　　　　　$R_o = \dfrac{\dot{U}}{\dot{I}}\bigg|_{\dot{U}_S = 0, R_L = \infty}$　　$R_o \approx R_C$

11. 集成运算放大器线性工作状态的特点

为"虚断 $i_+ = i_- = 0$"和"虚短 $u_- = u_+$"。

非线性工作状态的特点：

(1) $u_- > u_+$，$u_o = -U_{om}$，$u_- < u_+$，$u_o = +U_{om}$（U_{om} 是运放的最大输出电压）

(2) 运放的差模输入电压 $u_- - u_+$ 可能很大，即 $u_- \neq u_+$。也就是说此时"虚短"不存在。

12. 集成运算放大器的线性应用

(1) 反相器

电压放大倍数　　　$A_u = \dfrac{u_o}{u_i} = -\dfrac{R_f}{R_1}$

(2) 同相器

电压放大倍数　　　$A_u = \dfrac{u_o}{u_i} = \left(1 + \dfrac{R_f}{R_1}\right)$

(3) 减法器

输出电压　　　　　$u_o = \dfrac{R_f}{R_1} \times (u_{i1} - u_{i2})$

(4) 积分器

输出电压　　　　　$u_o = -\dfrac{1}{RC}\displaystyle\int_{t_0}^{t} u_i \mathrm{d}t + u_{C0}$

13. 正弦波振荡电路的振荡条件为 $\dot{A}\dot{F} = 1$，即幅值平衡条件 $AF = 1$ 和相位平衡条件 $\varphi_A + \varphi_F = \pm 2n\pi$，$n = 0, 1, 2, \cdots$。

14. 振荡电路由放大环节、正反馈网络、稳幅环节、选频网络组成。

15. RC 正弦波振荡电路的相频特性　$\varphi_F = -\arctan \dfrac{\left(\dfrac{\omega}{\omega_0} - \dfrac{\omega_0}{\omega}\right)}{3}$

振荡频率　$f=f_0=\dfrac{1}{2\pi RC}$

幅频特性　$|\dot F|=\dfrac{1}{\sqrt{3^2+\left(\dfrac{\omega}{\omega_0}-\dfrac{\omega_0}{\omega}\right)^2}}$

幅值最大为 $F_{\max}=1/3$。

16. LC 正弦波振荡电路的选频特性

谐振频率　$f=f_0=\dfrac{1}{2\pi\sqrt{LC}}$

谐振时阻抗最大　$Z_0=\dfrac{L}{RC}$

品质因数　$Q=\dfrac{1}{\omega_0 CR}=\dfrac{\omega_0 L}{R}$

Q 越高,则电路的选频特性越好。

习题 6

6-1　已知电压 $u_A=10\sqrt2\sin(314t+\pi/6)$V 和 $u_B=10\sin(314t-\pi/3)$V,指出 u_A,u_B 的有效值、初相、相位差,画出 u_A,u_B 的波形图。

6-2　已知 $i_1=10\sqrt2\sin(\omega t+45°)$(A)和 $i_2=5\sin(\omega t-30°)$(A)。求各正弦量对应的相量及 i_1+i_2 的相量,并画出相量图。

6-3　在电阻 $R=20\Omega$ 上加电压 $u=\sqrt2\sin\omega t$(V),求电阻消耗的有功功率。

6-4　某电感 $L=0.1$H(忽略线圈电阻)接在电压为 220V,频率为 50Hz 的电源上。求电路中电流的有效值;当频率为 100Hz,电流的有效值变为多少?

6-5　理想电容器的容量为 2μF,加在电容两端的电压为 50V,$\omega=10^2$rad/s,初相位为 45°,试求流过电容器的电流,写出其瞬时表达式并画出相量图。

6-6　如图 6-58 所示,已知 $R=40\Omega,L=223$mH,$C=79.6\mu$F,$u=311\sin314t$(V),试求:

(1)A,V_1,V_2,V3 表的读数;

(2)u_1 及 u_2 的表达式;

(3)电路的 P,Q 及 $\cos\varphi$;

(4)画出相量图。

6-7　线圈接在 60V 的直流电源上时,电流为 10A,而接在 50Hz,60V 的交流电源上时电流为 6A,求线圈的等效电阻 R 和感抗 X_L 及交流电路消耗的有功功率 P、无功

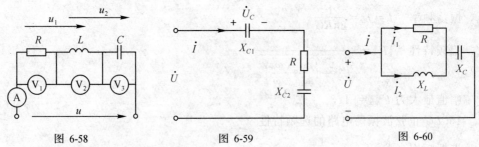

图 6-58　　　　　　　图 6-59　　　　　　　图 6-60

功率 Q 和视在功率 S 及功率因数 $\cos\varphi$。

6-8　图 6-59 所示电路中 $\dot{I}=5\angle 0°\text{A}, \dot{U}=(55-\text{j}77)\text{V}, R_2=11\Omega, X_{C2}=5\Omega$，求 U_C 的值。

6-9　图 6-60 所示电路中 $I_1=I_2=10\text{A}, U=100\text{V}, \dot{U}$ 与 $\dot{I}$ 同相。求 R, X_L, X_C 及 I。

6-10　对称负载作三相星形连接，若线电压 $u_{AB}=380\sqrt{2}\sin(\omega t-35°)(\text{V})$，求：A 相电压 u_A。

6-11　图 6-61 所示为三相四线制电路，电源线电压的有效值为 380V，$Z=(6+\text{j}8)\Omega$，求线电流 $\dot{I}_A, \dot{I}_B, \dot{I}_C$。

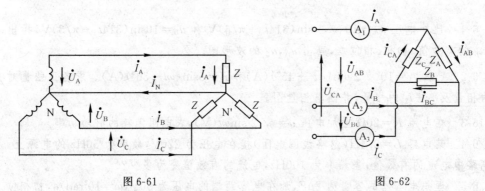

图 6-61　　　　　　　　　　　　　图 6-62

6-12　对称三相电源向三角形连接的负载供电，如图 6-62 所示，已知三相负载对称，$Z_A=Z_B=Z_C$，各电流表读数均为 1.73A，突然负载 Z_C 断开，此时三相电源不变。问：各电流表读数如何变化？

6-13　照明电路能否采用三相三线制供电方式？请分析。

6-14　图 6-63 所示的桥式整流电路中，要求输出直流电压 24V，直流电流 30mA。试计算通过二极管的电流平均值和承受的最高反向工作电压。

6-15　放大电路如图 6-64 所示，$V_{CC}=+9\text{V}, \beta=50, R_B=300\text{k}\Omega, R_C=2\text{k}\Omega$。

(1) 计算工作点 I_{BQ}, I_{CQ}, U_{CEQ} 及电压放大倍数 A_u。

(2) 若要求 $U_{CE}=0.3\text{V}$，则 R_B 取多大？此时三极管处于什么工作状态？并定性画出此

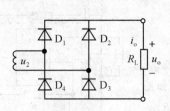

图 6-63

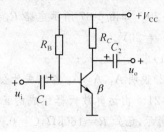

图 6-64

时电路的输出波形?

6-16　什么叫"虚短"、"虚断"、"虚地"?

6-17　如图 6-65(a)所示,设运放为理想的,电源电压为±12V,估算输出电压 u_o,R_i 的值和平衡电阻 R_2。

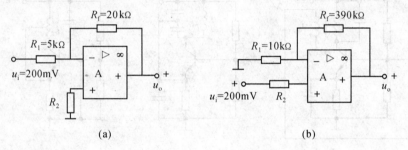

(a) 　　　　　　　　　　 (b)

图 6-65

6-18　如图 6-65(b)所示,设运放为理想,电源电压为±12V,求下列各种情况的输出电压 u_o:

(1)正常情况;

(2)R_1 开路;

(3)R_f 短路。

6-19　写出图 6-66 所示电路输出电压与输入电压的关系式。

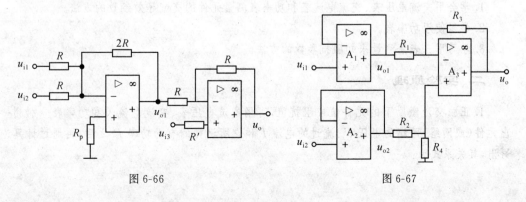

图 6-66 　　　　　　　　　　　　 图 6-67

6-20　如图 6-67 所示电路 $R_1 = R_2, R_3 = R_4, u_{i1} =$ 10V, $u_{i2} = 20$V。

（1）求 u_{o1}, u_{o2}, u_o；

（2）说明 A_1, A_2, A_3 各组成什么单元电路。

6-21　由运算放大器组成的正弦波振荡电路如图 6-68 所示，已知 $R = 160$kΩ, $C = 0.01\mu$F。（1）设 $R_1 = 3$kΩ，求满足振荡幅度条件的 R_2 值；为了使电路可靠地起振，起振时 R_2 的值应比计算的大一些还是小一些？为什么？（2）计算振荡频率 f_0。

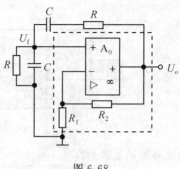

图 6-68

6-22　判断图 6-69 各电路能否产生正弦波振荡，并说明理由。

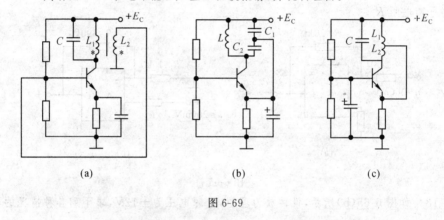

（a）　　　　　　　　　（b）　　　　　　　　　（c）

图 6-69

实验 6-1　用三表法测量交流电路的等效参数

一、实验目的

1. 学会用交流电压表、交流电流表和功率表测量元件的交流等效参数的方法。
2. 学习使用功率表。
3. 学习用三表法测量未知阻抗参数的方法。

二、实验原理

1. 正弦交流激励下的元件值或阻抗值，可用交流电压表、交流电流表和功率表分别测出元件（或网络）两端的电压 U、流过的电流 I 和它所消耗的有功功率 P 之后，再通过计算得出，其关系式为：

阻抗的模 $\quad |Z| = \dfrac{U}{I}$

功率因数 $\quad \cos\varphi = \dfrac{P}{UI}$

等效电阻 $\quad R = \dfrac{P}{I^2} = |Z|\cos\varphi$

等效电抗 $\quad X = |Z|\sin\varphi$

这种测量方法简称三表法,它是测量交流阻抗的基本方法。

2. 从三表法测得的 U, I, P 的数值还不能判别被测阻抗属于容性还是感性,一般可以用以下方法加以确定。

(1)在被测元件两端并接一只适当容量的电容器,若电流表的读数增大,则被测元件为容性;若电流表的读数减小,则为感性。

实验电容的电容量 C' 可根据下列不等式选定:

$$B' < |2B|$$

式中:B' 为实验电容的容纳;B 为被测元件等效电纳。

(2)利用示波器观察阻抗元件的电流及端电压之间的相位关系,电流超前电压为容性,电流滞后电压为感性。

(3)电路中接入功率因数表,从表上直接读出被测阻抗的 $\cos\varphi$ 值或阻抗角 φ,读数超前为容性,读数滞后为感性。

3. 前述交流参数的计算公式是在忽略仪表内阻的情况下得出的,与伏安表法类似。三表法也有两种接线方式,如图 6-70 所示。若考虑仪表的内阻,测量结果中显然存在方法误差,必要时需加以校正。对于图 6-70(a)所示的电路,校正后的参数为

$$R' = R - R_1 = \frac{P}{I^2} - R_1$$

$$X' = X - X_1 = \sqrt{\left(\frac{U}{I}\right)^2 - \left(\frac{P}{I^2}\right)^2} - X_1$$

式中:R, X 为校正前根据测量计算得出的电阻值和电抗值;R_1, X_1 为电流表线圈及功率表电流线圈的总等效电阻值和总等效电抗值。

对于图 6-70(b)所示电路,校正后的参数为

$$R' = \frac{U^2}{P} = \frac{U^2}{P - P_u} = \frac{U^2}{P - \dfrac{U^2}{\dfrac{R_u \times R_{wu}}{R_u + R_{wu}}}}$$

$$X'' \approx X$$

式中:P 为功率表测得的功率;P_u 为电压表与功率表电压线圈所消耗功率;P' 为校正后的功率值;R_u 为电压表内阻,R_{wu} 为功率表电压线圈内阻。

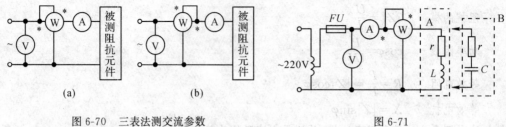

图 6-70   三表法测交流参数   图 6-71

三、实验设备

序号	名　称	型号与规格	数量	备注
1	交流电流表		1	
2	交流电压表		1	
3	功率表		1	
4	镇流器(待测电感元件)		1	
5	可变电阻器		1	
6	电容器		若干	
7	交流调压器		1	

四、实验内容

1. 按图 6-71 所示接线,分别用三表法测量感性元件(镇流器)A 和容性元件 B 的交流参数。测量结果记入表 6-1 中。

2. 分别测量 A,B 串联和并联时的等效阻抗,并用实验的方法判断阻抗的性质。测量数据记入表 6-1 中。

3. 观察并测定功率表电压并联线圈前接法与后接法对测量结果的影响。

表 6-1

被测元件	测　量　值			计　算　值		
感性元件 A						
容性元件 B						
A,B 串联						
A,B 并联						

五、实验报告

1. 说明实验目的、原理,画出实验电路图。

2. 整理实验数据,用电压、电流及功率表法和三电压表法分别计算待测镇流器在额定工作状态下的等值电阻和电感值。

3. 用电压、电流及功率表法和三电压表法分别计算电阻与电容串联阻抗中的电阻和电容值。

4. 试叙述功率表在电路中的连接方式。

5. 功率表的量程怎样确定?

实验 6-2　单相桥式整流电路

一、实验目的

1. 掌握单相桥式整流电路的结构,熟悉电路元件的连接。

2. 进一步理解单相桥式整流电路有效值与输出直流电压平均值之间的关系。

3. 熟悉常用仪器仪表的使用,并用示波器观察其波形,了解实验电路故障排除方法。

二、实验原理

单相桥式整流电路属于全波整流电路,其四个整流二极管分为两组,在输入交流电压的一个周期内轮流导通,使输出端得到单方向连续的直流脉动电压。当忽略整流二极管正向导通压降时,其直流输出端电压的平均值U_o与交流输入端交流电压的有效值U_2符合下列关系式:

$$U_o = 0.9U_2$$

若单相桥式整流电路其四个整流二极管中有一个不工作,则输入交流电.只有半个周期得到整流,其输出直流平均电压也将减少一半。

三、实验设备

序号	名称	型号与规格	数量	备注
1	示波器		1	
2	万用表		1	
3	交流毫伏表		1	
4	变压器		1	
5	二极管		4	
6	负载电阻 R_L 为 510Ω		1	
7	模电实验箱		1	

四、实验内容

1. 对照图 6-72，熟悉元件的连接位置。

2. 将交流电源 u_2 的 6V 输出电压接到实验板的输入端（1，2）处，整流输出端接到负载电阻 R_L，用示波器测量桥式整流输出电压，并描绘波形。用万用表测量输出直流电压值 U_o。用交流毫伏表测量交流输入电压 $\widetilde{U}_2$ 和输出端纹波电压值 $\widetilde{U}$，填入表 6-2 中。

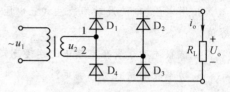

图 6-72　单相桥式整流电路

3. 关掉交流电源，在整流电路中拆除 D_1 和 D_3 后，重复上述内容。

4. 关掉交流电源，在整流电路中拆除 D_1 或 D_3，观察输出波形，并和步骤 3 对比。

表 6-2

测量项目	桥式整流	缺少 D_1 和 D_3	缺少 D_1	缺少 D_3
交流电压 $\widetilde{U}_2$				
纹波电压 $\widetilde{U}$				
平均电压 U_m				
输入波形 u_2				
输出波形 U_o				

五、实验报告

1. 说明实验目的、原理，画出实验电路图。

2. 整理实验数据，验证 $U_o = 0.9 U_2$ 的关系。

3. 若图 6-72 中 D_1 和 D_2 都断开时，输出直流电压的平均值为多少？

4. 实验体会。

实验 6-3　集成运放的应用

一、实验目的

1. 掌握集成运算放大器的基本运算关系和应用。

2. 学会比例、求和运算电路的设计方法、测试和分析方法。

3. 熟悉集成运算放大器的电路结构、引脚排列，工作原理。

二、实验原理

集成运算放大器实质上是一种高放大倍数的直接耦合多级放大器,在它的输入与输出之间外加不同的反馈网络,即可灵活组成各种用途的具有某种运算功能的电路。

1. 反相比例器

在图 6-73 中,设组件为理想元件,则电路的输出电压和输入电压的关系为

$$A_u = \frac{u_o}{u_i} = -\frac{R_2}{R_1}, \ R' = R_1 /\!/ R_2$$

2. 同相比例器

在图 6-74 中,若组件为理想元件,则电路的输出电压和输入电压的关系为

$$u_o \approx (1 + \frac{R_2}{R_1}) u_i$$

当 $R_1 \rightarrow \infty$ 时,$u_o = u_i$,称为电压跟随器。

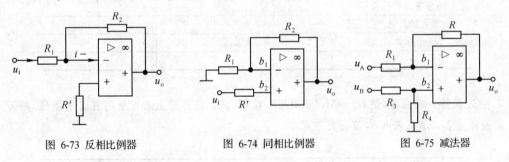

图 6-73 反相比例器　　　　图 6-74 同相比例器　　　　图 6-75 减法器

3. 减法器(差动放大器)

图 6-75 为减法器原理图。如 $R_1 = R_3$,$R_2 = R_4$,则 $u_o = \frac{R_2}{R_1}(u_A - u_B)$,即输出正比于两个输入信号之差。

三、实验设备

序号	名称	型号与规格	数量	备注
1	模拟电路实验箱	1		
2	万用表	1		
3	集成运放	若干		

四、实验内容

1. 设计一反相比例器。要求放大倍数为 5 倍,接上±15V 电源后,以反相端加入直流信号 U_i(取五个不同的值)分别测出对应的 U_o 值。计算电压放大倍数,验证比例关系,填入表

6-3,画出 U_i-U_o 曲线。

表 6-3

实际输入直流电压值 U_i	−1.5V	−0.5V	0V	+0.5V	+1.5V
测量输出电压值 U_o					
电压放大倍数 $A_u = U_o/U_i$					
理论计算 A_u 值					
说　明					

2.设计一个放大倍数为 +11 倍的同相比例器,接上 ±15V 电源后,在同相端加入直流电压 U_i(取五个不同的值)分别测出对应的 U_o 值,计算电压放大倍数,验证比例关系,填入表 6-4,画出 U_i-U_o 曲线。

表 6-4

实际输入直流电压值 U_i	−0.8V	−0.4V	0V	+0.9V	+1.2V
测量输出电压值 U_o					
电压放大倍数 $A_u = U_o/U_i$					
理论计算 A_u 值					
说　明					

3.设计一减法器,使 $U_o = 5(U_A - U_B)$,在 U_A,U_B 端各接上表中所列直流电压值,用万用表测量 U_o,填入表 6-5,验证关系式。

表 6-4

实际输入直流电压 U_A	−0.8V	−0.4V	0V	+0.9V	+1.2V
实际输入直流电压 U_B	−1.0V	−0.5V	0V	+0.5V	+1.0V
测量输出电压 U_o					
理论计算输出电压 U_o					
说　明					

五、实验报告

1.画出自行设计的反相比例器、同相比例器、减法器的电路图。

2.整理实验数据,填入表格,算出理论的 U_o 值,并将两者相比较,验证关系式的正确性,分析理论计算与实验结果误差的大小及其产生的原因。

3.总结本实验中三种运算电路的特点及性能。

4.从实验中体会"虚短"和"虚断"的概念和特点。

5.为什么运算电路中集成运放必须工作在线性区?

第 7 章

电路的暂态过程

【本章要点】

1. 产生暂态过程的原因；

2. 初始值的确定和换路定理；

3. 一阶动态电路的三要素分析法；

4. 电路的零输入响应、零状态响应和全响应；

5. 电路的零输入响应、零状态响应和全响应。

　　通过前面章节对电路的分析我们知道,在电路的连接方式、元件参数及电源都不变的情况下,电路中各部分的电流和电压也是不变的,这种状态称为电路的稳定状态,简称稳态。当电路的工作条件发生变化时,电路中各部分的电流和电压也将发生变化,即电路将从原来的稳定状态变化到新的稳定状态。在含有储能元件电感或电容的电路中,这种变化不是瞬间完成的,而是需要一定的时间。在这段时间内,电路中各部分的电流和电压处于暂时的不稳定状态,电路处于过渡过程。由于过渡过程所经历的时间相对于稳态而言是很短暂的,因此又称为暂态过程,简称暂态。

　　需要注意的是,虽然过渡过程存在的时间很短,但在这一短暂的过程中,可能产生比稳态过程大得多的过电流和过电压,使电路元件和设备遭到损坏。而在自动控制和调节系统中,有很多电路需要处于过渡过程中。因此,我们必须认识和掌握暂态过程这一物理现象的规律,以便在实际工程中既能充分地利用它,又能设法防止它的危害。

7.1 换路定理

7.1.1 产生暂态过程的原因

通常把引起暂态过程的电路变化称为换路。引起电路暂态过程的原因是物质所具有的能量不能跃变。因为自然界的任何物质在一定的稳定状态下，都具有一定的或一定变化形式的能量，当条件改变，能量随着改变，但是能量的积累或释放是需要一定时间的，这就产生了暂态过程。对于纯电阻电路，因为电阻不是储能元件，当电路发生结构和状态变化时，电路可在瞬间完成变化，没有暂态过程。而含有储能元件的电路储能如果能在某一瞬间发生突变（即 $dt=0$ 时 $dW \neq 0$），则电路的功率（$P = dW/dt$）将趋近于无穷，这在实际电路中是不可能的。

7.1.2 换路定理及初始值的确定

分析电路的换路过程时，一般取换路瞬时作为计时起点，即用 $t=0$ 表示换路时刻，用 $t=0_-$ 表示换路前的终了时刻，用 $t=0_+$ 表示换路后的初始时刻，并且 0_+ 和 0_- 都趋于 0。

换路时刻，电路中电容的电场能量（$W_C = \int_0^t p dt = \int_0^t C u du = \frac{1}{2} C u^2$）和电感元件的磁场能量（$W_L = \int_0^t p dt = \int_0^t L i di = \frac{1}{2} L i^2$）不能突变，由此可知电容电压和电感电流不能突变。即在换路时刻，电容电压和电感电流在换路后的初始时刻与换路前的终了时刻有相同的值，即

$$\begin{cases} i_L(0_+) = i_L(0_-) \\ u(0_+) = u_C(0_-) \end{cases} \tag{7-1}$$

式(7-1)称为换路定理。

例 7-1 电路如图 7-1 所示，试分析当开关闭合时，电路中的三个灯泡将发生怎样的变化？

解

(1)当开关 S 闭合后，电阻支路中的灯泡会立即发亮，并且亮度不发生变化。因为电阻不是储能元件，这条支路没有经历过渡过程，立即进入了新的稳态。

(2)当开关 S 闭合后，电感支路的灯泡由暗逐渐变亮，亮度逐渐增强，最后不再变化，进入新的稳态。因为电感电流不能突变，换路后电流逐渐增加，最后达到稳定状态，此支路灯泡经历了从暗逐渐变亮的过程。

(3)当开关 S 闭合后，电容支路的灯泡由开始变亮逐渐变为不亮，换路前电容两端

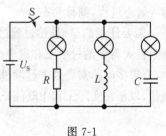

图 7-1

电压为零,由换路定律可知,换路后的初始时刻电容电压仍为零,灯泡两端电压为电源电压。电源通过灯泡对电容充电,电容电压开始增加,灯泡开始变暗,当电容电压增加到与电源电压相同时,充电过程结束,灯泡熄灭,并且保持这种状态,即进入新的稳态。

由此例可以看出暂态(过渡)过程出现的条件是:①电路中存在储能元件电感或电容;②电路发生换路。

分析电路的暂态过程时,电路的基尔霍夫定律仍可使用,但 R,L,C 元件的电压与电流关系需采用基本的公式,即 $u_R=iR$,$u_L=L\dfrac{\mathrm{d}i}{\mathrm{d}t}$,$i_C=C\dfrac{\mathrm{d}u}{\mathrm{d}t}$ 来计算。换路定律主要用于暂态电路电容电压和电感电流初始值的确定。电路暂态的初始值是电路在换路后的初始时刻,即在 $t=0_+$ 时的电压和电流值。

初始值的确定可按下面的步骤进行:

(1)首先根据换路前的稳态电路计算出 $u_C(0_-)$ 和 $i_L(0_-)$ 的值,再根据换路定律 $u_C(0_+)=u_C(0_-)$ 和 $i_L(0_+)=i_L(0_-)$,得出 $u_C(0_+)$ 和 $i_L(0_+)$;

(2)将 $u_C(0_+)$ 和 $i_L(0_+)$ 代入换路后的电路,电容和电感元件可根据 $u_C(0_+)$ 和 $i_L(0_+)$ 的值用电压源和电流源代替,画出 $t=0_+$ 时的等效电路;

(3)在换路后的电路中,利用基尔霍夫定律求出 $i_C(0_+)$ 和 $u_L(0_+)$ 的值,以及其他各元件的电压值和电流值,作为初始值。

例 7-2 图 7-2 所示电路中,$U_S=10\mathrm{V}$,$R_1=8\Omega$,$R_2=2\Omega$,$R_3=3\Omega$,试求开关 S 断开瞬间,电阻 R_1,R_2,R_3 及电容 C 上的电压和电流的初始值。

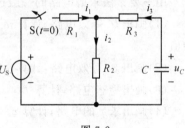

图 7-2

解 稳态时,电容视为开路,因此开关闭合时

$$u_C(0_-)=\frac{U_S}{R_1+R_2}\times R_2=2(\mathrm{V})$$

开关断开瞬间,根据换路定律可知

$$u_C(0_+)=u_C(0_-)=2(\mathrm{V})$$

根据基尔霍夫电压定律得

$$u_{R2}+u_{R3}=u_C$$

又　　　　$i_2(0_+)=i_3(0_+)$

故　　　　$i_2(0_+)(R_2+R_3)=u_C(0_+)$

$$i_3(0_+)=i_2(0_+)=\frac{u_C(0_+)}{R_2+R_3}=\frac{2}{2+3}=0.4(\mathrm{A})$$

$$u_{R2}(0_+)=i_2(0_+)R_2=0.4\times2=0.8(\mathrm{V})$$

$$u_{R3}(0_+)=i_3(0_+)R_3=0.4\times3=1.2(\mathrm{V})$$

开关断开后,R_1 上没有电流通过,故 $u_{R1}(0_+)=0$,$i_1(0_+)=0$。

7.2 一阶电路暂态分析的三要素法

对于电路中仅有一个动态元件(储能元件电感或电容)的电路,求解电路暂态的方程均为一阶微分方程,故这种电路称为一阶电路。

求解一阶电路的暂态过程,即为研究电路从初始值向新的稳态值的过渡过程,这个过程是随时间以指数规律由初始值变化到稳态值的,并且过渡过程的快慢由时间常数所决定。

通过求解一阶微分方程可知,过渡过程与初始值、稳态值和时间常数密切相关。我们可利用初始值、稳态值和时间常数三个要素,直接写出一阶电路暂态的解,从而了解暂态过程的变化规律,这种方法就称为一阶电路的三要素法。其公式为

$$f(t) = f(\infty) + [f(0_+) - f(\infty)]e^{-t/\tau} \tag{7-2}$$

式中:$f(t)$表示电路中待求的任一变量(电压或电流);$f(\infty)$表示换路后该变量的稳态值;$f(0_+)$表示该变量的初始值;τ是电路的时间常数(对于 RC 电路,$\tau = RC$;对于 RL 电路,$\tau = L/R$,其中 R 是从动态元件(L 或 C)两端看进去的等效电阻)。

由此,求解一阶电路微分方程的问题即转化为求解三要素的问题。

用三要素法求解电路的一般过程是:

(1)画出 0_- 等效电路,计算 $u_C(0_-)$ 和 $i_L(0_-)$,从而确定 $u_C(0_+)$ 和 $i_L(0_+)$,也即确定初值;

(2)画出 0_+ 等效电路,计算 $f(0_+)$,此时可将电容视为电压源,电感视为电流源;

(3)画出稳态电路,计算 $f(\infty)$,此时电容可视为开路,电感可视为短路;

(4)画出求 τ 的电路,计算 τ。

7.3 RC 电路的暂态过程

7.3.1 零输入响应

在图 7-3 所示的 RC 电路中,开关 S 闭合前,电容 C 已充电,其电压 $u_C(0_-) = U_0$,$t = 0$ 时将开关 S 闭合。由于 $t \geq 0_+$ 时电路没有外界能量输入,只靠电容中的初始储能在电路中产生响应,所以这种响应称为零输入响应。

开关 S 闭合后,电容 C 与电阻 R 接通,由换路定理知

$$u_C(0_+) = u_C(0_-) = U_0$$

作 0_+ 等效电路,如图 7-4 所示,得

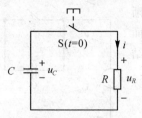

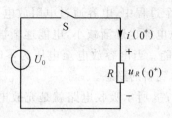

图 7-3　RC 电路的零输入响应　　　　　　图 7-4　0_+ 等效电路

$$i(0_+)=\frac{U_0}{R}$$

$$u_R(0_+)=i_R(0_+)R=U_0$$

稳态时,电容经电阻放电完毕,$u_C(\infty)=0$,电容开路,如图 7-5 所示,知 $i(\infty)=0$,$u_R(\infty)=0$。由图 7-6 所示知电路等效电阻为 R,则电路中的时间常数为 $\tau=RC$,由此可得电容电压方程

$$u_C=0+(U_0-0)\mathrm{e}^{-\frac{t}{RC}}=U_0\mathrm{e}^{-\frac{t}{RC}}\quad(t\geqslant0)[①]\tag{7-3}$$

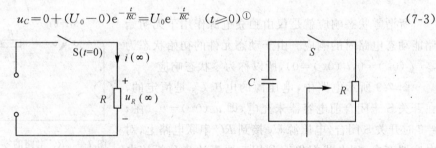

图 7-5　稳态电路　　　　　　　　　　图 7-6　求 τ 的电路

同样可知电阻电流和电压方程

$$i=0+\left(\frac{U_0}{R}-0\right)\mathrm{e}^{-\frac{t}{RC}}=\frac{U_0}{R}\mathrm{e}^{-\frac{t}{RC}}\quad(t>0)[②]$$

$$u_R=0+(U_0-0)\mathrm{e}^{-\frac{t}{RC}}=U_0\mathrm{e}^{-\frac{t}{RC}}=u_C\quad(t>0)$$

从上述表达式中可以看出,换路后电容电压以 U_0 为初始值按指数规律衰减,最后趋于零。电流在 $t=0$ 瞬间,由零跃变到 $\frac{U_0}{R}$,随着放电过程的进行,电流也按指数规律衰减,最后趋于零。电容电压变化的速度取决于常量 RC 的值。u_C 在电路换路后的曲线如图 7-7 所示。

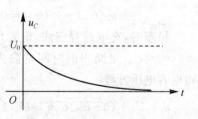

图 7-7　RC 放电电路
电容电压曲线

---

① u_C 在 $t=0$ 处连续,故其定义域为 $t\geqslant0$。

② i 在 $t=0$ 处发生跃变,故其定义域为 $t>0$。

在这个过程中,电容通过电阻放电,电容电压逐渐减小,放电电流也逐渐减小,电能逐渐被电阻所消耗而转化为热能。当电容放电至电压为零时,放电过程结束,电路达到新的稳态。

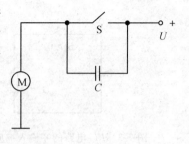

如图 7-8 所示吸收电路就是充放电电路应用的一个例子。

图 7-8　RC 吸收电路

直流电动机为感性负载,断开电源开关 S 瞬间直流电动机会产生自感电动势,这个电动势加在开关 S 两端会出现打火花现象。如果在 S 两端并联上电容 C,在换路时 C 上电压不能突变(原来电压为零),开关 S 两端电压也为零,则不会出现打火花现象,相当于电容吸收了能量,然后,电容通过电机回路放电,直到电容两端电荷为零。

7.3.2　零状态响应

所谓零状态响应就是仅由独立电源作用于无初始储能动态电路时的响应。由于动态元件的初始状态为零($u_C(0_+)=0,i_L(0_+)=0$),所以称为零状态响应。

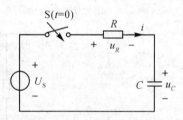

图 7-9 所示电路中,电压源的电压 U_S 是恒定的,在开关 S 未闭合前电容器未充电,即 $u_C(0_-)=0$。在 $t=0$ 时开关 S 闭合,电压源 U_S 接到 RC 串联电路上,对电容器充电,现在我们仍旧利用三要素法来分析该电

图 7-9　RC 电路的零状态响应

路的零状态响应(因对应的 0_+ 等效电路、稳态电路、时间常数等效电路比较简单,读者可自行作出)。

开关 S 闭合后,由换路定理知:
$$u_C(0_+)=u_C(0_-)=0$$

稳态时,充电过程完成,电容可视为开路,此时 $u_C(\infty)=U_S$,电路中的时间常数为 $\tau=RC$,由此可得电容电压方程

$$u_C=U_S+(0-U_S)e^{-\frac{t}{RC}}=U_S(1-e^{-\frac{t}{RC}})\quad(t\geqslant0)$$
$$(7-4)$$

其暂态过程曲线如图 7-10 所示。

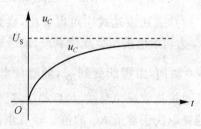

RC 充电电路常作为延时电路使用,并且可通过 RC 参数的选择来确定延时时间。

图 7-10　RC 零状态响应电压曲线

例 7-3　某电子声光控延时开关电路中,采用 RC 充电电路组成延时电路,如图

7-11 所示,灯亮后,电容开始充电,当电容电压充电
到 0.7V 时,控制电路将灯熄灭。其中 $R=1\mathrm{M}\Omega$,C
$=350\mu\mathrm{F}$,$U_\mathrm{s}=6\mathrm{V}$,试求灯泡点亮后的延时时间。

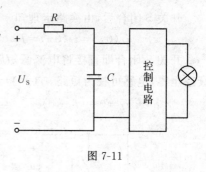

解　时间常数 $\tau=RC=1\times10^6\times350\times10^{-6}=$
$350(\mathrm{s})$

由电容充电方程得

$$u_C(t)=U_\mathrm{s}(1-\mathrm{e}^{-\frac{t}{RC}})$$

$$0.7=6\times(1-\mathrm{e}^{-\frac{t}{350}})$$

图 7-11

得延时时间为 $t\approx43\mathrm{s}$。

7.3.3　全响应

电路中的非零初始状态及外施激励在电路中共同
产生的响应称为全响应。

图 7-12 所示的 RC 电路中,开关 S 闭合前,电容 C
已充电,其电压 $u_C(0_-)=U_0$,在 $t=0$ 时开关 S 闭合,电
流源 I_s 接到 RC 并联电路上。对电路的全响应分析如
下:

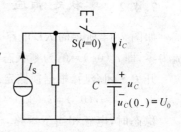

开关 S 闭合后,根据换路定理,有

图 7-12　RC 电路全响应

$$u_C(0_+)=u_C(0_-)=U_0$$

稳态时,电容的充放电过程停止,电容视为断路,电流源的电流经电阻 R 形成回
路,此时,电容稳态端电压为 $u_C(\infty)=I_\mathrm{s}R$,电路中的时间常数为 $\tau=RC$,由此可得电容
电压方程

$$u_C=I_\mathrm{s}R+(U_0-I_\mathrm{s}R)\mathrm{e}^{-\frac{t}{RC}}\quad(t\geqslant0) \tag{7-5}$$

7.4　RL 电路的暂态过程

7.4.1　零输入响应

图 7-13 所示电路在开关 S 动作之前已经处于稳定状态,电感中的电流 $I_0=I_\mathrm{s}=$
$i(0_-)$。在 $t=0$ 时开关 S 闭合,具有初始电流 I_0 的电感 L 与电阻 R 相连,构成闭合回
路,由于 $t>0$ 时,电源不能再向电感 L 输送能量,因此,换路后的 RL 电路中的响应为
零输入响应。

我们仍然用三要素法来分析该电路的响应。

开关 S 闭合后,由换路定理知

$$i_L(0_+)=i_L(0_-)=I_0$$

开关 S 闭合即直接将电流源短路,因此,当换路达到稳态时,电感上的能量经电阻衰减至零,电感可视为短路,$i_L(\infty)=0$,电路中时间常数 $\tau=L/R$,得电感电流方程

$$i_L=0+(I_0-0)e^{-Rt/L}=I_0e^{-Rt/L} \quad (t\geqslant 0) \tag{7-6}$$

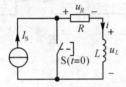

图 7-13 *RL* 电路的零输入响应

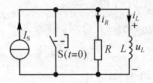

图 7-14 *RL* 电路的零状态响应

7.4.2 零状态响应

如图 7-14 所示的 *RL* 电路,直流电流源的电流为 I_s,在开关 S 打开前电感中的电流为零,即 $i_L(0_-)=0$,为零状态,所以电路为零状态响应。

开关 S 闭合后,根据换路定理,有

$$i_L(0_+)=i_L(0_-)=0$$

稳态时,电感相当于短路,$i_L(\infty)=I_s$,电路中时间常数 $\tau=L/R$,可得电感电流方程为

$$i_L=I_s+(0-I_s)e^{-Rt/L}=I_s(1-e^{-Rt/L}) \quad (t\geqslant 0) \tag{7-7}$$

7.4.3 全响应

图 7-15 所示的电路中,开关 S 闭合前,电路已达到稳态,电感 L 相当于短路,其电流 $i_L(0_-)=-I_s$,在 $t=0$ 时开关 S 闭合,电压源 U_s 接到 *RL* 串联电路上。对电路的全响应分析如下:

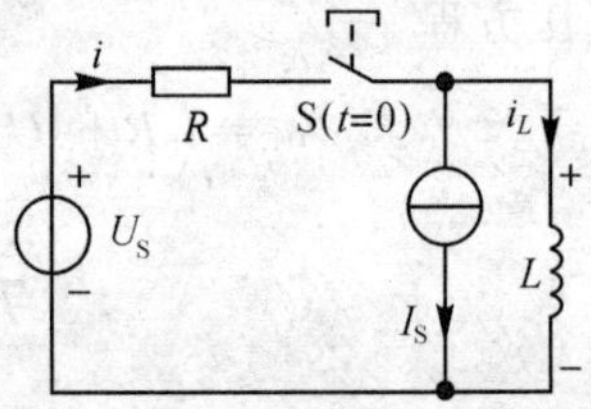

开关 S 闭合后,根据换路定理,有

$$i_L(0_+)=i_L(0_-)=-I_s$$

图 7-15 *RL* 电路的全响应

稳态时,电感亦相当于短路,此时,$i_L(\infty)=\dfrac{U_s}{R}-I_s$,电路中的时间常数为 $\tau=L/R$,由此可得电感电流方程

$$i_L=(\frac{U_s}{R}-I_s)+\left(-I_s-\frac{U_s}{R}+I_s\right)e^{-Rt/L}=\left(\frac{U_s}{R}-I_s\right)-\frac{U_s}{R}e^{-Rt/L} \quad (t\geqslant 0) \tag{7-8}$$

本章小结

1. 引起电路暂态过程的原因是物质所具有的能量不能跃变。因为自然界的任何物质在一定的稳定状态下都具有一定的或一定变化形式的能量,当条件改变时,能量随着改变,但是能量的积累或释放是需要一定时间的,这就产生了暂态过程。

2. 换路定律:在换路时刻,电容电压和电感电流在换路后的初始时刻与换路前的终了时刻有相同的值,即

$$\begin{cases} i_L(0_+)=i_L(0_-) \\ u(0_+)=u_C(0_-) \end{cases}$$

3. 一阶电路的三要素法:即利用初始值、稳态值和时间常数三个要素,直接写出一阶电路暂态的解,其公式为

$$f(t)=f(\infty)+[f(0_+)-f(\infty)]e^{-t/\tau}$$

4. RC 电路的暂态分析

零输入响应的电容电压方程为

$$u_C=U_0 e^{-\frac{t}{RC}}$$

零状态响应的电容电压方程为

$$u_C=U_s(1-e^{-\frac{t}{RC}})$$

全响应的电容电压方程为

$$u_C=I_s R+(U_0-I_s R)e^{-\frac{t}{RC}}$$

5. 电路的暂态分析

零输入响应的电感电流方程为

$$i_L=I_0 e^{-Rt/L}$$

零状态响应的电感电流方程为

$$i_L=I_s(1-e^{-Rt/L})$$

全响应的电感电流方程为

$$i_L=(\frac{U_s}{R}-I_s)-\frac{U_s}{R}e^{-Rt/L}$$

习题 7

7-1　如图 7-16 所示电路中开关 S 在 $t=0$ 时由 1 合向 2,电路原已处于稳态,试求 $t=0_+$ 时 u_C,i_C 的值。

7-2　如图 7-17 所示电路原已稳定,$t=0$ 时开关 S 闭合,试求 $u_C(0_+),i_C(0_+)$,

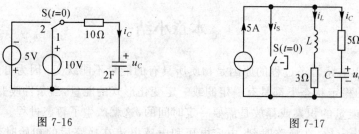

图 7-16　　　　　　　　　　　　　图 7-17

$i_L(0_+),i_S(0_+)$。

7-3　如图 7-18 所示电路中,开关 S 闭合前电路已处于稳态,已知 $R_1=R_2=300\Omega$, $C=4\mu F,U=6V$。开关 S 在 $t=0$ 时合上,求开关闭合后 u_C 的变化规律,并画出变化曲线。

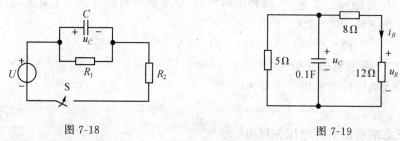

图 7-18　　　　　　　　　　　　　图 7-19

7-4　如图 7-19 所示电路中,设 $u_C(0_-)=15V$,试求 $t>0$ 时的 u_C,u_R 和 i_R。

7-5　已知电路如图 7-20(a)所示,u_C 的波形如图 7-20(b)所示。已知 $C=2\mu F,R_2=2k\Omega,R_3=6k\Omega$,试求 R_1 及电容电压的初始值 U_0。

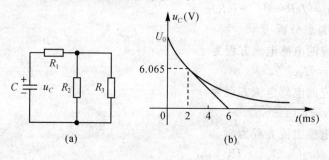

图 7-20

7-6　如图 7-21 所示电路已稳定,$t=0$ 时开关 S 闭合,$u_C(0_-)=0$,试求环路后的 u_C,i_C 和 i。

7-7　求如图 7-22 所示电路的零状态响应 i_L 和 u_L。

7-8　如图 7-23 所示电路已达到稳态。在 $t=0$ 时打开开关 S,试求 $t\geqslant0$ 时电流 i 并画其波形。

7-9　如图 7-24 所示电路换路前处于稳态,在 $t=0$ 时闭合开关 S,试求换路后的全

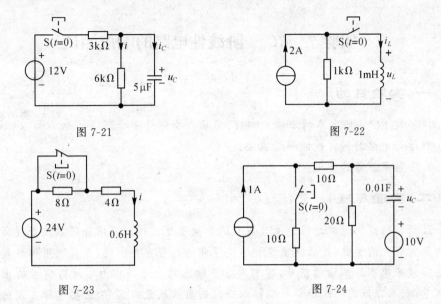

图 7-21 图 7-22

图 7-23 图 7-24

响应 u_C。

7-10 如图 7-25 所示电路中,已知 $U_s = 6V$，$I_s = 2A$ 及 $R_1 = 6\Omega$，$R_2 = 3\Omega$，$L = 0.5H$。开关闭合前电路已稳定,试求换路后的 i_L 和 u_R。

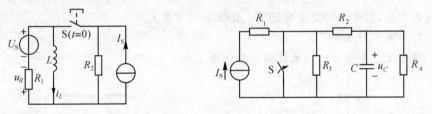

图 7-25 图 7-26

7-11 如图 7-26 所示电路,$t = 0$ 时开关闭合,开关闭合前电路已处于稳态。已知 $I_s = 30mA$，$R_1 = R_2 = R_3 = R_4 = 3k\Omega$，$C = 1\mu F$。求换路后的 u_C，并画出其变化曲线。

7-12 如图 7-27 所示电路,已知 $U_s = 6V$，$R_1 = 10k\Omega$，$R_2 = 10k\Omega$，$C = 100\mu F$，电容原来处于零初始状态,在 $t = 0$ 时刻,开关 S 合到触点 1 端,经过 10s 后将开关 S 迅速合到触点 2 端。求 $t \geqslant 0$ 时,u_C 的变化规律。

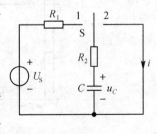

图 7-27

实验7 RC 一阶线性电路的响应测试

一、实验目的

1. 测定 RC 一阶电路的零输入响应、零状态响应及全响应。
2. 学习电路时间常数的测量方法。
3. 了解示波器的使用。

二、实验原理

1. 动态网络的过渡过程是十分短暂的单次变化过程。要用普通示波器观察过渡过程和测量有关的参数,就必须使这种单次变化的过程重复出现。可以利用信号发生器输出的方波来模拟阶跃激励信号,即利用方波输出的上升沿作为零状态响应的正阶跃激励信号;利用方波的下降沿作为零输入响应的负阶跃激励信号。只要选择方波的重复周期远大于电路的时间常数 τ,那么电路在这样的方波序列脉冲信号的激励下,它的响应就和直流电接通与断开的过渡过程是基本相同的。

2. 如图 7-28(b)所示的 RC 一阶电路的零输入响应和零状态响应分别按指数规律衰减和增长,其变化的快慢决定于电路的时间常数 τ。

3. 时间常数 τ 的测定方法

用示波器测量零输入响应的波形如图 7-28(a)所示。

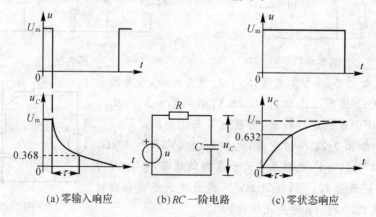

(a)零输入响应 (b)RC一阶电路 (c)零状态响应

图 7-28 RC 电路

根据一阶微分方程的求解得知 τ。当 $t = \tau$ 时,$U_C(\tau) = 0.368U_m$。此时所对应的时间就等于 τ。亦可用零状态响应波形增加到 $0.632U_m$ 所对应的时间测得,如图 7-28(c)所示。

三、实验设备

序号	名称	型号与规格	数量	备注
1	函数信号发生器		1	
2	示波器		1	
3	RC 电路实验板		1	

四、实验内容

1. 选由 $R=10\mathrm{k}\Omega$，$C=6800\mathrm{pF}$ 组成的如图 7-28(b)所示的 RC 充放电电路，u_i 为脉冲信号发生器输出的 $U_\mathrm{m}=3\mathrm{V}$，$f=1\mathrm{kHz}$ 的方波电压信号。通过两根同轴电缆线，将激励源和响应的信号分别连至示波器的两个输入口 $\mathrm{Y_A}$ 和 $\mathrm{Y_B}$，这时可在示波器的屏幕上观察到激励与响应的变化规律，请测算出时间常数 τ，并用方格纸按 1：1 的比例描绘波形。

少量地改变电容值或电阻值，定性地观察对响应的影响，并记录观察到的现象。

2. 令 $R=10\mathrm{k}\Omega$，$C=0.1\mu\mathrm{F}$，观察并描绘响应的波形，继续增大 C 值，定性地观察对响应的影响。

3. 令 $C=0.01\mu\mathrm{F}$，$R=100\Omega$，组成如图 7-28(a)所示的微分电路。在同样的方波激励信号($U_\mathrm{m}=3\mathrm{V}$，$f=1\mathrm{kHz}$)作用下，观测并描绘激励与响应的波形。

增减 R 之值，定性地观察对响应的影响，并作记录。请观察当 R 增至 $1\mathrm{M}\Omega$ 时，输入输出波形有何本质上的区别。

五、实验注意事项

1. 实验前，需熟读双踪示波器的使用说明书并特别注意相应开关、旋钮的操作与调节。

2. 信号源的接地端与示波器的接地端要连在一起(称共地)，以防外界干扰而影响测量的准确性。

3. 示波器的辉度不应过亮，尤其是光点长期停留在荧光屏上不动时，应将辉度调暗，以延长示波管的使用寿命。

六、预习思考题

1. 什么样的电信号可作为 RC 一阶电路零输入响应、零状态响应和完全响应的激励源？

2.已知 RC 一阶电路 $R=10\text{k}\Omega$，$C=0.1\mu\text{F}$，试计算时间常数 τ，并根据 τ 值的物理意义，拟定测量 τ 的方案。

七、实验报告

1.根据实验观测结果，在方格纸上绘出 RC 一阶电路充放电时 u_C 的变化曲线，由曲线测得 τ 值，并与参数值的计算结果作比较，分析误差原因。

2.根据实验观测结果，归纳、总结积分电路和微分电路的形成条件，阐明波形变换的特征。

第8章

发电机和电动机

【本章要点】

　1. 三相交流发电机的结构、工作原理和工作特性；

　2. 直流电动机的结构、工作原理和工作特性。

　　电机是通过电磁感应原理来实现能量转换的，因此电和磁是构成电机的两大要素。磁在电机中是以场的形式存在的，因而在工程分析计算时，为了方便，常将磁场简化为磁路处理。

　　电机是以磁场作为媒介进行机械能和电能相互转换的电磁装置。把机械能转换为电能的称为发电机，把电能转换为机械能的称为电动机。发电机是汽车电气系统的主要电源，当今世界各国的汽车上普遍采用三相硅整流交流发电机。电力起动是汽车起动的主要方式，而直流电动机是汽车起动机的基本部分。

8.1　三相交流发电机

8.1.1　三相交流同步发电机的工作原理

1. 交流发电机的发电原理

　　交流发电机就是把通电线圈所产生的磁场在发电机中旋转，使其磁力线切割静止的定子线圈，在线圈内产生交变电动势。交流发电机的工作原理如图 8-1 所示。

　　若转子不停地旋转，则感应电动势和负载中电流的方向和大小将随时间作周期性变化，于是就产生了交变电动势和交变电流。

　　实际汽车用的交流发电机通常是三相同步交流发电机，即指转子的转速与旋转磁场的转速相同（同步转速）的三相交流发电机。

图 8-2 所示为三相交流发电机发电整流电路示意图。发电机定子中分布有三相绕组,内部有一个转子,转子上安装着磁极和励磁绕组。

当外电路使励磁绕组通电时,便产生磁场。转子旋转时,磁力线和定子绕组之间产生相对运动,根据电磁感应原理可知,定子三相绕组中将产生交变电动势。这就是交流发电机的发电原理。

交流电动势的频率为

$$f = \frac{pn}{60} \tag{8-1}$$

式中:p 为磁极对数(图 8-2 示意图中转子有一对磁极,实际国产三相发电机转子绕组通常做成 6 对磁极);n 为发电机转速(r/min)。

在汽车使用的交流发电机中,由于转子磁极呈鸟嘴形,其磁场的分布近似成正弦规律,所以交

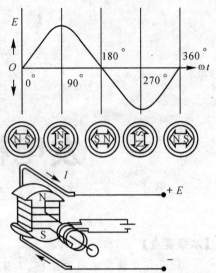

图 8-1　交流发电机发电原理图

流电动势也近似成正弦波形。三相绕组在定子槽中是对称绕制的,产生的三相电动势也是对称的。这样在三相绕组中将产生频率相同、幅值相等、相位互差 120°电角度的正弦电动势 ε_A,ε_B,ε_C。其波形如图 8-3(b)所示。

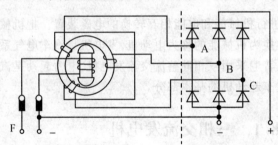

(图中虚线左边是三相交流发电机的电路结构示意图,右边是三相桥式整流电路)

图 8-2　三相交流发电机发电整流电路

三相绕组中电动势的瞬时值方程式为

$$\begin{cases} \varepsilon_A = \sqrt{2}\,E\sin\omega t \\ \varepsilon_B = \sqrt{2}\,E\sin(\omega t - 120°) \\ \varepsilon_C = \sqrt{2}\,E\sin(\omega t + 120°) \end{cases} \tag{8-2}$$

式中:E 为每相绕组电动势的有效值;ω 是旋转角速度。

对上述电路分析可得发电机每相绕组中所产生的电动势的有效值为

$$E = 4.44fN\Phi \tag{8-3}$$

式中:f 为感应电动势的频率;N 是每相绕组的匝数;Φ 是每极磁通。

可见对三相交流发电机而言,定子绕组的匝数越多,转子转速越高,则绕组输出的感应电动势也越大。

三相交流同步发电机产生的是三相交流电,而汽车电器能直接使用的是直流电,因此要先进行整流。汽车交流发电机通常都是由三相交流同步发电机和整流器两大部分构成,以下介绍其整流原理。

2. 整流原理

定子绕组中所感应出的交流电,要靠硅二极管组成的整流器改变为直流电。

汽车使用的三相交流发电机的整流器利用全波整流电路将交流电变为直流电,其原理如图 8-3 所示。

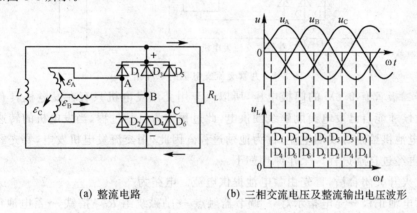

(a) 整流电路   (b) 三相交流电压及整流输出电压波形

图 8-3　三相全波整流电路

三个二极管 D_1,D_3,D_5 的正极,三个二极管 D_2,D_4,D_6 的负极分别接在发电机三相绕组的输出端 A,B,C。任意时刻,二极管 D_1,D_3,D_5 只有与三相绕组的输出端 A,B,C 中电位最高的一端相连的一个管子导通;二极管 D_2,D_4,D_6 只有与三相绕组的输出端 A,B,C 中电位最低的一端相连的一个管子导通。也就是说同时导通的管子只有两个,同时导通的两个管子总是将发电机的线电压加在负载 R_L 两端。输出的直流电压如图 8-3(b)所示,分析可得其数值为

$$U_L = 2.34U_p \tag{8-4}$$

式中:U_p 为交流相电压的有效值。

从输出波形能看出,经三相桥式全波整流电路能将三相交流电变成较平稳的直流电,整流输出直流电压值较高、整流效率高、质量好。

3. 新型交流发电机

汽车用交流发电机最常用的是九管的交流发电机,也就是具有 9 个硅二极管的发电机。如图 8-4 所示,其中 6 个硅二极管组成整流器,另外 3 个二极管提供通过发电机

中的励磁绕组的电流,称为励磁二极管。九管交流发电机不仅可以控制充电指示灯指示蓄电池的充电情况,指示充电系统是否发生故障,还可以在停车时,提醒驾驶员断开点火开关。

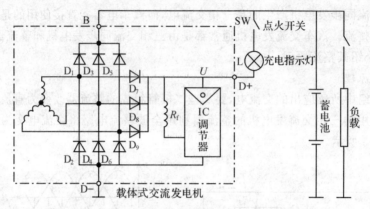

图 8-4 九管交流发电机的原理图

由于二极管有 0.6V 的门槛电压,所以汽车用交流发电机只有在发电机具有较高转速的时候才能自己发电给励磁线圈供电,此过程称为自励过程。当发电机的转速较低时,由蓄电池供给励磁线圈电流,称为他励过程。因此,用交流发电机发电,要先经过他励过程,再经过自励过程。工作原理如下:

当点火开关闭合后,首先由蓄电池提供电流。电路为

蓄电池正极 → 充电指示灯 → 调节器触点 → 励磁绕组 R_f → 搭铁 → 蓄电池负极

此时,充电指示灯由于有电流通过,所以灯会亮。

但发动机起动后,随着发电机转速提高,发电机的端电压也不断升高,当发电机的输出电压与蓄电池电压相等时,发电机"B"端和"D$^+$"端的电位相等,此时,充电指示灯由于两端电位差为零而熄灭。指示发电机已经正常工作,励磁电流由发电机自己供给。发电机中三相绕组产生的三相交流电动势经 6 只二极管整流后,输出直流电,向负载供电,并向蓄电池充电。

当发电机高速运转、充电系统发生故障而导致发电机不发电时,"D$^+$"端无电压输出,所以充电指示灯由于两端电位差增大而发亮,警告驾驶员及时排除故障。九管交流发电机在停车后,蓄电池向充电指示灯继续提供电流,因此充电指示灯会一直亮着,提醒驾驶员断开点火开关。

8.1.2 三相交流同步发电机的结构

以上讨论了三相交流发电机的原理,下面介绍其结构。

汽车用交流发电机由一个三相同步交流发电机和硅二极管整流器两大部分构成,

图 8-5 所示为其结构图。

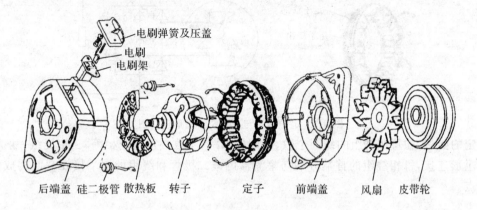

图 8-5　交流发电机结构图

　　三相同步交流发电机主要由转子和定子构成,整流器主要由硅整流二极管接成,下面分述其主要部分。

　　1. 转子

　　转子由转子轴、励磁绕组、磁轭、两块爪形磁极、滑环等组成,如图 8-6 所示。

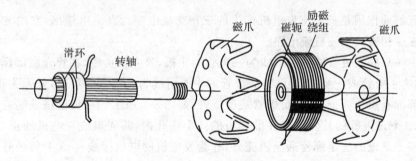

图 8-6　转子结构图

　　由低碳钢制成的两块六爪磁极压装在转子轴上,其空腔内装有励磁绕组,励磁绕组的两根引出线分别焊接在与轴绝缘的两个滑环上。滑环间用云母绝缘并与装在后端盖上的碳刷相接触,两个碳刷通过引线分别接在发电机的正、负接线柱上。当两接线柱与直流电源相接时,便有电流流过励磁绕组产生励磁磁场。

　　2.定子

　　定子又称电枢,是交流发电机产生三相交流电的部分。定子是由定子铁芯和定子绕组组成的,定子铁芯由相互绝缘的内圆带嵌线槽的圆环状硅钢片叠成,嵌线槽内嵌入三相对称的定子绕组线圈组成,如图 8-7 所示。

　　为使三相绕组中产生大小相等、相位差为 120°的对称电动势,三相绕组的绕制有

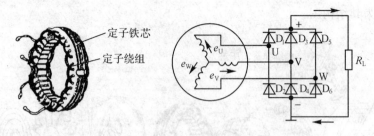

图 8-7 定子结构与三相绕组星形连接图

一定的要求,如每相绕组的线圈个数、线圈的节距、匝数必须完全相等。三相绕组一般采用星形连接,每相绕组的首端分别与整流器的硅二极管和绕组的尾端接在一起构成中性点。

3. 端盖

端盖的作用是支承转子、安装和封闭内部构件。前后端盖均用非导磁材料铝合金制成,漏磁少、质量轻、散热性能好。端盖的中心有球轴承,外围有通风孔和组装螺孔。

前端盖外侧为驱动发电机转子旋转的皮带轮,所以又称驱动端盖;后端盖内固定有电刷和刷架,所以又称整流端盖。

4. 整流器

整流器的作用是把交流发电机产生的三相交流电变为直流电输出,它由 6 只硅二极管接成三相桥式全波整流电路。

其中 3 只硅二极管的中心引线为二极管的正极,外壳为负极,在管壳底部标有红色标记,称为正极管或正烧管;3 只硅二极管的中心引线为二极管的负极,外壳为正极,在管壳底部标有黑色标记,称为负极管或反烧管,如图 8-8 所示。在负极搭铁的硅整流发电机中,3 个正极管的外壳压装在散热板的 3 个座孔内,共同组成发电机的正极,由一个与后端盖绝缘的固定螺栓通至机壳外,作为发电机的电枢接线柱;3 个负极管的外壳压装在后端盖的 3 个孔内,发电机外壳一起成为负极。如图 8-8 所示为其安装示意图。

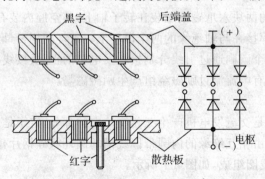

图 8-8 硅二极管及安装示意图

8.2　直流电动机

8.2.1　直流电动机结构与工作原理

1. 直流电动机的工作原理

直流电动机的基本工作原理是利用通电直导线在磁场中受电磁力的作用,产生电磁转矩使电动机转动的。

图 8-9 表示一台最简单的两极直流电机模型,通电线圈处在磁场中。线圈的首端和末端分别接在两个圆弧形的铜片上,此铜片称为换向片,其间相互绝缘固定在转轴上。换向片上放置着一对固定不动的电刷 b_1 和 b_2,当线圈旋转时通过换向片和电刷与外电路接通。

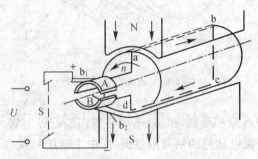

图 8-9　直流电动机模型

如图,当电刷 b_1 和 b_2 分别和换向片 A,B 连接时,电流流向为电刷 $b_1 \rightarrow A \rightarrow a \rightarrow b \rightarrow c \rightarrow d \rightarrow B \rightarrow$ 电刷 b_2,电流有效边 ab 和 cd 边将受到电磁力的作用。根据左手定则,该电磁力产生逆时针的电磁转矩,该转矩使通电线圈逆时针旋转。

当线圈转过 180°时,线圈 cd 边在上,ab 边在下。由于此时换向片也上下变换位置,换向片 A 在下 B 在上,因此电流的流向为电刷 $b_1 \rightarrow B \rightarrow d \rightarrow c \rightarrow b \rightarrow a \rightarrow A \rightarrow$ 电刷 b_2。根据左手定则,此时的电磁转矩仍使线圈逆时针方向旋转。可见通过换向片的换向作用,电流有效边 ab 和 cd 边的电流适时地改变了方向,从而产生方向不变的电磁转矩,在该转矩作用下,电枢线圈持续旋转,这就是电动机的转动工作原理。

由于磁场的分布不可能完全均匀,上述单线圈的电磁转矩会有较大的脉动,为减少这种脉动并增大转矩,实际应用的电动机电枢线圈由很多匝线圈按一定的规律连接组成,如图 8-13 所示。

2. 直流电动机的结构

图 8-10 所示为直流电机的结构图,有定子和转子部分,在定子和转子之间存有气

隙,下面就主要部件作一简要说明。

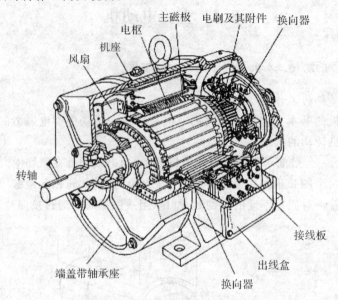

图 8-10　直流电机结构图

（1）定子部分

定子主要由主磁极、励磁线圈、机座、电刷装置和端盖等组成。

图 8-11 所示为直流电动机的剖面示意图,图中主磁场 Φ 流经两次磁极、两次气隙、转子铁芯和定子磁轭。

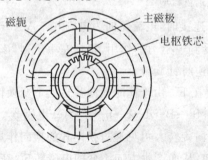

图 8-11　直流电机剖面示意图

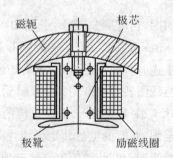

图 8-12　主磁极

主磁极铁芯由厚 1～1.5mm 的钢片叠压紧固而成,如图 8-12 所示。磁极近气隙处截面较大的部分称极靴,其作用是改善气隙磁场的分布,同时便于固定套在极心上的励磁线圈。

励磁线圈的作用是激励磁场,当线圈通以直流电流时,各磁极均产出一定的磁场,且相邻两个主磁极的极性是 N,S 交替出现的。

（2）转子部分

直流电机的转子是电机的转动部分，由电枢铁芯、电枢绕组、换向器、电机转轴和轴承等部分构成。

电枢铁芯是主磁路的一部分，为减少铁芯涡流损耗，它是由 0.5mm 厚电工钢片叠压而成。小型电机的铁芯冲片如图 8-13(a) 所示，其上冲有齿槽和圆孔，齿槽用于嵌放电枢线圈，圆孔用作通风孔。

电枢绕组是直流电机的重要组成部分。绕组由带绝缘的导线绕制而成，在电机中每一个线圈称为一个元件，多个元件有规律的连接起来形成电枢绕组。绕组嵌放在电枢铁芯的槽内，铁芯槽内的导线部分在电机转动时产生感应电动势，称元件的有效部分；在电枢槽内两端把有效部分连接起来的部分成为端接部分。端接部分只起连接作用，不产生电动势。

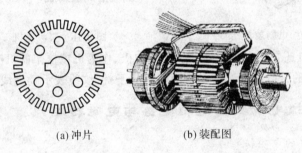

(a) 冲片　　　　(b) 装配图

图 8-13　电枢铁芯

换向器结构如图 8-14 所示，换向器是把外界供给的直流电流转变为绕组中的交变电流以获得方向不变的转矩，使电动机连续旋转，其原理见前面介绍。

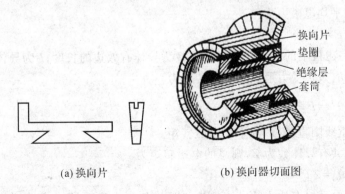

换向片
垫圈
绝缘层
套筒

(a) 换向片　　　　(b) 换向器切面图

图 8-14　换向器的结构

换向器由换向片组合而成，换向片采用导电性好、硬度大、耐磨性能好的紫铜或铜合金制成。换向片的底部制成燕尾状，嵌入金属套筒的 V 形槽中排列成圆筒形。片间及片与套筒间用云母绝缘。

与换向器配套的还有电刷装置,如图8-15所示。直流电枢绕组中的电流由旋转着的换向器通过静止的电刷流向外电路。电刷一般用碳石墨制成,电刷插在刷盒中。电刷上固定有称为刷辫的多股柔软导线通到电机的接线柱。为保持电刷与换向器有良好的接触并防止两者压得过紧而引起磨损过快,在刷顶上装有可调节的压紧弹簧。

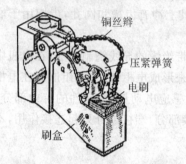
铜丝辫
压紧弹簧
电刷
刷盒

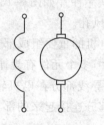 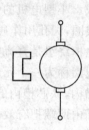

(a)电枢和励磁线圈　　(b)永磁直流电机

图 8-15　电刷装置　　　　　图 8-16　直流电机工程表示

另外直流电机还有用来改善换向器的换向极、作为机械框架的机座等。在工程应用中用图8-16所示的带电刷的圆表示直流电机转子,波纹线表示励磁线圈。

8.2.2　直流电动机的电枢电势与电磁转矩

1.直流电动机的电磁转矩

当直流电动机接上直流电源时,由于载流导体将在磁场中受到电磁力的作用,从而产生电磁转矩使电枢转子旋转。

由磁场基础知识可知,在直流电源作用下,电流通过换向片流经电枢线圈时作用在每根导线上的平均电磁力为

$$F = BlI \tag{8-5}$$

式中:B 为每一磁极下的平均磁感应强度;l 为导体有效边的长度;I 为导体内的电流。

则该导体有效边受力形成的电磁转矩为

$$T' = F\frac{D}{2}$$

式中:D 为电枢线圈直径;T' 为平均电磁转矩。

如果电枢共有导体数为 Z,则总的电磁转矩为

$$T = ZT'$$

上面式子中每根有效边的电流 I 与电枢电流 I_a 成正比,B 与每个磁极的磁通 Φ 成正比,其余各量都是常量,所以直流电动机的电磁转矩也可以改写为

$$T = C_T\Phi I_a \tag{8-6}$$

式中: C_T 为一常数,取决于电动机的构造,故也称为电机常数。

由以上推断可知,电磁转矩的大小与电枢电流 I_a 及磁极的磁通 Φ 成正比。

2. 直流电动机的电枢电动势

直流电动机接入直流电源后,产生电磁转矩,使电枢旋转,同时当电枢旋转时,由于电枢绕组又切割磁力线,则其中又产生了感应电动势,其方向按右手定则判断,恰与电枢电流方向相反,故称其为反电动势。根据第三章磁场基础知识,单根导线切割磁力线产生的电动势为

$$\varepsilon = Blv \tag{8-7}$$

对于直流电动机的电枢线圈,线圈有效边所处的磁感应强度 B 与磁极磁通 Φ 成正比,线圈切割磁场速度与转速成正比,所以整个电枢旋转产生的反电动势可写为

$$E = C_e \Phi n \tag{8-8}$$

式中: C_e 为电动势常数,取决于电机结构; Φ 为磁极磁通; n 为电动机转速。

可见电枢反电动势的大小与定子磁极磁通以及电动机转子转速成正比。

这样外加于电枢线圈上的电压,一部分降于电枢线圈的电阻上,另一部分则用来平衡电动机线圈因为旋转切割磁场而产出的反电动势。即有

$$U = E + R_a I_a \tag{8-9}$$

上式是电动机旋转时,必须满足的一个方程,称为电压平衡方程。由此有

$$I_a = \frac{U - E}{R_a} = \frac{U - C_e \Phi n}{R_a} \tag{8-10}$$

当负荷增大(减少)时,转轴上阻力矩也增大(减少),电枢转速降低(上升),而使反电动势 E 随之减小(增大),电枢电流增大(减少),所以电磁转矩也增大(减少),直至电动机的电磁转矩增加(减少)到与阻力值相等为止。这时电动机将在新的负载下以新的较低(较高)的转速平稳运转。

可见,当负载变化时,电动机的转速、电流和转矩都将会自动作相应变化,以满足负载的需要,直流电动机转矩会进行自动调节。

8.2.3　直流串励电动机的转矩特性、转速特性

直流电动机的电路部分主要有电枢回路和励磁回路,根据它们的连接方式(亦称为励磁方式)可分为四种,分别为并励、串励、复励和他励。

励磁绕组与电枢绕组并联的称并励,串联的称串励。如存在两个励磁线圈,一个与电枢绕组并联,一个与电枢绕组串联称复励。如果励磁绕组采用其他电源供电,两个绕组互不连接的称为他励。

汽车用直流电动机通常采用串励连接方式,如图 8-17 所示为串励直流电动机的电路图,其励磁绕组和电枢绕组串联接到直流电源。

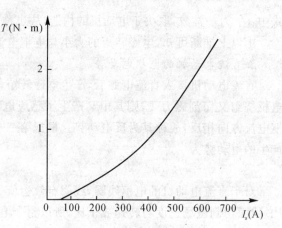

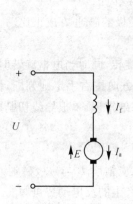

图 8-17　串励电动机电路图　　　　　　图 8-18　串励电动机的转矩特性

电动机的电磁转矩与电枢电流的关系 $T=f(I_a)$ 称为转矩特性。

由于励磁绕组和电枢绕组相串联,所以励磁电流 I_f 与电枢绕组的电流 I_a 相同。因此在磁路未饱和时,励磁绕组产生的磁通 Φ 与电枢电流 I_a 成正比,即 $\Phi=C_1I_a$,代入式(8-6)得

$$T=C_TC_1I_aI_a=CI_a^2 \tag{8-11}$$

式中:电机常数 $C=C_TC_1$。

有上式可知,串励式直流电动机的电磁转矩与电流的平方成正比,如图 8-18 所示为其转矩特性曲线图。

由于直流串励电动机的电磁转矩与电流的平方成正比,而电动机起动时,$n=0$,反电动势 $E=0$,根据式(8-10),这时电枢电流达到最大值,将产生最大转矩,从而使其带动的发动机易于起动。这就是汽车起动机通常采用串联电动机的主要原因。

串励直流电动机的转速与电枢电流的关系 $n=f(I_a)$ 称为转速特性。

根据式(8-9),电动机电枢反电动势 $E=U-I_aR_a$ 以及式(8-8)$E=C_e\Phi n$,故电动机的转速为

$$n=\frac{U-R_aI_a}{C_e\Phi} \tag{8-12}$$

由式(8-12)可知,当重载时,电流 I_a 增大,则式中 R_aI_a 增大,Φ 也增大,所以电动机的转速 n 随 I_a 的增大而急剧下降。反之,轻载时,转速 n 随 I_a 的减少而急剧上升。

图 8-19 所示是某串励电动机的转速特性曲线。

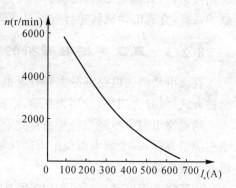

图 8-19　串励电动机的转速特性曲线

由于串励式直流电动机具有轻载转速高、重载转速低的特性,这对保证发动机的安全可靠的起动非常有利,这也是汽车起动机采用串励式直流电动机的又一重要原因。

本章小结

1. 电机是以磁场作为媒介进行机械能和电能相互转换的电磁装置。把机械能转换为电能的装置称为发电机,把电能转换为机械能的装置称电动机。

2. 通电导线在磁场中将受磁场电磁力的作用,这就是电动机转动动力,其受力遵守左手定则;导线在磁场中作切割磁力线时将产生动生电动势,其方向遵守右手定则,这就是发电机"发电"的原因。

3. 三相交流发电机发电原理:交流同步发电机就是把通电线圈所产生的磁场在发电机中旋转,使其磁力线切割定子线圈,在定子线圈内产生交变电动势,这就是交流电的"发电"原理。

4. 汽车用三相交流发电机由转子、定子、整流器及前后端盖等几大部分构成。其中转子包括爪极、励磁绕组、滑环、轴等部分。其中,转子磁极呈鸟嘴形,用于产生近似于正弦波的交流电动势。励磁绕组用来产生磁场。滑环能提供电路连接。轴可提供支撑。铁芯由硅钢片叠压而成,提供导磁通路。整流器:采用三相桥式全波整流电路,将三相绕组产生的交流电变为直流电。前后端盖由非导磁材料铝合金制成,其作用是支承转子,封闭内部构件。

5. 直流电动机的通电线圈在磁场中受电磁力的作用,由于换向器的电流换向作用,使得电枢线圈持续旋转。

6. 直流电动机由定子及转子两大部分组成。定子包括主磁极、励磁线圈、电刷装置及端盖。主磁极用于产生主磁通,励磁线圈装在主磁极上,通电时激发磁场,电刷装置和端盖使电流换向。转子包括电枢铁芯、电枢绕组、换向器及电机转轴和轴承。电枢铁芯可提供电枢绕组的支撑和磁场导通的磁路,电枢绕组由带绝缘的导线绕制而成,按一定规律嵌放在电枢铁芯的槽内,通电时有效边受磁场力作用而使转子转动。换向器可改变电流方向,使电枢绕组获得方向不变的转动转矩。电机转轴和轴承可提供转子支撑。

7. 当负载变化时,直流电动机的转速、电流及输出转矩会随着负载的变化自动进行调节,以满足负载的需要,即直流电动机具有转矩自动调节的功能特性。

8. 直流串励电动机具有起动转矩大,适宜作起动机的特点。

习题 8

8-1　试说明汽车用三相交流发电机的组成结构及其工作原理。

8-2　试说明三相交流发电机的全波整流电路连接方式及其工作原理。

8-3　直流电动机的基本工作原理是怎么样的？换向器的作用是什么？

8-4　直流电动机的负载发生变化，其输出转矩也会发生变化来自动适应负载变化，试说明其原理。

8-5　直流电动机采用串励式接法，具有起动转矩大的特点，试说明其优点，并分析其原因。

实验 8　电动机检修实验

一、实验目的

1.观察直流并励电动机的构造，熟悉其各部分的结构特点。

2.检测直流电动机励磁线圈和电枢线圈的断路、短路以及搭铁等常见故障并予以排除。

二、实验原理

直流电动机的励磁线圈和电枢线圈是其重要的组成部分，直流电动机的正常工作要求其不能出现断路、线圈匝间短路以及搭铁等故障，实验要求通过电工检测方法检查并排除上述故障。实验中通常利用万用表的欧姆挡来测量励磁绕组和电枢绕组的断路和搭铁故障。

三、实验设备

序号	名称	型号与规格	数量	备注
1	直流电动机		1	
2	万用表		1	
3	电枢短路测试仪		1	
4	千分表测试仪		1	
5	螺丝刀		若干	
6	电烙铁		1	

四、实验内容

1. 拆解直流电动机电枢转子、换向器等各部分。

2. 励磁绕组的检修

(1) 励磁绕组断路检查

如图 8-20 所示可用万用表 $R×1$ 挡检测,两表笔分别接电动机外壳引线(即电流输入接线柱)与励磁绕组的正电刷,如果测的电阻为无穷大,说明励磁绕组断路。

断路通常都是励磁线圈于电刷引线连接部位焊点松脱或虚焊所致,只需用电烙铁焊牢即可。

(2) 励磁绕组搭铁的检查

把万用表打在电阻 $R×10k$ 挡,两表笔分别连接励磁绕组接头与电动机外壳,万用表应不通,如果万用表相通则说明励磁绕组绝缘不良而搭铁,需要更换新件。

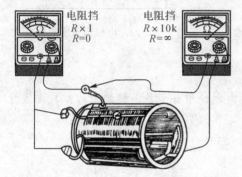

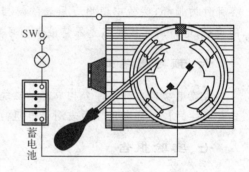

图 8-20 励磁绕组断路、搭铁检查　　　　图 8-21 励磁绕组短路检查

(3) 励磁绕组短路的检查

如图 8-21 所示连接线路,用螺丝刀检查每个磁极的电磁吸力,如某一磁极吸力过小,说明该磁极上的线圈匝间短路。

3. 电枢绕组的检修

(1) 断路故障

电枢绕组采用截面积较大的导线绕制,因此一般不会发生断路。可用肉眼观察判断并用电烙铁焊接修复。

(2) 搭铁故障

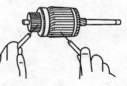

图 8-22 电枢绕组搭铁的检查

如图 8-22 所示用万用表两表笔分别连接电枢铁芯和换向器,正常时万用表不通,反之电枢绕组搭铁,应予更换电枢总成。

(3) 匝间短路故障

电枢绕组通常流过电流较大,当绝缘层烧坏容易导致匝间短路。电枢线圈短路可用电枢短路测试仪进行检查。如图 8-23 所示,当测试仪通电后将钢片置于电枢铁芯上,一边转动电枢一边移动钢片。当钢片在某一部分产生振动时,说明该处线圈短路,应当更换电枢。

图 8-23　电枢绕组短路的检查

4.电枢轴弯曲度检查

汽车用直流电动机的电枢轴较长,因此容易发生弯曲,检测方法如图 8-24 所示,电枢摆差应不大于 0.15mm,否则应予校正或更换电枢总成。

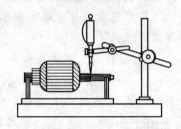

图 2-24　电枢弯曲度的检查

五、实验注意事项

实验前先进行预习;直流电动机的拆解要认真,避免各部件的损坏;实验中使用万用表欧姆挡要注意其挡位的选择;电路的连接要注意保持触点的可靠接触。

六、预习思考题

直流电动机由那几部分构成?励磁绕组和电枢绕组分别是怎样绕制的?其接线方式是怎样的?怎样利用万用表测量电阻?

七、实验报告

实验完毕,根据实验内容撰写一份实验报告。

第 9 章

数字电路基础

【本章要点】

1. 数字电路的基本概念；

2. 门电路输出和输入间的逻辑关系；

3. 加法器、译码器的逻辑功能；

4. 逻辑电路的分析方法；

5. 触发器的基本性质、功能和电路组成；

6. 寄存器、计数器的概念和功能；

7. 555 定时器的电路结构及其功能。

9.1 基本门电路

9.1.1 概　述

在数字电路中，门电路是最基本的逻辑元件，它的应用极为广泛。所谓"门"，就是一种开关，在一定条件下它能允许信号通过，若是条件不满足，信号就通不过。因此，门电路的输入信号与输出信号之间存在一定的逻辑关系，所以门电路又称为逻辑门电路。基本逻辑关系有"与"逻辑、"或"逻辑、"非"逻辑。实现这些逻辑关系的基本逻辑门电路也有"与"门、"或"门、"非"门。用这些门电路还可以组成各种复合门电路。

在数字逻辑系统中，门电路不是用有触点的开关，而是用二极管和晶体管等无触点的开关元件组成的，而常用的是各种集成门电路。门电路的输入和输出信息都是用电位（或电平）的高低来表示的，而电位的高低则用"1"和"0"来区别。若规定高电平为"1"，低电平为"0"，称为正逻辑系统。若规定低电平为"1"，高电平为"0"，则称为负逻辑系统。在本书中，如果没有特殊说明，采用的都是正逻辑。

9.1.2　分立元件门电路

1. "与"门电路

当决定某一事件的条件全部具备时,该事件才能发生。这种因果关系称为"与"逻辑关系,能够实现"与"逻辑关系的电路称为"与"门电路。

如图 9-1 所示的照明电路具有"与"逻辑关系,开关 A 与 B 串联。当开关 A 与 B 同时接通时(条件),灯泡 F 发亮(结果);只要有一个开关不接通,灯泡就不会发亮。

利用二极管的钳位作用,可以构成"与"门电路,"与"门电路及符号如图 9-2 所示。它有两个输入端(也可以有多个)。

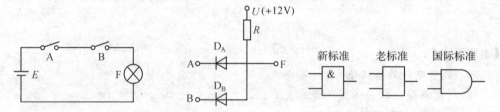

图 9-1　"与"逻辑照明电路　　　　图 9-2　二极管"与"门电路及符号

当输入端 A 与 B 都为高电平"1"时,如 A 与 B 均为 5V,二极管 D_A 与 D_B 均处于正向导通状态,输出端 F 为高电平"1",即约为 5V。

当输入端 A 与 B 均为低电平"0"时,如 A,B 均为 0V,二极管 D_A 与 D_B 亦处于正向导通状态,输出端 F 为低电平,即约为 0V。

表 9-1　"与"门电路的真值表

输入		输出
A	B	F
0	0	0
0	1	0
1	0	0
1	1	1

当输入端 A 与 B 中的一端为高电平"1"而另一端为低电平"0",如 A 端为 5V,B 端为 0V,则二极管 D_B 两端正向电压高于二极管 D_A 而优先导通。D_B 导通后,其正极具有钳位作用,将输出端 F 电位钳制在约 0V,使二极管 D_A 处于反向截止状态,输出端 F 为低电平,即约为 0V。

可见,只有当输入端 A 与 B 都为高电平"1"时,输出端 F 才为高电平"1";如果有一个输入端为低电平"0",输出端就变为低电平"0"。

两个输入端的输入信号都有"1"和"0"两种状态,所以有四种组合,即有四种状态。表 9-1 所示完整地表达了所有可能的逻辑状态,称为"与"门电路的真值表。

具有"与"逻辑关系的表达式为:$F = A \cdot B$ 或 $F = AB$。

"与"逻辑的运算规则是:$0 \cdot 0 = 0$,$1 \cdot 0 = 0$,$0 \cdot 1 = 0$,$1 \cdot 1 = 1$。

其口诀是:"见 0 得 0,全 1 得 1"。

2."或"门电路

在决定某一事件的各个条件中,只要具备一个条件该事件就会发生,这种因果关系称为"或"逻辑关系,能够实现"或"逻辑关系的电路称为"或"门电路。

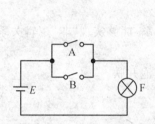

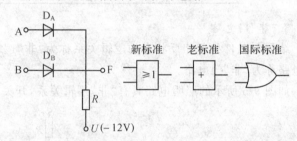

图 9-3　"或"逻辑照明电路　　　　　　　　图 9-4　二极管"或"门电路及符号

如图 9-3 所示的照明电路具有"或"逻辑关系,开关 A 与 B 并联,只要开关 A 或 B 中有一个接通,灯泡 F 就会亮。

利用二极管的钳位作用,可构成"或"门电路。"或"门电路及符号如图 9-4 所示。

当输入端 A 和 B 都为高电平"1"时,如果 A 和 B 均为 5 V,二极管 D_A 和 D_B 均处于正向导通状态,输出端 F 为高电平"1",即约为 5V。

当输入端 A 和 B 都为低电平"0"时,如果 A 和 B 均为 0 V,则二极管 D_A 和 D_B 亦处于正向导通状态,输出端 F 为低电平,即约为 0 V。

当输入端 A 与 B 中的一端为高电平"1"而另一端为低电平"0"时,如果 A 端为 5V,B 端为 0 V,则二极管 D_A 两端的正向电压高于二极管 D_B 而优先导通。D_A 导通后,其负极将 F 端电位钳制在约 5 V,使 D_B 处于反向截止状态,输出端 F 为高电平,即约为 5V。

由此可见,在两个输入端中,只要有一个为高电平"1",输出端就为高电平"1";只有当两个输入端都为低电平"0"时,输出端才为低电平"0"。

"或"门电路的真值表如表 9-2 所示。

或逻辑关系的表达式为:$F = A + B$。

或逻辑的运算规则是:$0 + 0 = 0$,　$0 + 1 = 1$,　$1 + 0 = 1$,　$1 + 1 = 1$。

其口诀是:"见 1 得 1,全 0 得 0"。

表 9-2　"或"门电路的真值表

输入		输出
A	B	F
0	0	0
0	1	1
1	0	1
1	1	1

3."非"门电路

结果与条件处于相反状态的逻辑关系称为"非"逻辑关系,能够实现"非"逻辑关系的电路称为"非"门电路。

如图 9-5 所示的照明电路具有"非"逻辑关系,开关与灯泡并联。

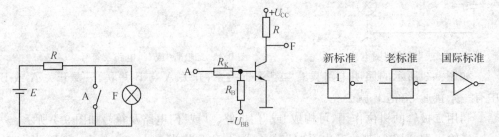

图 9-5　"非"逻辑照明电路　　　　　图 9-6　三极管"非"门电路及符号

当开关断开时,灯泡发亮;当开关接通时,灯泡不亮。灯泡亮这一结果与开关断开这个条件相反。

由三极管组成的"非"门电路及符号如图 9-6 所示。

三极管"非"门电路只有一个输入端 A。当输入端为高电平时,三极管饱和导通,输出端为低电平;当输入端为低电平时,三极管截止,输出端为高电平,其电位等于电源电压 U_{CC}。因此,三极管输入信号与输出信号之间的逻辑关系满足"非"逻辑关系。由于"非"门电路的输出信号与输入信号相反,因此,"非"门电路又称为反向器。

"非"门电路的真值表如表 9-3 所示。

"非"逻辑关系的表达式为 $F=\overline{A}$。

式中:A 上的短横表示"非"的意思,读作"A 非"。

"非"逻辑的运算规则为 $\overline{0}=1,\overline{1}=0$。

其口诀是"见 0 得 1,见 1 得 0"。

表 9-3 "非"门电路的真值表

输入	输出
A	F
0	1
1	0

上述三种是基本逻辑门电路,还可以把它们组合成为复合门电路,以丰富逻辑功能。常用的有"与非"门、"或非"门和"与或非"门等。

9.1.3 集成门电路

1. TTL 与非门电路

随着集成电路技术的发展,各种门电路已普遍采用集成电路,且每个集成块包含多个门电路。TTL 是晶体管——晶体管逻辑电路的简称,它是数字电路中最基本的单元电路,利用 TTL 集成电路可以构成各种基本门电路。

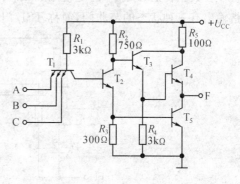

图 9-7 TTL 与非门电路

典型的 TTL 与非门电路如图 9-7 所示,它由三部分组成。

(1)输入级

输入级由多发射极三极管 T_1 和电阻 R_1 组成与门电路。多发射极三极管,就是只有一个基极,一个集电极,而有多个发射极的三极管。

(2)中间级

中间级由三极管 T_2 和电阻 R_2,R_3 组成反相器(非门电路)。T_2 的集电极和发射极分别为三极管 T_4 和 T_5 提供两个相位相反的信号。

(3)输出级

输出级由三极管 T_3,T_2,T_5 和电阻 R_4,R_5 组成。T_5 为反相器。T_3,T_4 是复合管,是 T_5 的有源负载。

由中间级提供的两个相位相反的信号,使 T_4,T_5 总是一个导通,一个截止。

1)当输入信号至少有一个是 0(低电平)时,三极管 T_1 的基极电位被固定在低电平,由于基极的电位低,T_1 管的集电结不会导通,因此,T_2 管的基极也是 0(低电平)。

T_2 的基极为 0,而截止,T_5 管也截止。

由于 T_2 管截止,T_3 管在 R_2 的偏置作用下而导通,T_4 也导通,输出的信号为 1(高电平)。

2)当输入信号全部为1(高电平)或悬空时,T_1的基极电位使集电结导通。这时电源$+V_{CC}$经电阻R_1,$T_{1(b,c)}$向三极管T_2,T_5提供基极电流,从而使T_2,T_5导通。

T_2的导通,使T_3的基极电位下降而截止,从而使T_4也截止。

由于T_4截止,T_5导通,使输出信号为0(低电平)。

通过以上分析,当输入信号有0(低电位)时,输出信号为1(高电平);当输入信号全部为1(高电平)时,输出信号为0(低电平)。这和与门电路正好相反,所以称为与非门电路。

2. 三态门电路(TSL 门电路)

在数据传送领域中,广泛使用到三态门。三态门又称为三态输出与非门。三态门是指输出有三种状态的与非门,简称 TSL 门。图 9-8 所示是一种形式的三态门电路。

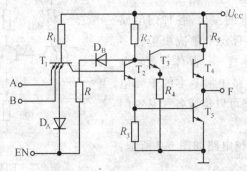

图 9-8　三态门电路

三态门电路与一般 TTL 与非门的不同点是:

(1)输入端多了一个"控制端",也称"使能端"EN。

(2)输出端除了输出 1(高电平)和 0(低电平)两种状态外,还增加了一个"高阻态",也称"禁止态"。

TSL 门的工作原理如下:

(1)当控制端 EN=1 时,二极管 D_B 反偏截止。此时三态门就是与非门电路。

(2)当控制端 EN=0 时,二极管 D_B 导通,将三极管 T_3 的基极电位钳制在低电平 0,使 T_3,T_4 都截止。同时 D_A 导通使三极管 T_2,T_5 都截止。这时从输出端看进去,电路处于高阻态,相当于开路。

三态门主要应用在数字系统的总线结构中。当多个门电路利用一条导线来传输信息时,每一时刻只允许一个门处于工作状态,其余的门均处于高阻态,相当于开路。这样一条导线就可以互不影响地传输多个门电路的输出信息。

9.2 组合逻辑电路

9.2.1 逻辑代数的基本知识

1.逻辑代数运算规则

逻辑代数也称为布尔代数,它是分析与设计逻辑电路的数学工具。它虽然和普通代数一样也用字母(A,B,C,…)表示变量,但变量的取值只有"1"和"0"两种,即逻辑"1"和逻辑"0"。它们不是数字符号,而是代表两种相反的逻辑状态。逻辑代数所表示的是逻辑关系,不是数量关系,这是它与普通代数本质上的区别。

在逻辑代数中有"与"运算、"或"运算和"非"运算三种基本运算。根据这三种基本运算可以推导出逻辑运算的基本公式和定律见表 9-4。

2.逻辑函数的表示方法

在逻辑电路中,输入变量 A,B,C,…的取值确定后,输出变量 Y 的值也被惟一地确定了,我们就称 Y 是 A,B,C,…的逻辑函数,逻辑函数的一般表达式为

$$Y = f(A,B,C,\cdots)$$

逻辑函数常用真值表、逻辑表达式、逻辑图三种方法表示,它们之间可以相互转换。

表 9-4 逻辑代数定律表

序 号	定律名称	基本公式	
1	0-1律	$A \cdot 0 = 0$ $A \cdot 1 = A$	$A + 0 = A$ $A + 1 = 1$
2	互补律	$A \cdot \overline{A} = 0$	$A + \overline{A} = 1$
3	重叠律	$A \cdot A = A$	$A + A = A$
4	交换律	$A \cdot B = B \cdot A$	$A + B = B + A$
5	结合律	$A(BC) = (AB)C$	$A + (B + C) = (A + B) + C$
6	分配律	$A(B + C) = AB + AC$	$A + BC = (A + B)(A + C)$
7	反演律	$\overline{AB} = \overline{A} + \overline{B}$	$\overline{A + B} = \overline{A} \cdot \overline{B}$
8	吸收律	$A(A + B) = A$ $A(\overline{A} + B) = AB$ $(A + B)(A + \overline{B}) = A$	$A + AB = A$ $A + \overline{A}B = A + B$ $AB + \overline{A}B = A$

下面举例说明。

有一 T 形走廊,在相会处有一路灯,在进入走廊的 A,B,C 三地各有控制开关,都能独立进行控制。任意闭合一个开关,灯亮;任意闭合两个开关,灯灭;三个开关同时闭

合，灯亮。设 A，B，C 代表三个开关(输入变量)，开关闭合其状态为"1"，断开为"0"；灯亮 Y(输出变量)为"1"，灯灭为"0"。现分别用三种方法表示逻辑函数 Y。

(1)真值表

表 9-5　真值表

A	B	C	Y
0	0	0	0
0	0	1	1
0	1	0	1
0	1	1	0
1	0	0	1
1	0	1	0
1	1	0	0
1	1	1	1

按照上列逻辑要求，可以列出真值表 9-5。真值表用输入、输出变量的逻辑状态("1"或"0")以表格形式来表示逻辑函数，直观明了。

(2)逻辑表达式

逻辑表达式用"与"、"或"、"非"等运算来表示逻辑函数的表达式。

可由真值表写出逻辑表达式。方法为

1)取 Y＝1 的组合列逻辑表达式。

2)对一种组合而言，输入变量之间是"与"的逻辑关系。对应于 Y＝1，如果输入变量为"1"，则取其原变量(如 A)；如果输入变量为"0"，则取其反变量(如 $\overline{A}$)。然后取乘积项。

3)各种组合之间是"或"的逻辑关系，故取以上乘积项之和。由此，从表 9-5 的真值表写出相应的三地控制一灯的逻辑表达式：

$$Y=\overline{A}\,\overline{B}C+\overline{A}B\overline{C}+A\overline{B}\,\overline{C}+ABC$$

(3)逻辑图

一般由逻辑表达式画出逻辑图。例如表达式 $Y=\overline{A}\,\overline{B}C+\overline{A}B\overline{C}+A\overline{B}\,\overline{C}+ABC$ 用逻辑图表示，见图 9-9。

3.逻辑函数的化简

逻辑函数的化简，通常是将逻辑函数化成最简"与或"表达式，也就是说，表达式中含有与项个数达到最少，且在满足与项个数最少的条件

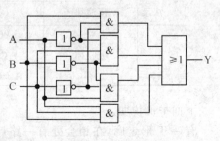

图 9-9　逻辑图

下,各与项所含的变量数达到最少。例如,F＝A＋BC 就是最简"与或"表达式。

代数化简法就是运用逻辑代数的公理、定理和规则对逻辑函数进行化简,这种方法没有固定的步骤可以遵循,主要取决于对逻辑代数的公理、定理和规则的熟练运用程度。下面举一个逻辑函数化简的实例。

例 9-1　化简 $F＝A\overline{C}＋ABC＋AC\overline{D}＋CD$

解　$F＝A\overline{C}＋ABC＋AC\overline{D}＋CD$

$\quad\quad ＝A(\overline{C}＋BC)＋C(A\overline{D}＋D)$　　　分配律

$\quad\quad ＝A(\overline{C}＋B)＋C(A＋D)$　　　　　吸收律

$\quad\quad ＝A\overline{C}＋AB＋AC＋CD$　　　　　分配律

$\quad\quad ＝A(\overline{C}＋C)＋AB＋CD$　　　　　分配律

$\quad\quad ＝A(1＋B)＋CD$　　　　　　　互补律、分配律

$\quad\quad ＝A＋CD$　　　　　　　　　　0-1 律

9.2.2　组合逻辑代数的分析与设计

在组合逻辑电路中,电路任一时刻的输出状态仅取决于该时刻的输入状态,而与输入信号作用之前的电路状态无关,而且输出状态稳定。图 9-10 所示是组合逻辑电路的结构示意图,X_1,X_2,$\cdots$,X_n 为输入逻辑变量;Y_1,Y_2,$\cdots$,Y_n 为输出逻辑变量。

图 9-10　组合逻辑电路的结构示意图

1.组合逻辑电路的分析

组合逻辑电路的分析就是由给定电路找出输入与输出之间的逻辑关系,写出它的逻辑表达式,然后根据已知逻辑电路,分析电路的逻辑功能。具体分析步骤如下:

(1)根据已知的逻辑图写出逻辑函数表达式。方法是逐级写出逻辑函数表达式,最后写出该电路输出与输入逻辑表达式;

(2)对写出的逻辑函数表达式进行化简,一般化简为最简与或表达式;

(3)由简化后的表达式列出真值表,进行逻辑功能分析。

例 9-2　分析图 9-11 所示逻辑电路的逻辑功能。

解　(1)逐级写出输出 Y 的逻辑表达式

$$Y＝\overline{\overline{AB}\ \overline{\overline{A}＋C}＋BC＋\overline{B}\overline{C}}$$

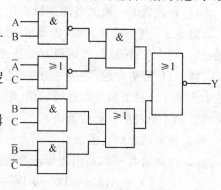

图 9-11　逻辑电路

（2）化简

$$Y = \overline{\overline{AB}\ \overline{A} + C} + \overline{BC + B\overline{C}}$$

$$= (AB + \overline{A} + C)(\overline{BC + B\overline{C}})$$

$$= \overline{A}\overline{B}C + \overline{A}B\overline{C} + \overline{B}\overline{C} + BC$$

$$= \overline{B}C + B\overline{C}$$

（3）逻辑功能分析

根据化简后的表达式写出真值表，如表 9-6 所示。从真值表可知，图 9-11 组合逻辑电路具有"异或"逻辑功能。

表 9-6

B	C	Y
0	0	0
0	1	1
1	0	1
1	1	0

2. 组合逻辑电路的设计

组合逻辑电路的设计就是根据逻辑功能的要求来设计能实现逻辑功能的简单又可靠的电路。具体设计步骤如下：

（1）首先对命题要求的逻辑功能进行分析，确定哪些是输入变量，哪些是输出变量，以及它们之间的相互关系，并对逻辑变量赋值。

（2）根据逻辑功能列出真值表。逻辑变量的赋值不同，真值表也不一样。

（3）由真值表写出相应的逻辑表达式，并进行化简。最后转换成命题所要求的逻辑函数表达式。

（4）画逻辑图。根据最简逻辑表达式，画出相应的逻辑电路图。

例 9-3 有一设计方案，需要甲、乙、丙三方进行表决通过，有两方或两方以上表示同意时，则方案被通过，否则视方案被否决。如何用与非门实现该电路？

解 （1）分析命题，表决三方甲、乙、丙分别为输入变量 A，B，C，方案的通过与否为输出变量 Y。对逻辑变量进行赋值：甲、乙、丙同意为 1，不同意为 0；输出 Y＝1 表示方案通过，Y＝0 表示方案被否决。

（2）根据题意列真值表 9-7。

（3）由真值表 9-7，写出逻辑函数表达式。化简后，再变换为与非形式。

$$Y = \overline{A}BC + A\overline{B}C + AB\overline{C} + ABC$$

$$= \overline{A}BC + A\overline{B}C + AB\overline{C} + ABC + ABC + ABC$$

$$= (\overline{A}BC + ABC) + (A\overline{B}C + ABC) + (AB\overline{C} + ABC)$$

$$= BC + AC + AB$$

用反演律将简化后的函数表达式转换成与非表达式

$$Y = \overline{BC + AC + AB} = \overline{\overline{BC} \cdot \overline{AC} \cdot \overline{AB}}$$

表 9-7

A	B	C	Y
0	0	0	0
0	0	1	0
0	1	0	0
0	1	1	1
1	0	0	0
1	0	1	1
1	1	0	1
1	1	1	1

(4)画出逻辑图如图 9-12 所示。

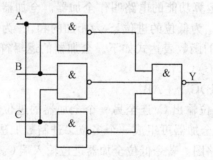

图 9-12　逻辑图

9.2.3　加法器

两个二进制数之间的算术运算无论是加、减、乘、除,目前在数字计算机中都是化作若干步加法运算进行的。因此,加法器是构成算术运算器的基本单元。

1. 半加器

实现两个一位二进制数相加的电路称为半加器,半加器的真值表如表 9-8 所示,其中 A,B 是两个加数,S 为相加的和,C 为向高位的进位,由真值表可写出和数 S,进位数 C 的函数表达式。

$$S = \overline{A}B + A\overline{B} = A \oplus B \qquad C = AB$$

表 9-8 半加器真值表

A	B	S	C
0	0	0	0
0	1	1	0
1	0	1	0
1	1	0	1

半加器的逻辑图及逻辑符号如图 9-13 所示。

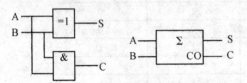

图 9-13 半加器的逻辑图及逻辑符号

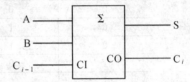

图 9-14 全加器的逻辑符号

2. 全加器

完成同位的两个数及来自低位的进位数三者相加,得到本位及向高位进位的运算称为全加运算,实现全加运算功能的电路叫作全加器。全加器的真值表如表 9-9 所示,其中 A,B 是两个加数,C_{i-1} 为低位的进位,S 为相加的和,C_i 为向高位的进位,由真值表可写出和数 S、进位数 C_i 的函数表达式如下。全加器的逻辑符号如图 9-14 所示。

$$S = A \oplus B \oplus C_{i-1}$$
$$C_i = (A \oplus B)C_{i-1} + AB$$

若把一个全加器的进位输出 C_i 连至另一个全加器的进位输入 C_{i-1},则可构成两位二进制数加法器。用几个全加器可组成一个多位二进制数加法运算的电路。图 9-15 是 4 位全加器的一种逻辑电路图。若令低位全加器进位输入端 $C_0 = 0$ 则可以直接实现 4 位二进制数的加法运算。这种全加器的任意一位的加法运算都必须等到低位加法完成送来进位时才能进行,这种进位方式称为串行进位。如 T692 就是 4 位串行进位的全加器。

表 9-9 全加器的真值表

A	B	C_{i-1}	S	C_i
0	0	0	0	0
0	0	1	1	0
0	1	0	1	0
0	1	1	0	1
1	0	0	1	0
1	0	1	0	1
1	1	0	0	1
1	1	1	1	1

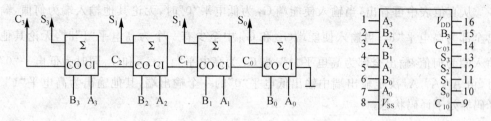

图 9-15　4 位全加器的逻辑电路图　　　　　图 9-16　C662 的外部
　　　　　　　　　　　　　　　　　　　　　　　　引线排列图

串行进位加法器电路简单,但工作速度较慢。从信号输入到最高位和数的输出,需要四级全加器的传输时间。为了提高运算速度,在一些加法器中采用了超前进位的方法。它们在作加法运算的同时,利用快速进位电路把各进位数也求出来,从而加快了运算速度。具有这种功能的电路称为超前进位加法器。C662 就是 4 位超前进位加法器。图 9-16 所示是 C662 的外部引线排列图。这种加法器也可以进行位数的扩展。图 9-17 所示就是两片 C662 实现 8 位二进制数相加的连线图。这里每片 C662 的 4 位加运算是超前进位的,但两片之间是串行进位方式。

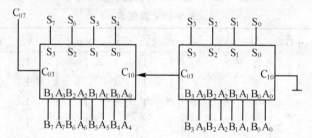

图 9-17　两片 C662 实现 8 位二进制数相加的连线图

9.2.4　译码器

1. 变量译码器

变量译码器的输入、输出端数的关系是,当有 n 个输入端,就有 2^n 个输出端。而每一个输出所代表的函数对应于 n 个输入变量的最小项。常见的变量译码器有 74LS138(3 线－8 线译码器)、74LS154(4 线－16 线译码器)和 74LS131(带锁存的 3 线－8 线译码器)等。下面以 74LS138 为例介绍这一类电路的功能。

(1)74LS138 的逻辑符号和管脚功能

74LS138 是一个有 16 个管脚的数字集成电路,除电源、"地"两个端子外,还有 3 个输入端 A_2,A_1,A_0,8 个输出端 $\overline{Y}_7 \sim \overline{Y}_0$,输出信号为低电平有效;3 个使能端 G_1,$\overline{G}_{2A}$,$\overline{G}_{2B}$。其管脚图和惯用符号如图 9-18 所示。输入和输出之间的关系见表 9-10。

　　从真值表中可看出,当输入使能端 G_1 为低电平"0"时,无论其他输入端为何值,输出全部为高电平"1";当输入使能端 $\overline{G}_{2A}$ 和 $\overline{G}_{2B}$ 中至少有一个为高电平"1"时,无论其他输入端为何值,输出全部为高电平"1";当 G_1 为高电平"1"、$\overline{G}_{2A}$ 和 $\overline{G}_{2B}$ 同时为低电平"0"时,由 A_2,A_1,A_0 决定输出端中输出低电平"0"的一个输出端,其他输出为高电平"1"。译码器处于译码状态。

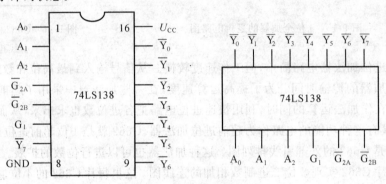

图 9-18　74LS138 管脚图和惯用符号

表 9-10　真值表

G1	$\overline{G}_{2A}+\overline{G}_{2B}$	A_2	A_1	A_0	$\overline{Y}_0$	$\overline{Y}_1$	$\overline{Y}_2$	$\overline{Y}_3$	$\overline{Y}_4$	$\overline{Y}_5$	$\overline{Y}_6$	$\overline{Y}_7$
×	1	×	×	×	1	1	1	1	1	1	1	1
0	×	×	×	×	1	1	1	1	1	1	1	1
1	0	0	0	0	0	1	1	1	1	1	1	1
1	0	0	0	1	1	0	1	1	1	1	1	1
1	0	0	1	0	1	1	0	1	1	1	1	1
1	0	0	1	1	1	1	1	0	1	1	1	1
1	0	1	0	0	1	1	1	1	0	1	1	1
1	0	1	0	1	1	1	1	1	1	0	1	1
1	0	1	1	0	1	1	1	1	1	1	0	1
1	0	1	1	1	1	1	1	1	1	1	1	0

(2)74LS138 的功能扩展

用两片 74LS138 可以构成 4 线－16 线译码器,连接方法如图 9-19 所示。

A_3,A_2,A_1,A_0 为扩展后电路的信号输入端,$\overline{Y}_{15} \sim \overline{Y}_0$ 为输出端。当输入信号最高位 $A_3=0$ 时,高位芯片被禁止,$\overline{Y}_{15} \sim \overline{Y}_8$ 输出全部为"1",低位芯片被选中,低电平"0"输出端由 A_2,A_1,A_0 决定。$A_3=1$ 时,低位芯片被禁止,$\overline{Y}_7 \sim \overline{Y}_0$ 输出全部为"1",高位芯片被选中,低电平"0"输出端由 A_2,A_1,A_0 决定。

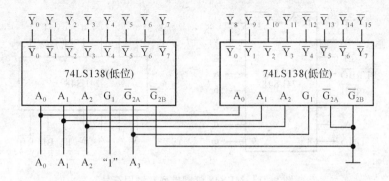

图 9-19　两片 74LS138 译码器扩展成 4 线－16 线译码器连线图

2.显示译码器

显示译码器是将二进制代码变换成显示器件所需特定状态的逻辑电路。数码显示器是常用的显示器件之一。

(1)数码显示器

常用的数码显示器(也称为数码管)类型有半导体发光二极管数码显示器(LED)和液晶数码显示器(LCD)。用 7 段(或 8 段,含小数点)显示单元做成"日"字形,用来显示 0~9 十个数码,如图 9-20 所示。

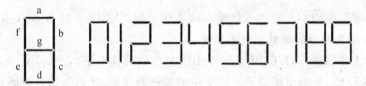

图 9-20　七段数码显示器原理图

数码显示器在结构上分为共阴极和共阳极两种,共阴极结构的数码显示器需要高电平驱动才能显示;共阳极结构的数码显示器需要低电平驱动才能显示。

(2)七段显示译码器

七段显示译码器是用来与数码管配合,把以二进制 BCD 码表示的数字信号转换为数码管所需的输入信号。常用的七段显示译码器型号有 74LS46,74LS47,74LS48 及 74LS49 等。下面通过对 74LS48 的分析,了解这一类集成逻辑器件的功能和使用方法。

1)74LS48 的管脚功能和惯用符号

74LS48 是一个 16 脚的集成器件,除电源、接地端外,有 4 个输入端 A_3,A_2,A_1,A_0,输入 4 位二进制 BCD 码,高电平有效;7 个输出端 a ~g,内部的输出电路有上拉电阻,可以直接驱动共阴极数码管;3 个使能端 $\overline{LT}$,$\overline{BI/RBO}$ 和 $\overline{RBI}$。管脚排列关系和惯用符号见图 9-21 所示。

2)74LS48 的逻辑功能

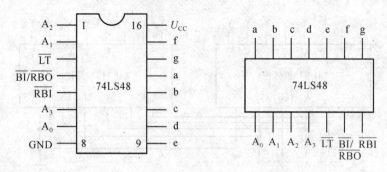

图 9-21 74LS48 管脚排列及惯用符号

①灯测试端$\overline{LT}$。当$\overline{LT}=0$,$\overline{BI}=1$时,不论其他输入端为何种电平,所有的输出端全部输出为"1",驱动数码管显示数字 8。所以$\overline{LT}$端可以用来测试数码管是否发生故障、输出端和数码管之间的连接是否接触不良。正常使用时,$\overline{LT}$应处于高电平或悬空。

②灭灯输入端$\overline{BI}$。当两$\overline{BI}=0$时,不论其他输入端为何种电平,所有的输出端全部输出为"0",数码管不显示。

③动态灭零输入端$\overline{RBI}$。当$\overline{LT}$,$\overline{BI}$为 1,$\overline{RBI}=0$时,若 $A_3A_2A_1A_0=0000$,所有的输出端全部输出为"0",数码管不显示;若 A_3,A_2,A_1,A_0 输入其他代码组合时,译码器正常输出。

④灭零输出端$\overline{RBO}$。它和灭灯输入端连在一起。$\overline{RBI}=0$ 且 $A_3A_2A_1A_0=0000$ 时,$\overline{RBO}$输出为 0,表明译码器处于灭零状态。

⑤正常工作状态下,$\overline{LT}$,$\overline{BI}/\overline{RBO}$和$\overline{RBI}$悬空或接高电平,在 A_3,A_2,A_1,A_0 端输入一组 8421BCD 码,在输出端得到一组 7 位的二进制代码,此码组送入数码管,数码管就可以显示与输入对应的十进制数。

74LS48 的真值表见表 9-11。

表 9-11 74LS48 的真值表

$\overline{LT}$	$\overline{RBI}$	$\overline{BI}/\overline{RBO}$	A_3 A_2 A_1 A_0	a b c d e f g	功能显示
0	×	1	× × × ×	1 1 1 1 1 1 1	试灯
×	×	0	× × × ×	0 0 0 0 0 0 0	熄灭
1	0	0	0 0 0 0	0 0 0 0 0 0 0	灭 0
1	1	1	0 0 0 0	1 1 1 1 1 1 0	显示 0
1	×	1	0 0 0 1	0 1 1 0 0 0 0	显示 1
1	×	1	0 0 1 0	1 1 0 1 1 0 1	显示 2
1	×	1	0 0 1 1	1 1 1 1 0 0 1	显示 3
1	×	1	0 1 0 0	0 1 1 0 0 1 1	显示 4
1	×	1	0 1 0 1	1 0 1 1 0 1 1	显示 5

续表

$\overline{\text{LT}}$	$\overline{\text{RBI}}$	$\overline{\text{BI/RBO}}$	A_3 A_2 A_1 A_0	a b c d e f g	功能显示
1	×	1	0 1 1 0	0 0 1 1 1 1 1	显示 6
1	×	1	0 1 1 1	1 1 1 0 0 0 0	显示 7
1	×	1	1 0 0 0	1 1 1 1 1 1 1	显示 8
1	×	1	1 0 0 1	1 1 1 0 0 1 1	显示 9
1	×	1	1 0 1 0	0 0 0 1 1 0 1	显示 ⊏
1	×	1	1 0 1 1	0 0 1 1 0 0 1	显示 ⊐
1	×	1	1 1 0 0	0 1 0 0 0 1 1	显示 ⊔
1	×	1	1 1 0 1	1 0 0 1 0 1 1	显示 ⊑
1	×	1	1 1 1 0	0 0 0 1 1 1 1	显示 ⊢
1	×	1	1 1 1 1	0 0 0 0 0 0 0	无显示

3. 译码器的应用

译码器的应用范围很广,除了能驱动显示器外,还能实现存储系统的地址译码和指令译码,实现逻辑函数,作多路分配器,以及控制灯光等等。下面介绍译码器的几种典型应用。

(1)译码器作地址译码器

实现微机系统中存储器或输入/输出接口芯片的地址译码是译码器的一个典型用途。图 9-22 所示是将四输入变量译码器用于半导体只读存储器地址译码的一个实例。图中,译码器的输出用来控制存储器的片选端$\overline{\text{CS}}$,该输出信号取决于高位地址码 $A_5\sim A_8$。$A_5\sim A_8$ 4 位地址有 16 个输出信号。利用这些输出信号可从 1 6 片存储器中选用一片,再由低位地址码 $A_0\sim A_4$ 从被选片中选中一个存储单元,读出选中单元的内容。

(2)用译码器构成数据分配器或时钟分配器

数据分配器也称为多路分配器,它可以按地址的要求将 1 路输入数据分配到多输出通道中某一特定输出通道去。由于译码器可以兼作分配器使用,厂家并不单独生产分配器组件,而是将译码器改接成分配器。下面举例说明。

将带使能端的 3-8 线译码器 74LS138 改作 8 路数据分配器的电路图如图 9-23 所示。译码器的使能端作为分配器的数据输入端,译码器的输入端作为分配器的地址码输入端,译码器的输出端作为分配器的输出端。这样分配器就会根据所输入的地址码将输入数据分配到地址码所指定的输出通道。

例如,要将输入信号序列 00100100 分配到 Y_0 通道输出,只要使地址码 $X_2X_1X_0=000$,输入信号从 D 端输入,Y_0 端即可得到和输入信号相同的信号序列。波形图如图 9-23 (b)所示。此时,其余输出端均为高电平。若要将输入信号分配到 Y_1 输出端,只要将地址码变为 001 即可。依此类推,只要改变地址码,就可以把输入信号分配到任何一个

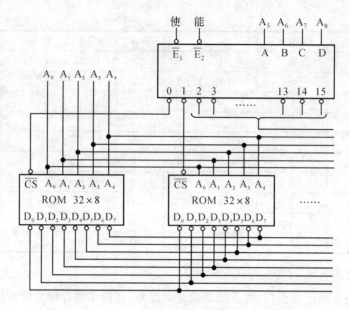

图 9-22　四输入变量译码器用于存储器地址译码

输出端输出。

　　74LSl38 作分配器时，按图 9-23(a)的接法可得到数据的原码输出。若将数据加到 G_1 端，而 $\overline{G}_{2A}$，$\overline{G}_{2B}$ 接地，则输出端得到数据的反码。

　　在图 9-23 (b)中，如果 D 输入的是时钟脉冲，则可将该时钟脉冲分配到 $Y_0 \sim Y_7$ 的某一个输出端，从而构成时钟脉冲分配器。

图 9-23　74LS138 改作 8 路分配器

　　(3)用译码器实现逻辑函数

　　由于全译码器在选通时，各输出函数为输入变量相应最小项之非，而任意逻辑函数总能表示成最小项之和的形式。因此，全译码器加一个与非门可实现逻辑函数。

　　例 9-4　用全译码器实现逻辑函数 $F = \overline{A}\overline{B}C + \overline{A}B\overline{C} + A\overline{B}\overline{C} + ABC$。

　　解　(1)全译码器的输出为输入变量相应最小项之非，故先将逻辑函数式 F 写成最小项之反的形式。由德·摩根定理得

$$F = \overline{\overline{ABC} \cdot \overline{\overline{ABC}} \cdot \overline{AB\overline{C}} \cdot \overline{ABC}}$$

(2)F 有 3 个变量,因而选用三变量译码器。

(3)将变量 C,B,A 分别接三变量译码器的 C,B,A 端,则上式变为 $F = \overline{Y}_0 \cdot \overline{Y}_2 \cdot \overline{Y}_1$
$\cdot \overline{Y}_7$,图 9-24 所示是用三变量译码器 74LS138 实现上述函数的逻辑图。

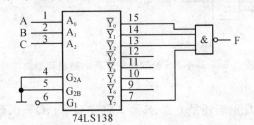

图 9-24 74LS138 实现逻辑函数

9.3 触发器与时序逻辑电路

9.3.1 触发器

在时序逻辑电路中,常采用触发器作存储电路。所谓触发器,是指具有 0 和 1 两种
稳定状态的电路。在任一时刻,触发器只处于一种稳定状态,当触发器处于某一稳定状
态时,它能长期保持这一状态,只有在一定条件下,它才能翻转到另一个状态并稳定下
来,直到下一个输入使它翻转为止。

触发器是能够存储一位二进制数的理想器件,它被广泛用于时序电路中。根据逻辑
功能的不同,触发器可分为四种:RS 触发器、JK 触发器、T 触发器和 D 触发器。

1.RS 触发器

将两个与非门的输入端和输出端交叉连接就构成基本 RS 触发器。图 9-25 所示就
是基本 RS 触发器的逻辑电路图和逻辑符号。

$\overline{R}_D$、$\overline{S}_D$ 是输入端,输入端引线上的小圆圈是表示输入为低电平时有效,$\overline{S}_D$ 叫置位
端(或称置 1 端),$\overline{R}_D$ 叫复位端(或称置 0 端)。Q,$\overline{Q}$ 是两个状态互补的输出端,即一端为
0,则另一端就为 1。基本 RS 触发器有两种稳定状态:当 Q=1,$\overline{Q}$=0 时,称为置位状态
(1 态);当 Q=0,$\overline{Q}$=1 时,称为复位状态(0 态)。由于触发器有两个输入变量,所以有 4
种输入组合情况,下面分别加以讨论。

(1)$\overline{R}_D$=0,$\overline{S}_D$=1 时

不论触发器原来是 1 态还是 0 态,$\overline{R}_D$=0 将使 Q=0,$\overline{Q}$=1,触发器为 0 态,触发器
的状态与原来状态无关。故称 $\overline{R}_D$ 为复位端或置 0 端。

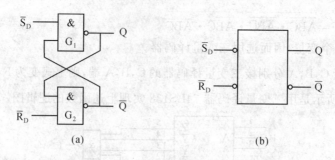

图 9-25　基本 RS 触发器的逻辑电路图和逻辑符号

(2)$\overline{R}_D=1$,$\overline{S}_D=0$ 时

不论触发器原来是 1 态还是 0 态,$\overline{S}_D=0$ 将使 $Q=1$,$\overline{Q}=0$,触发器为 1 态,触发器的状态同样与原来状态无关。故称$\overline{S}_D$ 为置位端或置 1 端。

(3)$\overline{R}_D=1$,$\overline{S}_D=1$ 时

设电路原来是 0 态,即 $Q=0$,$\overline{Q}=1$,因为 G_2 的一个输入端 $Q=0$,根据"与非"门"有 0 出 1"的功能,其输出$\overline{Q}=1$,而 G_1 的两个输入端均为 1,由"与非"门"全 1 出 0"的功能,其输出 $Q=0$,触发器保持原来状态不变。若电路原来是 1 态,则保持原状态不变。这就是触发器的记忆功能。

(4)$\overline{R}_D=0$,$\overline{S}_D=0$ 时

这时,$Q=1$,$\overline{Q}=1$,已经不符合 Q 与$\overline{Q}$相反的逻辑状态。而且,当$\overline{R}_D=0$,$\overline{S}_D=0$ 的信号消失后,触发器将由各种偶然因素决定其最终状态。因此这种情况应在使用中禁止出现。

综上所述,基本 RS 触发器的逻辑功能如表 9-12 所示。

表 9-12　基本 RS 触发器的真值表

$\overline{S}_D$	$\overline{R}_D$	Q	$\overline{Q}$	逻辑功能
1	0	0	1	置 0
0	1	1	0	置 1
1	1	不变	不变	保持
0	0	不定	不定	不允许

2.可控 RS 触发器

上面介绍的基本 RS 触发器是各种双稳态触发器的共同部分,为了便于多个相关触发器同步工作,必须引入时钟脉冲信号 CP(一种控制命令),这种受时钟信号控制的触发器称为可控触发器。图 9-26 所示是可控 RS 触发器的逻辑电路图和逻辑符号。

在由 G_1,G_2 组成的基本 RS 触发器的基础上增加 G_3,G_4 两个导引控制门,就构成

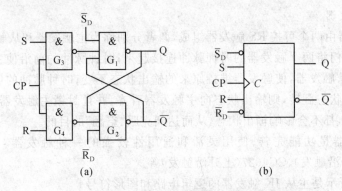

图 9-26　可控 RS 触发器的逻辑电路图和逻辑符号

了可控 RS 触发器。$\overline{R}_D$ 是直接复位端,$\overline{S}_D$ 是直接置位端,它们的作用是在工作之初,使触发器不受 CP 的控制下而处于某一给定状态,在工作过程中不用它们,它们处于 1 态。

在 CP＝0 时,导引控制门 G_3,G_4 都"有 0 出 1",使基本 RS 触发器保持原来的状态不变。可见,在 CP＝0 期间,输入信号无论如何变化,都不会改变输出状态。

在 CP＝1 时,R,S 的状态开始起作用。

(1)如果 R＝0,S＝1,则 G_3＝0,G_4＝1,触发器无论原来是什么状态都将使 Q＝1。

(2)如果 R＝1,S＝0,则 G_3＝1,G_4＝0,触发器无论原来是什么状态都将使 Q＝0。

(3)如果 R＝0,S＝0,则 G_3＝1,G_4＝1,触发器保持原来的状态,即 $Q^{n+1}=Q^n$。Q^n 表示时钟信号到来之前触发器的输出状态,称为现态;Q^{n+1} 表示时钟信号到来之后的状态,称为次态。

(4)如果 R＝1,S＝1,则 G_3＝0,G_4＝0,触发器状态不定,这是不允许的。

综上所述,可控 RS 触发器的逻辑功能如表 9-13 所示。

表 9-13　可控 RS 触发器真值表

原态	输入		次态	逻辑功能
Q^n	R	S	Q^{n+1}	
0	0	0	0	保持
1	0	0	1	
0	0	1	1	置 1
1	0	1	1	
0	1	0	0	置 0
1	1	0	0	
0	1	1	×	不允许
1	1	1	×	

3. JK 触发器

JK 触发器由两个可控 RS 触发器组成，两者分别称为主触发器和从触发器。此外，还通过一个非门将两个触发器的时钟脉冲连接起来；时钟脉冲的前沿使主触发器接收信号，而封锁从触发器，使触发器维持原来的输出状态不变；时钟脉冲的后沿让触发器跟随主触发器状态翻转，则输出状态向主触发器看齐，并且封锁主触发器，使输入信号无论如何变化，都不会影响输出状态，从而达到克服"空翻"的目的。

JK 触发器是功能完善、使用灵活和通用性较强的一种触发器。常用型号有74LS112（下降沿触发）、CC4027（上升沿触发）等。

图 9-27 所示是主从 JK 触发器的逻辑电路和图形符号。

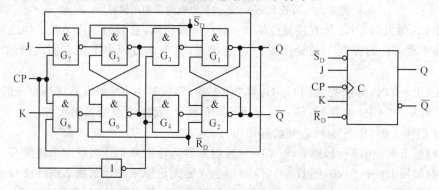

图 9-27 主从 JK 触发器的逻辑电路和图形符号

其中 J 和 K 是控制信号输入端，Q 和 $\overline{Q}$ 是输出端，CP 是时钟控制输入端，$\overline{R}_D$ 是直接复位（0 态）端，$\overline{S}_D$ 是直接置位（1 态）端。逻辑符号图中 CP 引线上端的"$\wedge$"符号表示边沿触发，引线端处的小圆圈表示低电平触发。两符号均有，表示下降沿触发；有"$\wedge$"符号无小圆圈，表示上升沿触发。

下面分析 JK 触发器的逻辑功能。

在时钟触发脉冲 CP 作用下，JK 触发器的输出、输入端子对应关系为：

当 J=0，K=0 时，触发器的次态保持原态不变，即 $Q^{n+1}=Q^n$；

当 J=1，K=0 时，触发器为"1"状态，即无论原态如何，次态 $Q^{n+1}=1$；

当 J=0，K=1 时，触发器为"0"状态，即无论原态如何，次态 $Q^{n+1}=0$；

当 J=1，K=1 时，触发器发生翻转，即 $Q^{n+1}=\overline{Q}^n$。

表 9-14 是主从 JK 触发器的功能表。

表 9-14 主从 JK 触发器真值表

J	K	Q^{n+1}	逻辑功能
0	0	Q^n	不变
0	1	0	置 0
1	0	1	置 1
1	1	$\overline{Q^n}$	翻转

例 9-5 已知主从 JK 触发器各个输入端波形如图 9-28 所示,试画出输出波形。

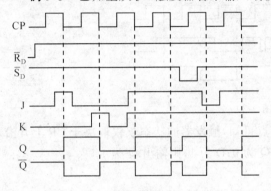

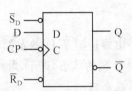

图 9-28   图 9-29 D 触发器逻辑符号

解 首先从波形图上找出每个时钟脉冲为高电平期间的 J 和 K 的状态,然后利用 JK 触发器真值表确定触发器的次态,而每次输出状态的改变发生在时钟信号的下降沿,注意的是当 $\overline{S}_D$ 为低电平时直接置"1"。输出波形如图 9-28 所示。

4.D 触发器

D 触发器是只有一个控制信号输入端的触发器,通常为边沿触发器。D 触发器分为上升沿触发和下降沿触发两种,D 触发器的次态只取决于时钟脉冲触发边沿到来前控制信号 D 端的状态。D 触发器的应用很广,可用作数字信号的寄存、移位寄存、分频及波形发生等。

有很多种型号的 D 触发器可供各种用途的需要来选用,如 74LS74(双 D 触发器)、74LSl75(四 D 触发器)、74LSl74(六 D 触发器)、74LS273(八 D 触发器)及 CC4013(CMOS 双 D 触发器)等。

图 9-29 所示为 74LS74D 触发器逻辑符号。D 触发器的输出和输入之间的关系为:在触发脉冲作用下,D 为 0,则输出 Q 为 0;D 为 1,则输出 Q 为 1。

表 9-15 是上升沿触发的 D 触发器功能表。

表 9-15　D 触发器真值表

D	Q^{n+1}
0	0
1	1

例 9-6　已知维持阻塞 D 触发器 CP 和 D 的波形，如图 9-30 所示，画出触发器 Q 波形。设初始状态为 0。

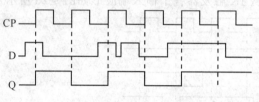

图 9-30

解　由维持阻塞 D 触发器的动作特点可知，触发器的状态仅仅取决于 CP 上升沿到达时刻 D 端的状态，即 D 为 0，则输出 Q 为 0；D 为 1，则输出 Q 为 1。

5. T 触发器

T 触发器属于只有一个控制信号输入端的触发器，其逻辑功能较简单。当 T＝1 时，触发器的状态翻转；当 T＝0 时，触发器的状态保持不变。表 9-16 是 T 触发器的逻辑功能表。

表 9-16　T 触发器的真值表

T	Q^{n+1}
0	Q^n
1	$\overline{Q^n}$

6. 触发器的应用

在数字电路中，各种信息都是用二进制这一基本工作信号来表示的，而触发器是存放这种信号的基本单元。由于触发器结构简单、工作可靠，在基本触发器的基础上能演变出许许多多的其他应用电路，因此被广泛运用。特别是时钟控制的触发器为同时控制多个触发器的工作状态提供了条件，它是时序电路的基础单元电路，常被用来构造信息的传输、缓冲、锁存电路及其他常用电路。

（1）寄存器

每个触发器都能寄存 1 位二进制信息，因此触发器可用来构成寄存器。图 9-31 所示为四位寄存器。

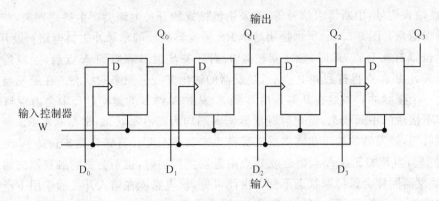

图 9-31　触发器构成的寄存器电路图

若输入控制端 W 允许输入数据(W＝1),当时钟脉冲到来时,4 位输入二进制数将被同时存入 4 个触发器中。其输出端可接至输出控制电路(图中未画出)。若输入控制端 W 不允许输入数据(W＝0),寄存器则不能接收数据,寄存器输出状态将保持不变。直到 W 端允许,且有时钟脉冲到来时,才更新寄存数据。

（2）移位寄存器

移位寄存器可将寄存器有效的二进制数进行左移或右移。

用触发器构成的移位寄存器如图 9-32 所示,它将各触发器的输入与输出之间串行连接。各触发器的时钟控制端连在一起采用同步控制。设所有触发器的初始状态都处于 0 状态。

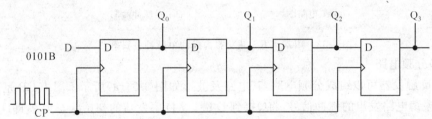

图 9-32　触发器构成的移位寄存器电路图

在控制时钟的连续作用下,被存储的二进制数(0101)一位接一位地从左向右移动,根据 D 触发器的特点,当时钟脉冲沿到来时,输出端的状态与输入端状态相同。

所以时钟端 CP 每来一个脉冲都会引起所有触发器状态向右移动一位,若来 4 个时钟脉冲,移位寄存器就存储了 4 位二进制信息。

被存储的信息可由各触发器的输出端读出,称为并行输出;也可逐位向右移出,称为串行输出(必须再发 4 个时钟控制脉冲)。关于各种寄存器将在后面中详细介绍。

（3）单脉冲去抖电路

实际应用中,有时需要产生一个单脉冲作为开关输入信号,如抢答器中的抢答信号、键盘输入信号、中断请求信号等。若采用机械式的开关电路会产生抖动现象,并由此引起错误信息。图9-33(a)所示是用基本RS触发器构成的单脉冲去抖电路。设开关S的初始位置打在B点,此时,触发器被置0;当开关S由B点打到A点后,触发器被置1;当开关S由A点再打回到B点后,触发器的输出又变回原来的状态。在触发器的Q端产生一个正脉冲。虽然在开关S由B到A或由A到B的运动过程中会出现与A、B两点都不接触的中间状态,但此时触发器输入端均为高电平状态,根据基本RS触发器的特性可知,触发器的输出状态将继续保持原来状态不变。直到开关S到达A或B点为止。同理,当开关S在A点附近或B点附近发生抖动时,也不会影响触发器的输出状态,即触发器同样会保持原状态不变。由此可见,该电路能在输入开关的作用下产生一个理想的单脉冲信号,消除了抖动现象。其脉冲波形如图9-33(b)所示。图中,t_{A1}为S第一次打到A的时刻,t_{B1}为S第一次打到B的时刻,t_{A2}为S第二次打到A的时刻,t_{B2}为S第二次打到B的时刻。

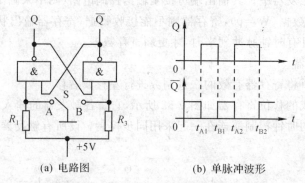

(a) 电路图　　　　　　(b) 单脉冲波形

图9-33　用基本RS触发器构成的单脉冲去抖电路

（4）分频电路

用D触发器可以组成分频电路,其电路及波形如图9-34(a)所示。图中CP是由信号源或振荡电路发出的脉冲信号,将$\overline{Q}$接到D端。设D触发器的初始状态为0,即D=1。

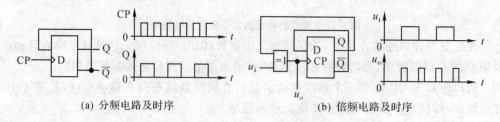

(a) 分频电路及时序　　　　　　(b) 倍频电路及时序

图9-34　D触发器组成分频和倍频电路

当时钟CP上升沿到来时,D触发器将发生翻转;当下一个时钟上升沿到来时,D触发器又发生翻转,即每一个时钟周期,触发器都翻转一次。经过两个时钟周期,输出信号才变化一个周期。所以经过由 D 触发器组成的分频电路后,输出脉冲频率将减至 1/2,称为二分频。若在其输出端再串接一个同样的分频电路就能实现四分频,同理若接 n 个分频电路就能构成 $1/2n$ 倍的分频器。如果按图 9-34 (b)所示电路进行接线,还可构成倍频电路,其原理读者可自行分析。

9.3.2　寄存器

寄存器是计算机及数字电子系统中用以存放数据或代码的一种基本逻辑部件。由于触发器具有两个稳定状态,所以用一个触发器刚好可以存放一位二进制信息,如果要寄存 n 位二进制信息,寄存器就需要用 n 位触发器构成。寄存器常分为数码寄存器和移位寄存器两种,其区别在于有无移位的功能。

1. 数码寄存器

图 9-35 所示是一个四位的数码寄存器的逻辑图,它由 4 个基本 RS 触发器、8 个与非门和 4 个非门组成。现以寄存二进制数 1101 为例,分析数码寄存器的工作原理。

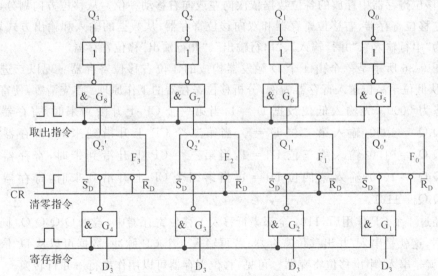

图 9-35　四位的数码寄存器

在接收数码之前,先发一个"清零指令"(负脉冲),使 4 个触发器全处于 0 态。然后发"寄存指令"(正脉冲),由于 $D_3D_2D_1D_0$ 输入 1101,所以 $G_4G_3G_2G_1=0010$。根据基本 RS 触发器的逻辑功能 $Q_3'Q_2'Q_1'Q_0'=1101$。这样,就把四位二进制数码存放进了寄存器里,若要取出时,可发出"取出指令"(正脉冲),于是 $G_8G_7G_6G_5=0010$,$Q_3Q_2Q_1Q_0=1101$,这样,数码就可以从寄存器输出。

上述数码寄存器是并行输入和并行输出。必须注意的是:上述电路在接收数码前必须事先清零,否则寄存器在接收数码时就可能出错。

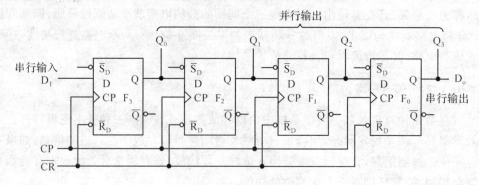

图 9-36 4 位右移位寄存器

2.移位寄存器

移位寄存器由若干个触发器串联构成。所谓移位,是指在每一个移位脉冲信号的作用下,移位寄存器中存放的各位数据依次向左或向右移动一位。从移位方向划分,它可分为左移位寄存器、右移位寄存器和双向移位寄存器;从数据的输入和输出方式划分,可分为"串行输入"、"并行输入"、"串行输出"、"并行输出"移位寄存器。

图 9-36 所示是一个由 4 个 D 触发器构成的 4 位右移位寄存器。现以二进制数 1101 从低位至高位送入寄存器为例,分析移位寄存器的工作原理。首先清零,使寄存器的初态为 0000。先输入低位数据 $D_1=1$,当第一个 CP 上升沿到来时,寄存器状态 $Q_3Q_2Q_1Q_0=1000$;输入第二位 $D_1=0$,当第二个 CP 上升沿到来时,寄存器状态 $Q_3Q_2Q_1Q_0=0100$;输入第三位 $D1=1$,当第三个 CP 上升沿到来时,寄存器状态 $Q_3Q_2Q_1Q_0=1010$;输入第四位 $D1=1$,当第四个 CP 上升沿到来时,寄存器状态 $Q_3Q_2Q_1Q_0=1101$。

经过 4 个 CP 作用后,1101 全部串行移入了移位寄存器中,若由 $Q_3Q_2Q_1Q_0$ 同时输出数据,这就是串入/并出移位寄存器;若再输入 3 个 CP 脉冲,数据可以从 D_0 依次输出,这就是串入/串出移位寄存器。可见,移位寄存器可以用作串行—并行转换。

9.3.3 计数器

计数器是一种能够记录脉冲数目的装置,是数字电路中最常用的逻辑部件之一。计数器按计数脉冲输入方式分为同步型和异步型,按进位方式分为二进制、十进制和其他进制计数器,按计数功能分为加法、减法和可逆计数器。下面介绍异步二进制加法计数器和异步十进制加法计数器。

1.异步二进制加法计数器

图 9-37 所示是用 JK 触发器组成的二进制加法计数器。图中 CP 加给最低位触发

器,高位触发器的 CP 端与相邻低位触发器的 Q 端相连,因为 CP 信号是逐级传递的,所以称为异步计数器。$\overline{CR}$ 端是清零端,计数前,使 $\overline{CR}=0$,触发器 $F_0 \sim F_3$ 直接置 0,使计数器清零,计数时,为了使计数器正常工作,应使 $\overline{CR}=1$。

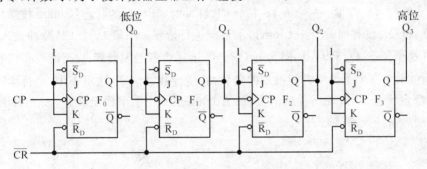

图 9-37 4 位异步二进制加法计数器逻辑电路

工作原理:每来一个计数脉冲,最低位触发器就翻转一次,而高一位的触发器是在低一位触发器的 Q 端由 1 变为 0 时翻转即以低一位的输出作为高一位的计数脉冲输入。表 9-17 所示是 4 位二进制加法计数器状态表。

表 9-17 4 位二进制加法计数器状态表

计数脉冲数	二进制数				计数脉冲数	二进制数			
	Q_3	Q_2	Q_1	Q_0		Q_3	Q_2	Q_1	Q_0
0	0	0	0	0	8	1	0	0	0
1	0	0	0	1	9	1	0	0	1
2	0	0	1	0	10	1	0	1	0
3	0	0	1	1	11	1	0	1	1
4	0	1	0	0	12	1	1	0	0
5	0	1	0	1	13	1	1	0	1
6	0	1	1	0	14	1	1	1	0
7	0	1	1	1	15	1	1	1	1

2.异步十进制加法计数器

二进制计数器结构简单,但人们不习惯二进制数,因此在一些场合,特别是在数字装置的终端,广泛利用十进制计数器计数并将结果加以显示,以便于使用。

每一位十进制数都可能有 0~9 十个不同的数码。若由 3 个触发器构成计数器,只能产生 8 种状态,缺少两种状态。若用四个触发器构成计数器,可产生 16 种状态,多了 6 种状态。所以,用一个 4 位的二进制计数器来表示十进制数中的一位,但是,必须剔除其中多余的 6 种状态。

从 16 种状态中挑选出 10 个状态的方法有很多种,下面仅以常用的 8421 码十进制计数器为例进行分析。8421 码是选择 0000～1001 与十进制数 0～9 一一对应,它所剔除的是 1010～1111 六种状态。

图 9-38 所示是十进制加法计数器的电路,其基本结构与二进制计数器相似,只是引入了与非门进行反馈。在输入 1～9 个 CP 脉冲时,计数器的状态从 0000 按顺序变至 1001,Q_3 和 Q_1,没有同时为 1,$\overline{CR}=1$,不可能进行清零。当第 10 个 CP 脉冲输入后,出现 1010 这个暂态,Q_3 和 Q_1 同时为 0,$\overline{CR}=0$,迅速将各触发器置 0,反馈与非门有 0 出 1,因此在 $\overline{CR}$ 端产生了持续时间很短的负脉冲,使计数器清零,这里 1010 是持续时间很短的非稳定状态,一出现马上就消失,仅有 0000～1001 十个稳定状态,表 9-18 所示的是十进制加法计数器状态表。

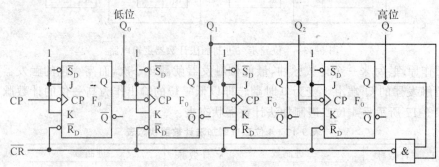

图 9-38　十进制加法计数器的电路

表 9-18　十进制加法计数器状态表

计数脉冲数	8421BCD 编码				十进制数码
	Q_3	Q_2	Q_1	Q_0	
0	0	0	0	0	0
1	0	0	0	1	1
2	0	0	1	0	2
3	0	0	1	1	3
4	0	1	0	0	4
5	0	1	0	1	5
6	0	1	1	0	6
7	0	1	1	1	7
8	1	0	0	0	8
9	1	0	0	1	9
10	0	0	0	0	0

3.计数器的应用

(1)数字钟

图 9-39 所示是数字钟示意图。

由振荡器产生标准的"秒"信号,送入秒计数器。当秒计数器计满 60 个脉冲,向分计数器送 1 个进位信号,同时秒计数器复位置零。"分""时"计数器的功能与"秒计数器"相似。电路其余部分读者可自行探讨他们各自相应的功能。

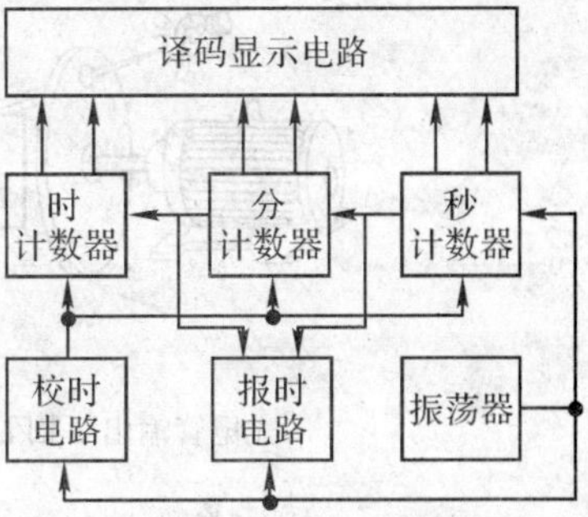

图 9-39　数字钟示意图

(2)自动控制

图 9-40 所示是装药丸生产线的简化示意图。

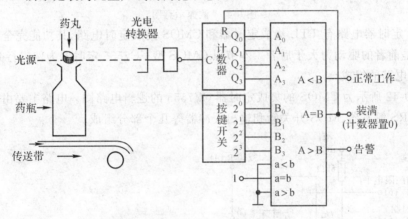

图 9-40　装药丸自控生产线示意图

通过按键开关设定每瓶应装药丸数。利用光电原理对进瓶的药丸计数,当计数值与设定值相等时可指令装瓶停止,推动传送带前移,并将计数器清零,重新开始计数。

(3)测转速

图 9-41 所示是测电动机转速的示意图。

电动机每转一周,遮光板透光一次,光电管输出一个脉冲信号。1 秒内计数器接收到的脉冲数,就是电动机的转速。

9.3.4　555 集成定时器及其应用

1.555 定时器电路及其功能

555 定时电路是一种双极型中规模集成电路,只要在外部配上适当阻容元件,就可以方便地构成脉冲产生、整形和变换电路,如多谐振荡器、单稳态触发器以及施密特触发器等。由于它的性能优良、使用灵活方便,因而在波形的产生与变换、测量与控制、定时、仿声、电子乐器及防盗报警等方面获得了广泛的应用。

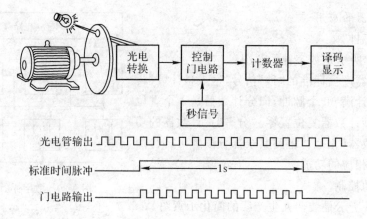

图 9-41　测速示意图

555 定时器电路有 TTL 集成定时器和 CMOS 集成定时电路,其功能完全一样,不同之处是前者的驱动力大于后者。本节以 CMOS 型 CC7555 定时器为例进行介绍。

(1)电路的组成

图 9-42 所示为 CMOS 的集成定时器 CC7555 的逻辑电路图。电路主要由分压器、比较器,RS 触发器、MOS 开关管和输出缓冲器等几个部分组成。

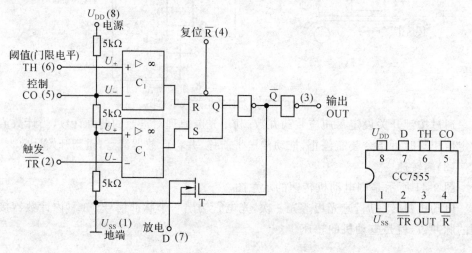

图 9-42　集成定时器 CC7555 的逻辑电路图及管脚分布图

1)电阻分压器

由 3 个 5kΩ 的电阻串联起来构成分压器(555 也因此而得名),为电压比较器 C_1 和 C_2 提供两个基准电压。比较器 C_1 的基准电压为 $2/3U_{DD}$,C_2 的基准电压为 $1/3U_{DD}$。若在控制端外加一控制电压,则可改变两个电压比较器的基准电压。

2)电压比较器

C_1 和 C_2 是两个结构完全相同的高精度电压比较器,分别由两个集成运放构成。比较器 C_1 的反相输入端接基准电压,同相端 TH 称为高触发端。比较器 C_2 的同相输入端 U_+ 接基准电压,反相输入端 U_- 为低触发端 $\overline{TR}$。

3)基本 RS 触发器

RS 触发器是由两个或非门组成,R,S 端均为高电平有效。电压比较器的输出控制触发器输出端的状态,$\overline{R}$ 是专门设置的可从外部进行置 0 的复位端,当在 R 处加低电平时,使触发器 $Q=0,\overline{Q}=1$,定时器输出也为 0。在不使用 $\overline{R}$ 时,应将此管脚置 1。

4)放电开关

放电开关管 T 是一个 N 沟道 CMOS 管,其状态受 $\overline{Q}$ 端的控制,当 $\overline{Q}$ 为 0 时栅极电压为低电平,T 截止;$\overline{Q}$ 为 1 时栅极电压为高电平,T 导通饱和。

5)输出缓冲器

两级反相器(非门)构成输出缓冲器,用来提高输出电流的驱动能力。同时输出缓冲器的另一个作用是隔离负载对定时器的影响。

表 9-19 CC7555 定时器的功能

高触发端	低触发端	复位端	输出端	放电管
$\times$	$\times$	0	0	导通
$>2/3U_{DD}$	$>1/3U_{DD}$	1	0	导通
$<2/3U_{DD}$	$>1/3U_{DD}$	1	原态	原态
$<2/3U_{DD}$	$<1/3U_{DD}$	1	1	截止

(2)工作原理

定时器的工作状态取决于电压比较器 C_1,C_2,它们的输出控制着 RS 触发器和放电管 T 的状态。当高触发端 TH 的电压高于 $(2/3)U_{DD}$(此值称上门限电平或正阈值电平)时,上比较器 C_1 输出为高电平,使 RS 触发器置"0",即 $Q=0,\overline{Q}=1$ 使放电管 T 导通;当低触发端 $\overline{TR}$ 的电压低于 $1/3U_{DD}$(此值称下门限电平或负阈值电平)时,下比较器 C_2 输出为高电平,使 RS 触发器置"1",即 $Q=1,=0$ 使放电管 T 截止。当 TH 端电压低于 $2/3U_{DD}$,端电压高于 $1/3U_{DD}$ 时,比较器 C_1,C_2 的输出均为"0",放电管 T 和定时器输出端将保持原状态不变。CC7555 的功能如表 9-19 所示。

2.555 定时器应用举例

用 555 集成定时器可以组成产生脉冲和对信号整形的各种单元电路,如施密特触发器、单稳态触发器和多谐振荡器等,下面主要介绍由 555 定时器构成的施密特触发器。

施密特触发器的一个最重要特点就是能够把变化非常缓慢的输入脉冲波形,整形成适合于数字电路需要的矩形脉冲,而且由于具有滞回特性。因此其抗干扰能力很强,在脉冲的产生和整形电路中应用很广。

(1)施密特触发器的特点

施密特触发器也称为电位触发双稳态触发器,它有以下两个显著的特点。

1)电压传输特性(即输出电压 u_o 随输入电压 u_i 变化的关系)曲线不是单值的,而具有回差特性(即对正向和负向增长的输入信号,电路有不同的阈值电平 U_+ 和 U_- ,而这两个不同的电平是引起输出电平突变的输入电平),如图 9-43 所示。

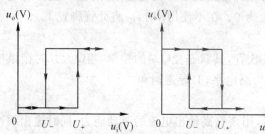

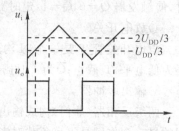

图 9-43　施密特触发器电压传输特性　　图 9-44　施密特触发器波形图

2)施密特触发器属于电平触发,缓慢变化的信号也可作为触发输入信号,当输入信号达到某一特定的阈值时,输出电平会发生突变,即电路状态转换时,输出电压变化很快,具有陡峭的跳变沿,如图 9-44 所示。

(2)用 555 定时器构成的施密特触发器

将 555 定时器的高触发端(TH)和低触发端($\overline{\text{TR}}$)相连起来作为信号输入端后,即可构成施密特触发器,如图 9-45 所示。

由前面所讲到的 555 定时器电路结构及其功能可知:当输入电压低于 $1/3 U_{DD}$ 时,输出电压为高电平"1";随着输入电压的增加,当 $1/3 U_{DD} < u_i < 2/3 U_{DD}$ 时,电路保持原态不变,输出仍为高电平"1";当输入电压等于或刚刚高于导 $2/3 U_{DD}$ 这一时刻,输出电压由高电平"1"突变为低电平"0";随后输入电压继续增加,输出保持不变;增加到某一数值后输入电压开始下降,直到下降至 $u_i < 1/3 U_{DD}$ 时,输出电压才由低电平"0"跃变到高电平"1"。

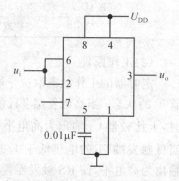

图 9-45　555 定时器构成的
施密特触发器接线图

由以上分析可知,施密特触发器的上门限触发转换电平为 $2/3 U_{DD}$,下门限触发转换电平为 $1/3 U_{DD}$,两者之间的回差电压为

$$\Delta U_r = \frac{2}{3} U_{DD} - \frac{1}{3} U_{DD} = \frac{1}{3} U_{DD}$$

如果改变引脚 5 的电压值,可以改变上下门限触发转换电平值,从而调节回差电压。

本章小结

1. 数字电路是工作在数字信号下的电路,它的输入、输出信号是用高电平和低电平表征的,并以逻辑符号 1 和 0 来区别。

2. 逻辑函数有三种表示方法:逻辑状态表(真值表)、逻辑表达式和逻辑图,它们之间可以互相转换。

3. 分立元件门电路包括二极管"与"门、"或"门和三极管"非"门。

4. TTL 集成电路是数字电路中最基本的单元电路,它由输入级、中间级、输出级三部分组成。

5. 分析组合电路的目的是为了确定其逻辑功能。组合逻辑电路的特点是:其输出状态只决定于现时刻的输入情况,而与电路原来状态无关。

6. 时序逻辑电路的特点是任意时刻的输出信号不仅和当时的输入信号有关,而且还与电路的原状态有关。

7. 触发器是时序电路的基本单元,基本功能是存储一位二进制信息。按逻辑功能的不同,常见的触发器有 RS,JK,D,T 等几种。

8. 寄存器具有接收、寄存和输出数码的逻辑功能,按功能可分为数码寄存器和移位寄存器两类。

9. 计数器是一种能够记录脉冲数目的装置,是数字电路中最常用的逻辑部件之一。按进位方式可分为二进制计数器、十进制计数器和任意进制计数器。

10. 555 集成定时器功能强大、使用方便、适用范围广,可用来组成产生脉冲和对信号整形的各种单元电路。

习题 9

9-1 利用逻辑代数规则将下列逻辑函数化成最简与或式

(1) $Y = A\bar{B} + B + ABC$

(2) $Y = \overline{AB + \overline{AB}}$

(3) $Y = \overline{A\bar{B} + B} + \bar{A}B$

(4) $Y = A\bar{B}CD + ABD + A\bar{C}D$

(5) $Y = A\bar{B}C + \bar{A} + B + \bar{C}$

9-2 用"与非"门实现下列逻辑关系,画出逻辑图

(1) $Y = (A + B)C$

(2) $Y = \bar{A} + B + \bar{C}$

(3) $Y = AB + B + A\overline{C}$

(4) $Y = \overline{A}C + AB$

(5) $Y = \overline{A}BC + AB + A\overline{C}$

9-3　分析如图 9-46 所示给定的逻辑电路。

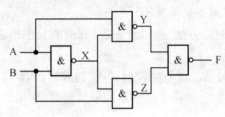

图 9-46

9-4　试用 8421BCD 码输入的二—十进制译码器 74HC42(4 线—10 线译码器)构成 3 线—8 线译码器。

9-5　用 3—8 线译码器实现下列逻辑函数

(1) $Y = \overline{A}BC + \overline{A}B\overline{C}$

(2) $Y = ABC\overline{D} + \overline{A}BCD$

9-6　某导弹发射场有正、副指挥员各一名、操作员两名。当正、副指挥员同时发出命令时,只要两名操作员中有一人按下发射控制电钮,即可产生一个点火信号将导弹发射出去。试用"与非"门设计一个组合电路完成点火信号的控制。

9-7　在图 9-25 所示的基本 RS 触发器电路中。已知触发器输入信号如图 9-47 所示,试画出 Q 端的输出波形。

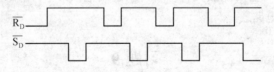

图 9-47

9-8　可控 RS 触发器中,若初始状态 Q＝1,试根据图 9-48 所示的 CP,R,S 信号波形画出 Q 和 $\overline{Q}$ 端波形。

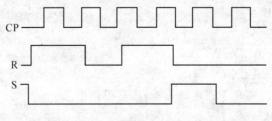

图 9-48

9-9　在维持阻塞上升沿 D 触发器中,已知 CP 和 D 的输入波形如图 9-49 所示,试画出 Q 和 $\overline{Q}$ 端的波形,设 Q 的初态为 0。

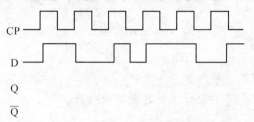

CP

D

Q

$\overline{Q}$

图 9-49

9-10　已知主从 JK 触发器 CP,J,K 和 $\overline{R}_D$,$\overline{S}_D$ 的波形,如图 9-50 所示,画出输出端 Q 的波形,设触发器初始状态为 1。

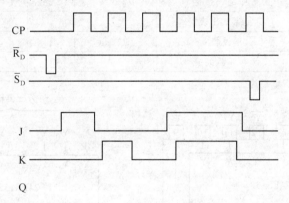

CP

$\overline{R}_D$

$\overline{S}_D$

J

K

Q

图 9-50

9-11　试分析图 9-51 所示电路的逻辑功能(画时序图、列状态表、画状态转换图)。

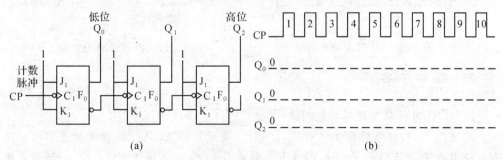

(a)　　　　　　　　　　　(b)

图 9-51

9-12　4 位二进制加法计数器 T214,当前状态为 $Q_3Q_2Q_1Q_0=1000$,当再送入 5 个时钟脉冲,触发器的输出处于什么状态?

9-13　试用四位同步二进制计数器 T214 构成十进制计数器。

实验 9-1　组合逻辑电路

一、实验目的

1. 掌握译码器逻辑功能和使用方法。
2. 学习组合逻辑电路的设计方法并用实验验证。

二、实验设备

序号	名　称	型号与规格	数量	备注
1	直流可调稳压电源	0～30V	2 路	
2	直流电压表		1	
3	示波器		1	
4	数电实验装置		1	

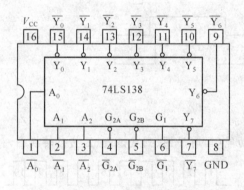

图 9-52　74LS138 译码器

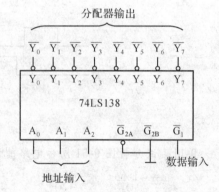

图 9-53　作数据分配器

三、实验内容

1. 74LS138 译码器逻辑功能测试

参照图 9-52,将译码器使能端 G_1,$\overline{G}_{2A}$,$\overline{G}_{2B}$ 及地址端 A_2,A_1,A_0 分别接至逻辑电平开关输出口,8 个输出端 $\overline{Y}_7$,…,$\overline{Y}_0$ 依次连接在 0～1 指示器的 8 个输入口上,拨动逻辑电平开关,按表 9-20 逐项测试 74LS138 的逻辑功能。

2. 用 74LS138 构成时序脉冲分配器

参照图 9-53 所示接线,时钟脉冲 CP 频率约为 10kHz,用示波器观察和记录当用

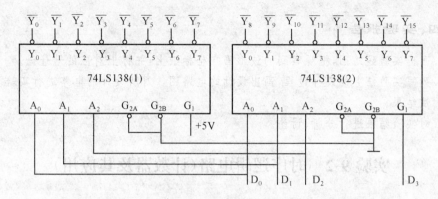

图 9-54　用两片 74LS138 组合成 4/16 译码器

74LS138 构成时序脉冲分配器时,在地址端 A_2,A_1,A_0 分别取"000~111"8 种不同状态时,$\overline{Y_7}$,…,$\overline{Y_0}$ 中与之对应的输出端的输出波形,注意输出波形与 CP 输入波形之间的相位关系。

3. 用两片 74LS138 组合成一个 4 线—16 线译码器,按图 9-54 所示实验线路接线,自拟表格进行实验验证。

4. 组合逻辑电路的设计

设计一个三人无弃权的投票表决电路,即对于一提案,多数人赞成则提案通过。要求用所给的"与非"门实现。(设赞成为"1",反对为"0";提案通过为"1",否决为"0")。试根据要求设计出该逻辑电路(列出真值表,写出逻辑函数表达式,画出逻辑电路图及其引脚分布)并经实验验证。

表 9-20　74LS138 功能表

G_1	$\overline{G_{2A}}+\overline{G_{2B}}$	A_2	A_1	A_0	$\overline{Y_0}$	$\overline{Y_1}$	$\overline{Y_2}$	$\overline{Y_3}$	$\overline{Y_4}$	$\overline{Y_5}$	$\overline{Y_6}$	$\overline{Y_7}$
×	1	×	×	×	1	1	1	1	1	1	1	1
0	×	×	×	×	1	1	1	1	1	1	1	1
1	0	0	0	0	0	1	1	1	1	1	1	1
1	0	0	0	1	1	0	1	1	1	1	1	1
1	0	0	1	0	1	1	0	1	1	1	1	1
1	0	0	1	1	1	1	1	0	1	1	1	1
1	0	1	0	0	1	1	1	1	0	1	1	1
1	0	1	0	1	1	1	1	1	1	0	1	1
1	0	1	1	0	1	1	1	1	1	1	0	1
1	0	1	1	1	1	1	1	1	1	1	1	0

四、实验报告

1.画出实验线路图,把观察到的波形画在坐标纸上,并标上对应的地址码。

2.列写实验任务的设计过程,画出设计的电路图。对所设计的电路进行实验测试,记录测试结果。

3.对实验结果进行分析、讨论。

实验 9-2 时序逻辑电路(计数器及其应用)

一、实验目的

1.学习用集成触发器构成计数器的方法。

2.掌握中规模集成计数器的使用方法及功能测试方法。

二、实验设备

序号	名称	型号与规格	数量	备注
1	直流可调稳压电源	0～30V	2 路	
2	示波器		1	
3	数电实验装置		1	

三、实验内容

用 74LS74 D 触发器构成 4 位二进制异步加法计数器:

1.按图 9-55 连接,$\overline{R}_D$ 接至逻辑开关输出插口,将低位 CP_0 端接单次脉冲源,输出端 Q_3,Q_2,Q_1,Q_0 接逻辑电平显示输入插口,各触发器的 $\overline{S}_D$ 接高电平 5V。

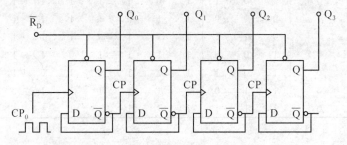

图 9-55 四位二进制异步加法计数器

2.清零后,逐个送入单次脉冲,观察并列表记录 Q_3,Q_2,Q_1,Q_0 状态。填入表 9-21 中。

3.将单次脉冲改为 1Hz 的连续脉冲,观察 Q_3,Q_2,Q_1,Q_0 的状态。

4.将 1Hz 的连续脉冲改为 1kHz,用双踪示波器观察 CP,Q_3,Q_2,Q_1,Q_0 端波形。

5.将图 9-55 电路中的低位触发器的 Q 端与高一位的 CP 端相连接,构成减法计数器,按实验内容(2),(3),(4)进行实验,观察并列表格记录 Q_3,Q_2,Q_1,Q_0 状态。

表 9-21　数据记录

CP 序号		0	1	2	3	4	5	6	7	8	9	10	11	12	13	14	15	16
实测电平	Q_0																	
	Q_1																	
	Q_2																	
	Q_3																	

四、实验报告

画出实验电路图,记录、整理实验现象及实验所得的有关波形。对实验结果进行分析。

参考文献

1. 李福民. 电工基础. 北京:人民邮电出版社,2003

2. 沈国良. 电工电子技术基础. 北京:机械工业出版社,2003

3. 黄杭美. 电工电子学基础. 杭州:浙江大学出版社,2004

4. 杨素行. 模拟电子技术基础. 北京:高等教育出版社,2000

5. 沈任元. 模拟电子技术基础. 北京:机械工业出版社,2002

6. 张春化. 汽车电器与电路. 北京:人民邮电出版社,2005

7. 林平勇,高嵩. 电工电子技术(少学时). 北京:高等教育出版社,2003

8. 包芳,冯绍勇主编. 电工基础. 北京:北京师范大学出版社,2005

9. 吕爱华主编. 汽车电工电子基础. 北京:电子工业出版社,2005

10. 于占河主编. 电路基础. 北京:电子工业出版社,2003

11. 朱晓萍,王洪彩主编. 电路基础. 北京:北京师范大学出版社,2005

12. 姚仲兴,姚维,孙斌编著. 电路分析导论. 杭州:浙江大学出版社,1997

13. 李梅. 电工基础. 北京:机械工业出版社,2005

14. 刘淑英,李晶皎主编. 电路与电子学解题指导. 沈阳:东北大学出版社,2000

15. 袁良范,梁巍,谢征编. 简明电路分析 概念 题解与自测. 北京:北京理工大学出版社,2005

16. 高岩,杜普选,闻跃编著. 电路分析学习指导及习题精解. 北京:北方交通大学出版社,2005